Karoline Antoni

Der Liebhaber in Berlin

Erzählungen

Bibliographische Information der Deutschen Nationalbibliothek:
Die Deutsche Nationalbibliothek verzeichnet diese Publikation in
der Deutschen Nationalbibliographie; detaillierte Daten sind im
Internet über dnb.dnb.de abrufbar.
© Karoline Antoni, 2020
Herstellung und Verlag: BoD – Books on Demand, Norderstedt
ISBN 9 783750424258

Für Eduard und Erika Kromar

Inhaltsverzeichnis

Narzissen Unter den Linden

Inga und Gisbert

Eine Spionagegeschichte
und ein kleiner Entwicklungsroman

1

„Frau Reschke? Hier spricht Hauptkommissar Kern. Einen Moment, ich gebe ihnen ihren Mann."

Die Polizei? Inga erschrak. Hoffentlich war nichts passiert. Nun, da Gisbert mit ihr sprechen konnte, schien er ja am Leben zu sein. Das weitere, was sie hörte, erschien ihr im Nachhinein so unwirklich, dass ihr Tun völlig verrückt erschien:

„Pack mir ein paar Sachen, Unterwäsche, Hose, Trainingsanzug, Schlafanzug, Schuhe, Toilettenbeutel, Rasierapparat, was zu lesen und bring alles zum Polizeipräsidium in die Stadt. Nein, ich bin nicht verletzt. Nein, es geht mir nicht gut. Nein, ich komme nicht nach Hause. Frag nicht weiter. Tu einfach, was ich sage!"

Inga tat genau das. Sie packte, als ob ihr Mann zu einer Kur ginge. Tat alles in eine Reisetasche, an deren Griff noch die Banderole vom Flug nach Madeira hing, wo sie im Herbst in Urlaub gewesen waren.

Sie handelte in Zeitlupe, alles um sie herum schien zu verschwimmen. Ihre Glieder wurden schwer und die Zeit schien stillzustehen. Es war, als ob sie sich von außen zusah. Wie nach Ewigkeiten war sie endlich fertig. Sie ging mit der Tasche zur Garage, öffnete die rechte Hintertür des Autos, stellte sie hinein, die Tür schloss mit unnatürlich lautem Knall, der sie zusammenzucken ließ. Ihr Mund war trocken. Inga schwitzte, ihr war heiß, das Herz klopfte ihr bis zum Hals. Irgendetwas Schlimmes musste geschehen sein. Sie war froh, dass wenig Verkehr in der Stadt war. Sie konnte sich kaum konzentrieren, denken konnte sie auch nicht. Ihr Kopf war wie leer.

Vor dem Polizeipräsidium gab es keine Parkplätze. Sie stellte den Wagen in einer Seitenstraße ab, die sie sich zwang zu merken. Aus Angst, sie später nicht wiederzufinden.

Der Polizist am Empfangstresen hatte sie erwartet. Er sprach sie mit Namen an, nahm ihr die Tasche ab, bat sie auf einem der Holzbänke Platz zu nehmen. Die Holzplanken der Bank schienen sich in die Unterseite ihrer Schenkel zu drücken, ihre Hände waren schweißig-kalt. Dann wurde sie in ein überhitztes, verrauchtes Büro gerufen. Der Polizist in Zivil stellte sich als derjenige vor, mit dem sie vor einer halben Stunde gesprochen hatte. Seine Stimme war freundlich, der Händedruck fest, die Hände warm.

Gisbert saß mit dem Rücken zu ihr, hochgereckt, steif. Als er sich umdrehte, erkannte sie ihn kaum. Sein Gesicht war wächsern und grau. Die Augenhöhlen eingefallen, die Augen verhangen, gelb. Es war, als ob ihr die vielen geplatzten

Äderchen auf seinen Wangen zum ersten Mal auffielen. Teilnahmslos schaute er, stumpf und gleichgültig.

„Was ist denn passiert?" Inga wusste nicht, ob sie das fragen durfte.

„Ich bin angezeigt worden. Ich soll eine Frau vergewaltigt haben."

Seine Stimme klang fremd, wie von einem Sprachroboter, als ob sie nicht zu ihm gehörte.

Dann wurde er hinausgeführt. Er drehte sich nicht um, sondern stakste dem jungen uniformierten Polizisten hinterher, alle Glieder steif, den Kopf hoch erhoben.

„Frau Reschke?" Hauptkommissar Kern machte auf sich aufmerksam.

Sie blickte in seine Richtung, unfähig ihn direkt anzuschauen.

„Ich weiß, es ist jetzt nicht einfach für Sie. Aber darf ich Ihnen ein paar Fragen stellen?"

Inga nickte, immer noch an ihm vorbeischauend.

„Wann haben Sie Ihren Mann zuletzt gesehen?"

Sie dachte nach. Die letzten drei Abende war er nicht zu Hause gewesen. Am Montag hatte er sie angerufen, um ihr zu sagen, er brauche etwas Zeit für sich, zum Nachzudenken. Dass er immer wieder einmal anrief, um mit unterschiedlichsten Ausreden mitzuteilen, dass er ein paar Tage abtauchen wollte, das kannte sie. Aber dass er nachdenken wollte, diese Aussage war neu gewesen.

„Frau Reschke?"

Inga schreckte hoch. „Ja?"

„Wann haben sie ihren Mann zuletzt gesehen?"

Sie antwortete langsam und leise: „Am Sonntagabend. Wir haben Tatort geschaut, dann sind wir ins Bett. Gisbert war schon weg, als ich aufgestanden bin".

„Und die letzten drei Tage?"

„Da kam mein Mann nicht nach Hause, etwas Geschäftliches. Er hat mich am Montagabend angerufen. Das kam öfters vor! Er ist mit verschiedenen Projekten beschäftigt, die über ganz Deutschland verteilt sind." Ihr Gesicht blieb ausdruckslos.

„Haben Sie ihn manchmal begleitet?" Die Stimme des Polizisten klang beiläufig.

„Nein, ich unterrichte jeden Tag und früher waren die Kinder zu versorgen. Mein Mann sagte immer, jemand müsse ja die Stellung halten."

„Sind sie sicher, dass es immer geschäftliche Anlässe waren, weswegen ihr Mann unterwegs war?" Dieses Mal klang Herr Kerns Stimme schärfer.

„Aber ja, wenn er es mir so gesagt hat." Ingas Stimme war nun fester geworden.

„Und Sie glauben alles, was Ihnen Ihr Mann sagt?" Nun klang die Stimme des Polizisten eisig.

„Sollte ich nicht?" Inga blickte ihn nun ganz direkt an.

„Hatten Sie denn schon einmal den Verdacht, dass ihr Mann, nun ja -"

Inga unterbrach ihn. „fremdging? Und wenn, dann hat er es so gemacht, dass ich nichts bemerkt habe. Aber ich kann es mir nicht vorstellen. Mein Mann ist nicht so ein Typ." Wieder blickte sie ihn direkt an. Sollte er nur glauben, sie sei die ahnungslose, unschuldige Ehefrau.

„Danke, Frau Reschke. Das ist alles für heute. Bitte halten Sie sich zur Verfügung, falls wir noch Fragen haben." Die Schärfe in seiner Stimme überraschte sie. Irgendetwas an ihrer Antwort schien ihm nicht gepasst zu haben.

„Aber sicher, Sie haben ja meine Nummer."

„Wenn sie ihren Mann besuchen wollen, stellen Sie einen

Antrag bei der Staatsanwaltschaft - Dort wird man Ihnen das Procedere erklären." Nun langsam wieder freundlich, fast mitfühlend.

„Ich weiß noch nicht, ob ich das möchte, aber danke für die Auskunft. Kann ich jetzt gehen?"

Der Kommissar erhob sich, gab ihr wieder seine Hand und brachte sie hinaus. Vor dem Gebäude schien Inga wie aus einer Trance zu erwachen. Sie zog ihren Mantel fest um sich und schlug den Weg zum Leonardo Hotel ein, das früher Holiday Inn geheißen hatte. In der Bar bestellte sie einen doppelten Whisky. Der Mann hinter dem Tresen hatte ihr einen Single Malt mit einem ihr völlig unverständlichen Namen angeboten. Sie hätte in dem Moment jeden Fusel getrunken, wenn er nur ihren Mund, dann ihre Kehle verbrannte, und in einer warmen Woge in ihren Kopf stieg, sich dort schließlich wie eine warme Wolke verteilte und wenigstens für ein paar Minuten ein verlässliches Gefühl der Beruhigung hinterließ. Sie ließ sich das Glas noch einmal füllen - wieder doppelt - um dieses Gefühl eine Weile länger zu haben, legte 30 Euro neben das leere Glas, nickte dem Barkeeper zu und ging, einen festen Punkt im Blick, um nicht zu schwanken.

An der kalten, frischen Luft atmete sie tief durch, lief zu ihrem Auto und fuhr vorsichtig, aber sicher nach Hause. Sie spürte eine Klarheit wie schon ganz lange nicht mehr. Ihr Rücken straffte sich und ihr Kopf richtete sich auf.

2

Inga war 1960 in Köln auf die Welt gekommen, sie hatte einen Bruder - Karl - der fünf Jahre älter war als sie und die feste Konstante in ihrem Leben wurde, bis er verschwand - einfach so. Dass die Familie selten Besuch hatte und kaum wegging, war ihr als Kind nicht aufgefallen. Karl und ihre Mutter waren ihr Gesellschaft genug. Beide waren fröhlich, lachten viel, spielten mit ihr und tollten mit ihr herum.

Der Vater blieb im Hintergrund. Dass es in der Wohnung ein Zimmer gab, das außer ihm niemand betreten durfte, war für alle so selbstverständlich, dass es sie bis heute nicht berührte und auch nicht interessierte. Dies verwunderte sie manchmal, wenn sie an ihre Kinderzeit dachte. Es verwunderte sie auch, dass sie nie etwas gefragt hatte, was die Vorgänge um den Vater betraf. Sein tagelanges, wochenlanges Wegsein, die Männer, die manchmal kamen, seine vielen Stunden in besagtem Zimmer, ohne dass sie, der Bruder oder die Mutter ihn störten.

In den Kindergarten ging sie nicht, Nachbarskinder gab es keine in ihrem Alter, sie lernte früh lesen, verbrachte ihre Zeit mit Büchern – Märchen, Sagen, Abenteuerromanen. Sie las alles, was sie in ihre Finger bekam. Manchmal nahm die Mutter ihr das eine (Lady Chatterley) oder das andere (Das Kommunistische Manifest) sanft aus der Hand, aber die meisten Bücher aus dem riesigen Regal im Wohnzimmer durfte sie mitnehmen. Da, wo sie den Inhalt nicht verstand, las sie um der Melodie des Textes willen. Ihre Mutter las oft vor, ihr und Karl war es wie ein Hauskonzert, das keine Instrumente benötigte.

In der Schule waren sie und Karl exzellente Schüler.

Beide waren sehr sportlich, Inga schwamm bald Meisterschaften, Karl war ein überragender Leichtathlet. Ihr Vater verfolgte ihre Erfolge aufmerksam, aber unaufgeregt, als ob er nichts anderes erwartet hätte. Während ihre Mutter meistens bei den Wettkämpfen dabei war und sie oft zum Training brachte, kam der Vater nie mit - ließ sich aber alles genau berichten. Sie spürten, dass er stolz auf sie war.

Von Klassenkameraden bekam sie mit, was deren Eltern von Beruf waren: viele Mütter waren Hausfrauen, so wie ihre Mutter, manche arbeiteten im Büro oder in einer Fabrik, die Väter waren Handwerker, Ärzte, Beamte oder Arbeiter. Wenn sie gefragt wurde, was ihr Vater sei, antwortete sie „freiberuflicher Journalist, er arbeitet von zu Hause aus, ist aber oft unterwegs". So hatte es ihr ihre Mutter erklärt.

1966, sie war sechs Jahre alt, bekam die Familie einen Fernseher. Karl und sie liebten die amerikanischen Serien: Lassie, Fury, die Bezaubernde Jeannie, die mit verschränkten Armen und einem Blinzeln sich in Form eines kleinen wattigen Wirbelsturms woanders hin zaubern und überhaupt damit allerlei lustigen Unsinn treiben konnte.

Sie sahen oft Nachrichten mit den Eltern zusammen. Grauenhafte Dinge aus Kambodscha und Vietnam, Bilder, die sie nie wieder vergessen würde. Ihr fiel auf, wie sich die Miene des Vaters dabei versteinerte. Einmal ging es um Studentenproteste in Berlin, sie mochte acht Jahre alt gewesen sein. Es wurde berichtet, wie ein junger Mann namens Benno Ohnesorg in einem großen Tumult ums Leben kam, und sie dachte dabei, dass der Name nun überhaupt nicht passte. Da stürzte der Vater hinaus und kam an dem Abend nicht mehr aus seinem Zimmer. Von draußen hörte sie ihn aufgeregt sprechen. Das gleiche passierte Jahre später, als in den Nachrichten gesendet wurde, dass ein Herr Guillaume als Agent der DDR aufflog.

Inga las Magazine und Zeitungen, die ihre Lehrer miss-
billigten, die taz, den Spiegel, die Frankfurter Rundschau.
Mit 14 bezeichneten sie ihre Klassenkameraden als linke So-
cke. Sie lernte zu argumentieren, war kritisch und in den
Augen anderer blitzgescheit. Sie selbst fand es nur normal,
so zu denken. Sie spürte, dass es ihrem Vater gefiel, wie sie
gegen das „kapitalistische" Deutschland waren. Karl trat der
SDAJ bei, sie hatte es auch vor, ging gern mit zu den Treffen. Man saß auf dem Boden, alle rauchten selbstgedrehte
Zigaretten und debattierten, wie die Weltrevolution zu erreichen sei.

Es war kurz vor ihrem Abitur, Karl studierte in Köln So-
ziologie und Politikwissenschaft, die Arbeit des Vaters fand
nach wie vor in seinem Raum statt, allerdings war Karl inzwischen bei den Treffen mit den fremden Männern, die in
ihren Treviramänteln aus und ein gingen, dabei. Auch dies
wurde von ihr und der Mutter nicht hinterfragt, sondern
hingenommen. An jenem Morgen hörte sie durch die Tür
nur, wie der Vater zur Mutter sagte „es geht los in Afghanistan, wir werden gebraucht, pack mir den Koffer" und wie in
Karls Zimmer ebenfalls die Schranktüren hektisch auf und
zu schlugen. Wenig später fiel die Wohnungstür ins Schloss.
Erst als es ganz still war, kam sie aus dem Zimmer, sah ihre
Mutter in Vaters Raum Papiere bündeln, die sie im Kohle-
ofen in der Küche verbrannte. Anschließend kamen zwei
Männer, die das Zimmer ausräumten, Apparate, Geräte,
Kabel, die sie noch nie gesehen hatte. Sie selbst war wie hinter einem Schleier, unfähig zu verstehen, was da vor sich
ging. Sie hörte nur den Seufzer der Mutter, der nach Erleichterung klang und das Ploppen des Korkverschlusses
von „Mariacron" einem deutschen Weinbrand. Von dem

stand immer eine Flasche im Barfach des Wohnzimmer-
schranks. Inga sah, wie sich die Mutter ein halbes Glas ein-
schenkte und es in einem Zug austrank, als der Raum, über
18 Jahre ein Tabu, leer war. Sie half der Mutter ein paar
Möbel hineinzutragen, so dass er bewohnt wirkte, immer
noch wie in Trance.

Wenig später klingelte es, es standen vier Männer vor der
Tür, die ohne ein Wort durch die Wohnung hasteten und
alles durchsuchten. Auf die Frage, wo Kurt und Karl Schlesinger seien, antwortete die Mutter, dass sie es nicht wisse.
Schließlich zogen die Männer ab. Ingas Hände waren damals schweißig-kalt gewesen. Ohne zu fragen, wusste sie,
dass die Mutter ihr die gleiche Antwort geben würde.

Die nächsten Wochen vergingen wie in Trance. Die Abi-
turvorbereitungen, schließlich die Prüfungen. Sie schloss
sehr gut ab. Nach der Zeugnisvergabe brach sie zusammen.
Auf dem Weg zum Flughafen konnte sie sich kaum auf den
Beinen halten. Die Mutter hatte zwei Koffer gepackt, darin
war alles, was sie aus Köln mitnahmen. Inga wusste nicht,
wohin es gehen sollte.

3

Monatelang hatte Inga Fieber. Die Menschen, die sie ver-
sorgten, kannte und verstand sie nicht. Sie lernte ihre Sprache, manchmal kam die Mutter zu Besuch, sagte ihr, dass
sie sicher seien und dass sie bald gesund werden würde.
Langsam erfuhr sie, dass sie sich in Sotschi befand, einem
Kurort am Schwarzen Meer. Ihr Russisch wurde von Tag

zu Tag besser. Einmal traute sie sich, ihre Mutter nach Karl und dem Vater zu fragen. Das unbestimmte Lächeln und wie sie ihr über das Haar streichelte, waren Antwort genug: sie würde sie, wenn überhaupt, nicht so bald wiedersehen. Sie vermisste Karl so sehr! Er war ihre Verbindung zur Welt gewesen und ihr Ruhepunkt zu Hause. Nun fühlte sie sich wie in einer abgeschlossenen Kapsel im Weltall – nicht wissend wo sie ankommen würde.

Ihre Mutter hatte sich verändert. Sie trug Uniform mit goldenen Streifen und Sternen auf den Schulterklappen, respektiert vom Personal der Klinik. Sie wartete nur noch darauf, dass die Krankenschwestern salutieren würden. Und sie sprach Russisch mit einer Autorität, dass ihr Gesichtsausdruck sie zu einer völlig anderen Frau machte.

Inzwischen war Inga in eine Art Wohnheim mit eigenem Zimmer, Balkon und kleinem Bad verlegt worden – in das Sanatorium, wie ihre Ärztin, eine Frau in den Vierzigern mit hell olivfarbenem Teint, rundem Gesicht und schräg stehenden Mandelaugen, sagte.

Wenn Inga sie fragte, was denn mit ihr los gewesen war, lächelte sie und sagte „die Nerven waren es. Manchmal kann es einem zu viel werden, gerade wenn man so jung ist wie du!" Und dann strich sie ihr über das Haar – wie es die Mutter tat, wenn sie sie besuchte. Auch ihre Ärztin hatte eine Uniform an, auf den Schulterklappen hatte sie silberne Sterne – die bei ihrer Mutter waren goldfarben.

Sie war 20, als es ihr wieder so gut ging, dass sie das von der Mutter auferlegte Tagespensum absolvieren konnte: morgens gut frühstücken, dann Sport – Gymnastik, laufen und schwimmen, dann zur Cafeteria gehen und essen, danach ruhen, dann Zeitungen aus verschiedenen Ländern lesen, abends noch einen letzten Spaziergang und dann früh ins Bett. Die Zeitungen waren oft nicht aktuell, Inga ahnte, wie schwierig es sein musste, sie aufzutreiben. Oft war sie verblüfft, wie unterschiedlich darin über ein und dieselbe Sache berichtet wurde. Wenn sie mit ihrer Mutter darüber sprach, bekam sie eine Ahnung davon, dass es die „Realität" nicht gab, sondern dass sie über die Art und Weise, wie darüber gedacht, geschrieben und gesprochen wurde, erst erschaffen wurde. Und dass es einen Unterschied machte, ob sie über etwas in Deutsch, Russisch, Englisch oder Französisch las. Und dass es sogar davon abhängen konnte, in welcher Stimmung sie war, wenn sie sich mit einem Thema beschäftigte, welche Art von Wirklichkeit auftrat. In Köln, in der Wohnung, wo sie mit Karl gelebt hatte, war die Mutter eine für deutsche Verhältnisse ganz normale Hausfrau gewesen. Auch eine Wirklichkeit, die gekippt war. Hier in Sotschi, ja wer war ihre Mutter denn? Eine Professorin? Eine Majorin? Eine Funktionärin? Sie wusste es nicht. Erst Jahre später sollte sie begreifen, welchen Zweck die abgeschlossene Kapsel, in der sie sich befand, für sie erfüllen sollte.

4

1981 wurde entschieden, dass sie gesund genug sei, ein Studium zu beginnen. Es waren Zeugnisse mit ihrem Namen beschafft worden, die ein russisches Abitur bezeugten. Sie begann in Odessa politische Ökonomie zu studieren, hielt es aber bald nicht mehr aus, so abstrus und naiv kamen ihr die Vorlesungen vor, strikt dem sowjetischen Duktus und

einer kommunistischen Ideologie folgend, die auf Inga un-
logisch und widersprüchlich wirkten. Ständig hätte sie widersprechen mögen und sehnte sich nach ihren deutschen
Lehrern, die sich mit ihr auseinandergesetzt und sie zum
Widerspruch zwar nicht ermutigt, ihn aber doch mit einer
Art amüsiertem Respekt geduldet hatten. Widerspruch war
hier nicht möglich. Wieder ein Tabu, das sie wie selbstverständlich begriff und befolgte.

Mit 23 Jahren wechselte sie nach Ostberlin an die Humboldt-Universität. Sie belegte Philosophie, Sprach- und Literaturwissenschaft – Ideologie unbelastete Fächer, wie sie
fälschlicherweise angenommen hatte. Inga war glücklich,
wieder Deutsch zu hören, zu lesen, zu sprechen, zu träumen,
zu denken. Sie liebte die deutschen Philosophen – Kant, He-
gel, Leibniz, Wittgenstein, sogar den misanthropen, Frauen
ablehnenden, ihr verklemmt vorkommenden Schopen-
hauer, der so kluge Dinge schrieb, verschlang sie. Sie las
Marx und genoss Bebels Schriften, der so viel von Frauen
hielt. Sie war nun eine normale Studentin mit ostdeutschen
Papieren und Zeugnissen und als Geburtsort in ihrem Pass
war Leipzig eingetragen. Die Mutter kam alle paar Wochen
zu Besuch. Arm in Arm gingen sie Unter den Linden spazieren, sahen im Deutschen Theater von Heine „Deutschland ein Wintermärchen" und besorgten Karten für das
Theater am Schiffbauerdamm, wo Mutter Courage gegeben wurde oder sie hockten im Studentenzimmer in der
Schönhauser Allee nebeneinander auf dem Boden, hörten
Brahms und Dvorak oder die Mutter las ihr vor- wie früher
in Köln.

Über die Zeit in Köln sprachen sie nicht, auch nicht darüber, dass in Ostberlin jegliche westliche Zeitungen, Rund-
funk- und Fernsehsender tabu waren. Auch nicht darüber

wie es Karl und dem Vater ging, wo sie waren und ob sie überhaupt noch lebten. Darüber, was die Mutter in der Sowjetunion tat und welche Auswirkungen der Atomunfall von Tschernobyl hatte, wurde auch nicht gesprochen. Davon musste die Mutter ja wissen, denn wenn sie Inga besuchte, kam ihr Flugzeug direkt aus Kiew. Helga hatte darüber berichtet, da ihre Familie regelmäßig Westsender schaute. Sie fragte auch nicht, wie es kam, dass sie die Mutter jetzt so oft sehen konnte. Aber Inga bemerkte bei jedem ihrer Besuche, wie angespannt und abgearbeitet sie war und wie sie es dann genoss, mit ihr, ihrem Kind, Zeit zu verbringen. Und als sie wieder abreiste – jedes Mal mit dem Flugzeug von Aeroflot von Schönefeld nach Odessa – wirkte sie erholt und um Jahre jünger.

Dass es in der DDR keine Bananen gab, keinen Kaffee, keine Schokolade und man sich für selbstverständliche Dinge wie Schrauben, Gummistiefel, Spülmittel anstellen musste, störte Inga wenig. Sie hatte immer ein Buch dabei oder war mit Freunden zusammen, was das Anstehen und auch den materiellen Mangel erträglich machte. Und sie erhielt zu ihrem Stipendium ja den Berlinzuschlag. Lisa studierte Psychologie, Helga Ökonomie, Hans und Anna waren in Philosophie eingeschrieben. Mit ihnen ging sie schwimmen und tanzen und mit ihnen verbrachte sie viele Wochenenden am Weißensee, wo Lisas Eltern eine gemütliche Datsche hatten und sie im Sommer Nachmittage lang nackt im Gras lagen. Ab 1986 diskutierten sie immer öfter darüber, dass es „so" nicht weitergehen konnte. Dabei vergewisserten sie sich, dass sie alleine und außerhalb von Räumen waren, wo sie eventuell abgehört wurden. Und sie achteten auch darauf, dass keiner dabei war, der nicht zu ihrer Fünfergruppe gehörte, d. h. dem nicht zu trauen war. Diese vier Freunde durften erfahren, dass es in Ingas Leben Ungereimtheiten gab, dass sie in verschiedenen Kulturen gelebt und gelernt hatte, die nichts voneinander wissen sollten. Dass dies von Inga nur geleistet werden konnte, in dem sie strikte Tabus befolgte und keine Schlussfolgerungen und Bewertungen über die verschiedenen Bereiche ihres Lebens vornahm. Für Inga war dies nur scheinbar selbstverständlich geworden. Viel mehr stellte es eine ständige Anstrengung dar, sich innerlich zu spalten, was soviel Lebensenergie kostete, dass sie sich oft erschöpft und leer fühlte. Wenn sie ihren Freunden davon erzählte, bekam ihr Hals hektische rote Flecken, das Herz begann zu jagen, sie schwitzte, zitterte und konnte vor Atemnot oft nicht weitersprechen. Helga nahm sie dann in die Arme und wiegte sie wie ein noch sehr kleines Kind.

Die SED-Repression war überall zu spüren. Schüsse an der Mauer hallten immer wieder durch die Nacht, so dass Inga, die inzwischen in der Heinestraße wohnte, sich Watte in die Ohren drehte, um nichts zu hören. Trotzdem schreckte sie manchmal auf, lag dann wach und dachte an ihre Schulzeit in der Oberstufe in Köln und die Diskussionen mit dem Deutschlehrer, der sich so kritisch dem Sozialismus gegenüber gezeigt hatte und auf die realen Probleme und die faschistischen Tendenzen im Arbeiter- und Bauernstaat hinwies, was sie - naiv und unwissend, dafür umso vehementer - als „einzelne menschliche Schwächen" abtat. Er hatte dann nur geseufzt und den Kopf geschüttelt. Er hatte mehr gewusst, als Inga sich damals hatte vorstellen können. Die Bürger waren unter ständiger Bespitzelung. Auch die wirtschaftlichen Engpässe waren immer mehr zu spüren. Und die Menschen wurden unzufriedener, noch unzufriedener.

5

Inga begann nach dem Studium, das sie mit Auszeichnung abschloss, im Verlag Volk und Wissen als Autorin für Schulbücher der Fächer Deutsch, Geschichte und Staatskunde sowie als Lektorin und Übersetzerin zu arbeiten. Sie war nun 27 Jahre alt. Fast neun Jahre waren vergangen, dass sie Karl und den Vater das letzte Mal gesehen hatte. Sobald sie an die Beiden dachte, schien sie ein so schweres Gewicht nach unten zu ziehen, dass sie nicht mehr aufstehen konnte. So blieb sie oft morgens einfach im Bett liegen, bis ein Kollege aus dem Verlag sie holte, dem sie einen Wohnungsschlüssel gegeben hatte oder sie blieb auf ihrem Stuhl im Verlag sitzen, bis die rundliche Putzfrau kam, sie sachte hochzog, ihr den Mantel über die Schulter legte und sagte: „Nu, meene Kleene is et ooch jenug, jetzt jehste nachhause."

Die Mutter hatte ihre Besuche in Ostberlin beibehalten, ja verstärkt. Sie kam häufiger und blieb länger, wurde jedes Mal schwächer und durchsichtiger. Es hatte im Winter 1986 begonnen, dass sie bleich und fahrig, mit einem Gesicht, aus dem sich der Totenschädel abzeichnete, in Schönefeld ankam. Umso zärtlicher, war sie zu Inga. Und in der Woche, in der die Mutter da war, konnte sie soviel Liebe, Zärtlichkeit und Trauer bei ihr spüren, wie nie zuvor. Noch nie durfte sie ihr so nahe sein. Und diese Nähe blieb ihnen all die Wochen, die sie miteinander verbrachten. Sie spürten, welch ein besonderes Geschenk ihnen zuteil wurde und genossen jeden Augenblick - ahnend, dass sie sich gegenseitig alles waren. Wirklich alles, für das es sich gelohnt hatte und lohnte, diese Art von Leben zu führen. Und es bedurfte keiner Nachfrage, warum es so war und wie es werden würde.

Im Herbst 1987 besuchte Inga dann die Mutter, nachdem sie einen Anruf bekommen hatte: in russischer Sprache, formell, mit konkreten Anweisungen. Das Flugzeug landete in Odessa, ein Wagen mit einem stummen Fahrer brachte sie nach Sotschi zu jenem Krankenhaus, in dem sie selbst vor fast neun Jahren gewesen war. Ihre Mutter lag schmal und blass, umgeben von Apparaten mit denen sie verkabelt war, in einem frischbezogenen Bett und öffnete die Augen, als die Tür aufging. Inga ging langsam und leise auf sie zu, küsste sie auf die Stirn, sah ihr in die strahlenden Augen.

„Mein Kind, mein liebes Kind" sagte sie.

Inga setzte sich und hielt ihre Hand. „Das ist jetzt das letzte Mal, dass wir uns sehen, oder?"

Die Mutter nickte, Tränen in den Augen.

„Mama, ich muss dich jetzt fragen dürfen und du sollst mir antworten, sonst kann ich nicht weiterleben."

Ihre Mutter nickte wieder, jetzt gequält lächelnd.

„Wo ist Karl? Was ist mit ihm passiert?"

Ein Stöhnen ging durch den Körper der Frau, die Stimme war tonlos, der Zug um ihren Mund bitter: „Karl war bei der Invasion der russischen Truppen als Teil des KGB, der als Sturmtrupp nach Kabul unter Oberst Bajarinow gejagt wurde. Weil dein Vater ihn noch kurz vor der Stürmung der Stadt herausgezogen hat, hat er sich nicht mit diesen grausamen Menschenschändern schuldig machen müssen. Aber er hat darauf bestanden, weiter in Afghanistan zu bleiben und gegen die Stämme zu kämpfen, die es in den gebirgigen Unwegsamkeiten des Hindukusch der Sowjetarmee so schwer gemacht haben. Er wurde für den Mi 24 ausgebildet – als Inga fragend aufblickte, ergänzte sie – „einem Kampfhubschrauber, mit dem unsere Armee gute Erfolge hatte.

Bis die Taliban von den USA die sogenannten „Stinger-Raketen" bekamen. Auch von einfachen Kämpfern waren diese leicht zu bedienen. Karl war bei den ersten, die abgeschossen wurden. Er soll gleich tot gewesen sein. Das war im Dezember 1986 gewesen. Im Laufe dieses Jahrs wurde dann die Lufthoheit der sowjetischen Armee gebrochen. Wie es weitergeht, weiß keiner. Aber wohl nicht so wie es uns das ZK glauben macht."

Durch Inga ging es wie ein Stromstoß, sie zuckte zusammen und sah um sich.

„Keine Sorge Kind, es hört uns keiner, ich habe das Zimmer absuchen und sichern lassen."

„Und Vater?" Inga wagte kaum zu flüstern.

Die Mutter antwortete laut, mit fester Stimme: „dein Vater war in den letzten Jahren kritisch dem ZK gegenüber geworden. Den KGB, dem er angehörte, sah er zunehmend außer Kontrolle geraten. Und er fand die sozialistischen und kommunistischen Ideale nicht mehr. Die Invasion in Afghanistan empfand er als Unrecht und er versuchte das ZK zu überzeugen, dass ein Krieg in diesem Land nicht zu gewinnen war. Damit war er unliebsam geworden. Man stellte ihn vor die Wahl, sich mit einer Mi 24 abschießen zu lassen, oder sich vor einem Militärgericht zu verantworten. Er ist mit Karl zusammen gestorben."

Inga liefen die Tränen über das Gesicht.

Die Mutter fuhr fort: „mir konnten sie keine Untreue nachweisen. Ich war aus Köln zurückgekommen, war wieder an meinem alten Platz. Seit Mai 85 war ich so oft in Tschernobyl und dem Umland, dass es nur noch eine Frage der Zeit war, wie lange ich überleben würde." Sie küsste Ingas Hand und sagte „aber es hat uns in den letzten beiden

Jahren so eine gute Zeit beschert, nicht wahr, mein Mädchen? Und ich habe es geschafft, dass du aus allem herausgehalten wurdest." Sie lehnte sich erschöpft zurück, schloss die Augen und schien eingeschlafen zu sein.

In Inga tobte es. Sie sollte aus allem herausgehalten worden sein? Seit sie in Köln auseinandergerissen worden waren, war sie entwurzelt, denn die drei Menschen ihrer Familie waren ihr die einzige Heimat gewesen, die sie hatte. Und der Mensch, der ihr zuletzt alles gewesen war, wurde ihr jetzt auch genommen. Das laute Schluchzen schüttelte sie, sie fühlte nur noch Haltlosigkeit, Verzweiflung und tiefes Mitleid – mit der Mutter und mit sich selber.

„Ach mein Mädchen! Weine nicht. Du wirst all das, was uns zerstört hat, überleben. Glaube mir, es geht nicht mehr lange. Und Überleben ist das Allerwichtigste."

Inga umarmte ihre Mutter noch einmal ganz zart, sah in ihre lächelnden Augen und streichelte sie. „Ich hab dich so lieb, Mamutschka."

„Und ich dich erst, mein Inga Mädchen!"

Ingas Tränen liefen über das nun noch einmal aufstrahlende Gesicht. Als sie sich endlich von ihrer Mutter trennte, war es dunkel geworden.

Vor dem Krankenzimmer wartete die Ärztin, die Inga vor vielen Jahren nach ihrem Nervenzusammenbruch behandelt hatte. Sie nahm sie in den Arm, streichelte ihr über die Haare, wie sie es auch damals gemacht hatte.

„Wie geht es jetzt weiter?"

„Wir kümmern uns um alles. In zwei Tagen wird deine Mutter beigesetzt. Mit allen militärischen Ehren auf dem Ehrenfriedhof in Odessa. Bleib bis dahin bei mir, du sollst jetzt nicht allein sein."

Inga half, die Mutter zu waschen und zu frisieren. Es

wurde ihr die Uniform mit den goldenen Streifen und Sternen angezogen, der bereitstehende Sarg war aus schwerem Holz, sie lag auf rotem Samt.

Inga plagte eine heftige Übelkeit. Die Ärztin gab ihr ein Medikament, damit sie die Beerdigung mit den salutierenden Soldaten und den Reden der Funktionäre durchstehen konnte, ohne sich zu übergeben.

Auf der geschliffenen Grabplatte stand: Anna Reschke, Heldin der UdSSR, geboren 13.5.1936 in Novosibirsk, gestorben 20.10.1987 in Sotschi.

Der Name stimmte also. Immerhin der ihrige auch. Inga hatte einen Schleier getragen, niemand hatte ihr Gesicht gesehen. Niemand kannte sie außer der Ärztin, ihr gab sie ihre Adresse in Ost-Berlin und steckte ihre schnell in die Handtasche. Von der Mutter war eine Mappe mit Papieren, Fotos und Aufzeichnungen für sie gerichtet worden, die sie in ihrem Koffer verstaute. Am Flughafen wurde sie von einem Sowjetoffizier durch die Sicherheitskontrollen direkt ans Flugzeug gebracht. Zum Abschied nickte er ihr zu.

6

Zurück in Berlin, traf sich Inga mit Lisa und Helga. Sie waren so bedrückt, wie Inga sie noch nie erlebt hatte. Anna und Hans waren verhaftet und nach Rummelsburg in U-Haft gebracht worden. In den letzten Wochen hatten die beiden geplant, mithilfe eines westdeutschen Onkels, der in Lübeck lebte, über die Ostsee nach Dänemark zu flüchten. Die bleierne, missmutige und misstrauische Stimmung, die sich über die Stadt und über die ganze DDR gelegt hatte, wollten die Freunde nicht mehr aushalten. Ein Nachbar hatte sie bei der Stasi verraten.

Lisa hatte schon versucht über einen Cousin, der Stasioffizier war, und dem sie vertraute, etwas über ihr Ergehen zu erfahren, erfolglos. So blieb ihnen nur, zu hoffen, dass die Freunde keine allzu schlimmen Verhöre über sich ergehen lassen mussten und es ihnen im Gefängnis nicht zu schlecht erging.

Inga umgab wieder die wattige Wolke, hinter der sie kaum etwas wahrnahm. Keine lauten Geräusche, keine Farben, keine deutlichen Gefühle, alles war gedämpft, grau und unwirklich. In ihrem Kopf verhinderte eine breiige Masse, dass sie nachdenken konnte, in ihrer Brust waberten körperlose Schlieren, die einen vibrierenden, sehr hohen Ton erzeugten. Sie fühlte nichts außer einer ständigen Unruhe, die sie nicht schlafen ließ.

Sie ging wieder in den Verlag. Auf die Frage, wie denn der Urlaub war, antwortete sie „gut" und blickte durch ihre Genossinnen und Genossen durch, wenn sie von ihnen besorgt gemustert wurde. Die beiden von ihr verfassten Schulbücher „Unsere kleinen Brüder und Schwestern in Kuba" für die fünfte Klasse und „Russische Dramen und ihr Einfluss auf das Theater des Arbeiter- und Bauernstaats" für die zwölfte Klasse waren gut aufgenommen worden. Der VEB Leiter lobte sie und wünschte ihr weiterhin „ein gutes Händchen."

Den ganzen Winter verbrachte Inga mit Aufstehen, Verlag, Schlafengehen, sich im Bett wälzen. Sie war dünn geworden und sprach kaum noch.

7

Wenn er sie nicht angesprochen und sie auf die Narzissen aufmerksam gemacht hätte, die in den Beeten um die alte Staatsgalerie blühten, sie hätte den Frühling nicht bemerkt. Es schien ihn zu belustigen, dass sie erst so verwundert, dann ganz ungläubig reagierte und als sie in sein lächelndes Gesicht blickte, war es ihr, als ob sie aus einem langen Schlaf erwachen würde. Er stellte sich als Gisbert Schlesinger vor. Er sei Ingenieur aus Jena und zu einem Kongress nach Ostberlin gekommen. Ob sie wisse, wo man gut essen könne. Sie nannte ihm ein jugoslawisches Lokal in der Nähe des Alexanderplatzes und er fragte, ob er sie einladen dürfe. Es schien ihr, als ob sie auftauen würde, er war aufmerksam, fröhlich und sah nett aus. Er kannte sich gut in deutscher und russischer Literatur aus, liebte die Lieder und Opern von Kurt Weill und schien auch gereist zu sein, zumindest im Ostblock. Sie trafen sich in der Woche jeden Tag. Nach dem Kongress rief er sie jeden Abend aus Jena an, an den Wochenenden kam er nach Berlin. Dass sie nach Jena kam, das wollte er nicht, in Berlin sei es doch schöner. Von sich erzählte er wenig, wenn, dann von seiner Arbeit und alltäglichen Vorkommnissen im Betrieb. Aber er war ein guter Zuhörer, ein sehr guter sogar. Er brachte sie dazu von sich zu erzählen. Etwas, was sie selten unbefangen getan hatte. Aber bei ihm sprudelte es nur so aus ihr heraus. Er hatte eine dunkle, weiche Stimme, freundliche blaue Augen und einen schönen Mund. Und nichts schien ihn glücklicher zu machen, als wenn sie erzählte. Bald wusste er alles von ihr. Besonders die Jahre in Köln interessierten ihn. Davon konnte er nicht genug erfahren. Sie musste vieles immer wieder berichten. Sein Interesse an ihr und ihrem Leben machte sie stolz. Noch nie hatte sich jemand so für sie interessiert und dies in solch einer Intensität wahrgenommen, wie es Gisbert tat. Sie hatte das Gefühl, nach langen Jahren des Darbens lebendig zu sein, wieder etwas zu fühlen.

Inga mochte Sex. Seit sie siebzehn war, hatte sie immer wieder Freunde gehabt, manchmal Affären mit verheirateten Kollegen. Aufrechterhalten konnte sie diese Beziehungen nicht über längere Zeit. Auch ihr körperliches Verlangen wurde immer wieder gestört von den wochen-, manchmal monatelangen Phasen des abgestumpften gefühllosen mechanischen Lebens, das sie nur aushalten konnte, weil es Lisa, Helga, Hans und Anna gab. Und weil es ihre Mutter gegeben hatte und die Erinnerung an Karl und den Vater.

Nun war Gisbert da und es schien, dass sich ihre Verpanzerungen, die so viel grindigen, aufgerissenen Schorf angesetzt hatten, langsam auflösen wollten.

Es irritierte sie aber, dass bei Gisbert, so liebevoll, aufmerksam und zugewandt sein Verhalten ihr gegenüber war, kein leidenschaftliches Verlangen und sexuelle Lust zu spüren waren. Wenn sie ihn verführte, ließ er sich hölzern und mechanisch darauf ein. Sein Glied erigierte zwar, wollte aber nicht spielen, sondern kam schnell, immerhin ihre Leidenschaft berücksichtigend, zum Orgasmus. Dann schien es erleichtert, als ob es eine unangenehme Aufgabe hatte erledigen müssen und zog sich schnell zurück. Manchmal war es ihr, als ob sie mit dem staksigen Pinocchio schlafen würde. Nur dass nicht die Nase lang war, sondern der Penis hervorstand, um schnell wieder klein zu werden. Dass sie große Lust empfand, rief bei Gisbert keine Resonanz hervor, mehr noch, ihre Leidenschaft schien ihn zu langweilen. Bei ihren früheren Liebhabern war dies anders gewesen. Deren Verlangen war durch Ingas Lust befeuert worden.

Aber da Gisbert ansonsten sehr aufmerksam war, vergaß sie ihr Unbehagen immer wieder schnell. Es schien ihm nichts zu entgehen: er wusste ihre einzelnen Lebensstationen, die Geschichten ihrer Freundinnen, die Namen ihrer Genossinnen und Genossen im Verlag, ihre laufenden Arbeiten, sogar ihr Monatszyklus wurde von ihm genau registriert. Auf jedes Detail zu achten schien ihm eine Selbstverständlichkeit, der er mit automatisierter Routine nachging. Dass diese Fähigkeit ihr so viel Aufmerksamkeit zukommen ließ, genoss sie über alle Maßen. Noch nie im Leben hatte sie sich so wertvoll und wichtig gefühlt. Für Gisbert war sie der bedeutendste Mensch auf der ganzen Welt. Dessen war sie sich sicher. Absolut sicher.

Es rumorte immer mehr unter der bleiernen Oberfläche, die sich über ganz Ostdeutschland gelegt hatte. In Leipzig gab es jeden Montag offene Demonstrationen, der sich auch von der SED protegierte Künstler und Intellektuelle anschlossen. Inga hoffte inständig, dass Anna und Hans durchhielten bis es zum großen Umbruch kam und dass ihnen bis dahin nichts passierte.

Sie hatte in der Mappe ihrer Mutter, die sie von Sotschi mitgebracht hatte, ihre Kölner Geburtsurkunde, ihr Abiturzeugnis, ihre Prüfungszeugnisse und Diplome mit entsprechenden Daten und einen bis 1996 gültigen westdeutschen Personalausweis gefunden. Was hatte die Mama gesagt: „es wird nicht mehr lange gehen".

Zu ihrem Erstaunen wurde Gisbert ab März 1989 plötzlich von sich aus im Bett aktiv. Wie Inga auffiel dreimal im

Monat hintereinander und zwar an ihren fruchtbaren Tagen. Da sie genau in dieser Zeit im Monat schnell erregt war, kam ihr seine Veränderung sehr entgegen. Nach der „Brunftzeit", wie sie es nannte, war ihr Zusammenleben, er war zwischenzeitlich nach Berlin gezogen, wieder sexlos.

Im Juli 1989 wurde Inga schwanger. Gisbert drängte auf Heirat. Für Inga war dies nicht wichtig, aber die Vorstellung, eine kleine richtige Familie zu haben, machte sie glücklich, so dass sie mit Freude einwilligte. Sie lud zur Trauung ihre Genossinnen und Genossen aus dem VEB, ihre 2 Freundinnen und die Ärztin aus Sotschi ein. Lisa und Helga waren Trauzeuginnen. Gisbert sagte, er habe niemanden, den er einladen wolle. Lisa und Helga fanden dies merkwürdig. Sie waren mit ihm die ganzen 15 Monate, die Inga mit ihm zusammen war, nicht warm geworden. Wenn sie Andeutungen machten, dass eine Ehe mit einem Mann, über den Inga eigentlich nichts wusste, doch etwas - wenn nicht gerade gefährlich (dies meinten die Freundinnen eigentlich) - so doch ungewöhnlich sei, winkte Inga lachend ab.

„Ich kenne ihn doch! Und Gisbert ist so ein guter Mann. Wenn ihr wüsstet, wie gut er zu mir ist." Dazu zählte für sie auch, dass Gisbert seinen Namen „Schlesinger" abgeben wollte und ihren „Reschke" übernahm. Er hatte gemurmelt, dass die sozialistische Gleichstellung von Frauen doch auch in der Realität stattfinden sollte. Und dass er stolz sei, den Namen von höchstem „Sowjetadel" zu tragen. Hier hatte Inga aufgehorcht und als sie Gisbert daraufhin direkt anblickte, schlug er seine Augen, wie ertappt nieder und drehte sich weg. Als sie Lisa und Helga davon erzählte, schüttelten diese nur den Kopf. Lisa fand es unnatürlich, dass Gisbert nichts über seine Familie, seine Herkunft und seine Vergangenheit erzählen wollte und unwirsch wurde, wenn er danach gefragt wurde. Und Helga sagte, wenn einer sagt, „wer ich bin, das sollst du mich nicht fragen, woher ich komme, das will ich dir nicht sagen!" das könne nicht gut ausgehen! Und die Freundinnen beschlossen, in Zukunft gut auf Inga aufzupassen. Sie bekamen nach der Hochzeit aber nicht viel Gelegenheit dazu. Gisbert schottete Inga regelrecht ab, worüber sie gerührt war und ihm noch mehr Liebe und Vertrauen schenkte.

8

Dann überschlugen sich die Ereignisse. Was niemand für möglich gehalten hatte, passierte! Gorbatschows Glasnost-Politik und die Verständigung der Westmächte England, Frankreich und USA hatten es tatsächlich möglich gemacht, dass die Grenzen zwischen Ost- und Westdeutschland aufgingen. Lisa und Helga waren bei der Menschenmenge, die über die Bernauer Straße in den Westen drängten - ängstlich zwar, ob sie wieder zurückdurften, zu aufgeregt und zu neugierig, um auf die Gelegenheit zu verzichten. Es hatte sich wie ein Lauffeuer von Haus zu Haus verbreitet.

Gisbert verbot Inga mitzugehen. Es sei zu gefährlich, zumal in Ingas schwangerem Zustand. „Sein Kind und seine Frau" sollten keiner Gefahr ausgesetzt werden. Die Freundinnen sahen Inga flehentlich an − doch sie fügte sich.

Als dann schnell klar wurde, dass das Reiseverbot nach Westberlin, ja sogar nach Westdeutschland aufgehoben war, setzten sich Karawanen von Menschen in Bewegung, um in den Westen zu fahren. Alle, die auf eine Veränderung in der DDR gehofft hatten, waren euphorisch. Regimetreue Genossen, Mitglieder der SED Organe, der Stasi und des Politbüros versuchten indes eifrig in den Behörden, so viele Unterlagen wie möglich zu vernichten. Und nicht wenige DDR-Bürger hatten Angst vor dem, was auf sie zukommen würde.

Gisbert schien über alles nicht erstaunt, geschweige denn überrascht. Am 20. Oktober 1989 begann er zu packen. Seine Kleider, seine Schuhe, seine Bücher, seine Toilettensachen. Dann packte er Ingas Kleider, ihre Schuhe, ihre Bücher, ihre Toilettensachen und lud sie in einen VW Golf, der vor der Türe stand. Die Rückbank hatte er umgeklappt. Was an Platz noch zur Verfügung stand, wurde mit Tüten zugestopft. In denen befanden sich Bettwäsche, Handtücher und Geschirr. In die Lücken schob er Bücher und Schallplatten.

Inga, inzwischen recht schwerfällig geworden, sah ihm zu. Unbeweglich, sprachlos und umhüllt mit jener Wattigkeit, die sie aus der Zeit vor Gisbert so gut kannte. Endlich presste sie, kalkweiß geworden, heraus: „was tust du Gisbert?" Den Blick, mit dem er sie ansah, kannte sie bis dahin nicht: kalt, gleichgültig, desinteressiert. „Ich packe für uns. Wir fahren nach Mannheim, ich habe dort eine Wohnung für uns."

„Aber warum denn?"

„Es ist besser für uns, hier können wir nicht bleiben, glaube mir. Ich hab schon alles für uns organisiert, vertraue mir!" Und dann blickte sie wieder der Gisbert an, den sie kannte: besorgt, liebevoll und zugewandt.

Sie musste sich zuvor getäuscht haben. Vermutlich hatte sie ihn durch den Schreck falsch wahrgenommen.

„Ich muss noch Lisa und Helga Bescheid geben."

„Du wirst niemandem etwas sagen, das geht keinen etwas an, hörst du?!" Wieder dieser Blick. Ingas Hände waren eiskalt. Sie folgte Gisbert zum Auto und setzte sich auf den Beifahrersitz. Der Gurt drückte ihren Bauch zusammen, so dass sie ihn darunter schob. Gisbert stieg auch ein, startete und fuhr los.

„Woher hast du den Wagen?"

„Besorgt, fährt sich besser als die DDR-Schüsseln."

Sie fragte nichts mehr, schaute starr geradeaus, sie fuhren in Richtung Transitautobahn. Gisbert hielt ihr den bundesdeutschen Personalausweis hin, den ihr die Mutter hatte machen lassen. Ihr wurde schwindelig, sie fürchtete, sich zu übergeben. Er selber zog ebenfalls einen Personalausweis für sich aus der Tasche: „sag nichts an der Grenze – ich mach das!"

Inga musste würgen und erbrach sich in eine Plastiktüte, die sie in ihrer Handtasche gefunden hatte.

9

Der kleine Enno wurde am 10. Februar 1990 im Diakonissenkrankenhaus in Mannheim entbunden. Inga hatte in den zwölf Jahren, die sie nicht mehr in Westdeutschland gewesen war, völlig vergessen, wie selbstverständlich es hier alles gab, was in der UDSSR und in der DDR absolut unerschwingliche Luxusdinge gewesen waren. So hatten sie sich mit allem gut versorgen können, was sie für die Geburt und die erste Zeit mit dem Säugling brauchen würde. Sie fühlte sich nach der Geburt zwar schwach, aber war so glücklich, den kleinen Jungen in den Armen zu haben, von dem sie hoffte, er würde später Karl ähneln.

Gisbert hatte bei der Geburt nicht da sein können. Die Arbeit, die er sofort nach der Übersiedelung begonnen hatte, nahm ihn sehr in Anspruch. Aber er hatte mit ihr zusammen alles besorgt, was nötig war. Und er hatte genug Geld, um es zu bezahlen. Wo er es her hatte, hatte sie ihn nicht gefragt, egal wie die Antwort sein würde, sie würde Angst bekommen und er schlechte Laune. Dass er sich auf seinen Sohn freute, merkte sie ihm an; auch, dass er ihr ehrlich zugetan war. Sie fühlte sich von ihm verwöhnt und gut versorgt. Was genau er in seiner Arbeit tat, erzählte er nicht. Im technischen Vertrieb von Laborinstrumenten sei er tätig, hatte er ihr gesagt und „Genaueres würde dich langweilen." Und so erzählte Inga meist von dem, was sie in ihrem neuen Leben mit Nachbarinnen, in der Geburtsvorbereitung, beim Einkaufen erlebte.

Lisa war gekommen und würde die ersten Wochen bleiben, bis Inga mit dem Kleinen zurechtkam und der genähte Dammriss verheilt sein würde, der ihr bei jeder Bewegung weh tat. Lisas Kombinat in Eisenach, in dem der Wartburg hergestellt worden war und wo sie für die Beschaffung der Zulieferteile zuständig gewesen war, war geschlossen worden. Niemand wollte mehr den ehemaligen Stolz der DDR haben. Die Leute zogen stattdessen gen Westen - ihre Ersparnisse hatten sie in D-Mark umgetauscht. Mit viel Bargeld in den Taschen kauften sie alles, was vier Räder hatte und Golf, Passat, Corsa, Kadett, Mercedes und mit Glück auch BMW hieß. Und die „Wessis" rieben sich die Augen und nach dem Verkauf ihrer Autos die Hände. Die Stimmung im Westen war euphorisch, die „Ossis" wurden begeistert empfangen.

„Lisa" sagte Inga, als beide mit hochgelegten Beinen im Wohnzimmer auf der Couch saßen, Inga mit Enno an der Brust, „was wirst du jetzt tun?"

Lisa grinste: „erstmal werde ich deinem undurchsichtigen Ehemann noch ein paar Wochen auf der Tasche liegen, dann geht´s zurück nach Berlin zu Anna und Hans. Die beiden haben in der Auguststraße eine wunderbare 7-Raum Wohnung gefunden, die sie übernommen haben. Stell dir vor, eine Wohnung mit großer Küche und zwei Bädern – einfach verlassen worden. Die Tür stand offen, alles Persönliche mitgenommen, sonst alles da. Da wird sich ein Plätzchen für mich finden. Und Helga wird auch dazu kommen." Dann blinzelte sie Inga zu, die verstand, was sie meinte und zurück lächelte.

„Ich bin so froh, dass Anna die Zeit in Hohenschöneck und Hans die Monate in Bautzen einigermaßen überstanden haben und Annas Baby es noch bis nach der Entlassung im Bauch ausgehalten hat, damit sie es ihr nicht wegnehmen konnten. Weißt du, mein Cousin bei der Stasi ist zwar überzeugter Kommunist, aber er ist immer ein Mensch geblieben. Er hat den Beiden Briefe von uns gebracht und dafür gesorgt, dass sie nicht gefoltert wurden. Aber er hat immer mehr Angst bekommen, dass seine Genossen ihn anschwärzen und er auch in den Bau kommt. Er ist froh, dass es vorbei ist, mit der Stasi und so."

„Weißt du Lisa, ihr vier und natürlich Gisbert, seid die Einzigen, die alles von mir wissen. Nirgends konnte ich von mir erzählen. Ich weiß noch gar nicht, wie es weitergehen soll."

„Inga, du bist jetzt in dem Land, wo du aufgewachsen bist.

Du kennst dich hier aus. Schließe wieder an früher an. Du hast nichts zu verbergen, du hast nichts verbrochen. Deine Eltern nicht und Karl nicht. Schlimm genug, dass sie nicht mehr da sind. Du musst dich nicht verstecken, sage jedem alles was du willst. Es wird Zeit, dass du endlich aus deiner Kapsel herauskommst. Und, da sah sie Inga beschwörend an, „schau, dass du herausfindest, was dein Gisbert für einer ist, ob du ihm auf Dauer trauen kannst. Und wenn was ist und du uns brauchst – du weißt wohin du kommen kannst, in die Auguststraße 68 in Mitte."

Inga lächelte, krabbelte mit Enno noch an der Brust, auf Lisa zu und küsste sie.

10

Es ging leichter als gedacht. Inga fädelte sich in Mannheim mit seinen offenen toleranten Menschen ohne Probleme ein. Wenn sie von der Burgstraße 32, wo sie im vierten Stock in der Schwetzinger Vorstadt wohnte, mit dem Kinderwagen in die Quadrate zum Markt ging, hatte sie den Eindruck, an Menschen aus der ganzen Welt vorbeizukommen. Und bald war es für sie wieder normal, in einer Kultur mit vielen Nationen zu leben. In Köln war es ja auch so gewesen. In der Sowjetunion und Ostdeutschland hatte sie fast vergessen, wieviel unterschiedliche Hautfarben in einer Stadt sein konnten. Genauso war es mit Schwulen, den Punks und allem was nicht konform gewesen war und sich im Osten hatte verstecken müssen.

Enno war lebhaft, oft unruhig und schlief schlecht. Meist

schlief Inga mit ihm auf der Spielmatratze im Kinderzimmer, damit Gisbert ausreichend Schlaf bekam. Er schien erfolgreich in seiner Tätigkeit, und kaufte viele teure Dinge. Das größte Faible hatte er für neueste technische Geräte. Er fuhr einen großen Audi, ihr hatte er einen A3 gekauft. Als sie in eine größere Wohnung in die Oststadt in der Nähe des Luisenparks zogen, richteten sie sich mit teuren Designermöbeln ein. Gisbert schien zu merken, dass Inga misstrauisch und ablehnend wurde. Er war meist unterwegs, machte am Wochenende, was sie geplant hatte. Er nahm ab und zu Enno auf einen Spaziergang mit, schien aber zuhause meist so abwesend, dass Inga immer öfter dachte, dass es ihr ohne ihn besser gehen würde. Als ob er es ihr an der Stirn hätte ablesen können, kam er eines Nachts, holte sie ins große Bett, und schlief mit ihr. Sie hatte ihre fruchtbaren Tage und wurde prompt schwanger. So hatte sie bald zwei kleine Kinder im Abstand von zwei Jahren. Enno war immer noch sehr anstrengend und die kleine Lena hatte Blähungen und schrie viel.

Hätte Inga nicht die Hilfe einer lieben Nachbarin gehabt, sie hätte die ersten Jahre mit den Kindern nicht durchgestanden. In Westdeutschland war es schwierig, Plätze in einer Kita zu bekommen, so dass Inga die ersten Jahre zu Hause bleiben musste. Es langweilte sie, nicht zu arbeiten. Sie las, wenn die Kinder schliefen, und bekam von Helga und Lisa, die inzwischen in Berlin bei der taz und im Institut für politische Bildung arbeiteten, Aufträge für Artikel, Essays und Übersetzungen als freie Mitarbeiterin. Gisbert gegenüber verheimlichte sie ihre Einkünfte und zahlte sie auf ein eigenes Konto ein. Auf Drängen der Freundinnen stellte sie ein Kindermädchen und eine Haushaltshilfe ein und begann in Heidelberg an der Universität ein pädagogisches

Aufbaustudium, wobei ihre Abschlüsse von der Humboldt-Universität zum Teil anerkannt wurden, um am Gymnasium unterrichten zu können. Sie wollte ein eigenes Einkommen, um sich, wenn nötig, von Gisbert trennen zu können.

Auf ihren Wunsch, mehr von ihm zu erfahren, war er nicht eingegangen. Sex hatten sie keinen, zwei Kinder zu wissen. Ihre Entscheidung, zu studieren, missbilligte er. Die Haushaltshilfe und das Kindermädchen hielt er für überflüssig. Aber Inga blieb fest. Das Studium machte ihr Spaß, sie fand Haus und Kinder gut versorgt und war froh, ihren Kopf wieder mehr benutzen zu können. Außerdem waren ihr die paar Stunden, die sie mit ihren kraft- und anspruchsvollen Kindern pro Tag zubrachte, genug. Es brauchte sie soviel Nerven und ihre ganze Geduld, die Streitereien und ihr oft wüstes Verhalten, was sie für einander und ihr gegenüber hatten, zu ertragen. Beide waren hochmotorisch, sportlich begabt wie Karl, stur und egoistisch wie Gisbert. Dabei hoch intelligent und durchsetzungswillig, mit vier und sechs Jahren sprachlich so gewieft, dass sie sie in einen Debattierclub hätte schicken mögen.

Nach drei Jahren Studium machte Inga ihr Staatsexamen. Sie bekam gleich eine Stelle am Liselotte Gymnasium und unterrichtete dort Deutsch, Sport und Geschichte. Sie wurde bald fachlich geachtet und ob ihrer Freundlichkeit und der Offenheit, mit der sie über sich und ihren Werdegang erzählte, sehr gemocht.

Als auf ihrem Bankkonto 50.000 DM waren, fragte sie Lisa, ob sie noch Kontakt zu ihrem Cousin, der bei der Stasi gewesen war, hatte.

Dieser empfahl ihr einen Privatdetektiv, wie Lisa sagte, einen scharfen Hund, der mit allen Wassern gewaschen war.

Markus Schuch sollte herausfinden, wer ihr Mann war, von dem sie sich eigentlich nur noch als Fassade und Statusbringerin gebraucht fühlte. Die Kinder mochte er, zeigte aber wenig Interesse und verwandte kaum Zeit auf sie, was besonders Enno sehr enttäuschte. Er ließ seine Wut darüber immer stärker an Inga aus, da sie sich häufig gegen ihn und seine Regelverstöße stemmen musste. Die väterliche Autorität konnte sie nicht ersetzen und war zu schwach, ihm und seiner Schwester Grenzen zu setzen. Beide straften sie dafür mit Ungehorsam und Verachtung. Obwohl Gisbert ständig unterwegs war, hielt er die formalen Familienabläufe aufrecht und galt als angesehener, erfolgreicher Vater und Ehemann, der seiner Familie etwas zu bieten hatte.

Der Detektiv begann im Jahr 2002 (die 50.000 DM waren auf 25.000 € halbiert) mit seiner Arbeit. Inga war nun 13 Jahre mit Gisbert verheiratet. Deutschland war seit bald zwölf Jahren wiedervereinigt, die Kinder waren zehn und zwölf Jahre alt und bei ihr stand die Beförderung zur Oberstudienrätin an. Das Leben spielte sich zwischen Schule, Sportplatz, Eishalle und Turnhalle, Grillfesten, Einladungen und Urlauben ab. Eine ganz normale Mittelschichtfamilie mit einem engagierten Vater im Außendienst.

Der Privatdetektiv musste noch gute Verbindungen haben. Er nahm den Vorschuss von 5000 € und lieferte zwei

Wochen später schon Informationen, an denen Inga vier Wochen zu dauen hatte, bis ihr wieder etwas schmecken wollte und sie wieder normal essen konnte. Gisbert war kein Außendienstler für Laborinstrumente, sondern vermittelte Immobilien, Schiffe und Grundstücke an Russen, die ihr Geld im europäischen Ausland anlegen wollten. Woher und wie diese ihren neuen Reichtum erworben hatten, darüber konnte Inga nur spekulieren, der Detektiv machte vage Andeutungen, die Inga erschauern ließen und bei ihr einen Würgereiz hervorriefen. Gisbert schien dabei sehr gut zu verdienen, denn er hatte Konten bei deutschen, englischen und amerikanischen Banken. Deren Umsätze beliefen sich inzwischen im siebenstelligen Bereich. Wie viel auf seinem Schweizer Nummernkonto lag, wollte der Detektiv noch eruieren. Es schien ihm wichtig zu sein, dass Inga mit ihm zufrieden war, er ließ durchblicken, dass er um ihre russische Herkunft wusste und welche Hochachtung er vor den patriotischen Eltern und dem opferwilligen Bruder bis heute hatte. Auch an der Stelle begann Inga zu würgen, behielt sich aber vor, bezüglich ihrer Familie, später vielleicht, einen weiteren Auftrag zu erteilen.

Sie beschloss Ruhe zu bewahren, was ihr ob der jahrelangen Übung nicht schwerfiel. Und sie setzte sich Ziele. Vielleicht das erste Mal im Leben: Sie würde ihre Kinder großziehen und so gut es ihr möglich sein würde, ihre kraftvollen überschießenden Temperamente in sozial annehmbare Bahnen lenken. Sportlich und schulisch waren sie erfolgreich, sie würde sie fördern und sie in ihren Sorgen und Nöten ernst nehmen, trösten und unterstützen - wenn sie es annehmen wollten. Ob sie ihr ihre Liebe zurückgeben würden, sie irgendwann achten würden, das würde sie ihnen überlassen. Bis jetzt jedenfalls nutzten sie ihre Passivität und Schwäche zum eigenen Vorteil aus. Sie nahmen sie in ihrer häufigen Erschöpftheit als Prellbock für ihre Frustrationen, sicher vor konsequenter Gegenwehr. Gisbert quittierte Grenzüberschreitungen und die Frechheiten ihr gegenüber mit einem Schulterzucken und fragte sie dann, wie sie es denn mit ihren Schülern schaffen würde. Aber da war es ganz anders. In der Schule war sie fröhlich und selbstsicher und überzeugte durch großes Wissen, spannende Schulstunden und fairen, profunden und kurzweiligen Sportunterricht.

Der Detektiv förderte weitere interessante Dinge zu Tage, die ebenfalls 5000 € kosteten. Gisbert traf sich nicht mit Frauen, was Inga vermutet hatte, sondern mit jungen Männern und dies in schmuddeligen Gegenden, in Parks, auf Bahnhöfen, Raststätten und las gern jugendliche Streuner auf, die er mit in seine Hotels nahm. Diese Informationen führten dazu, dass Inga aufhörte, mit Gisberts Desinteresse an ihr zu hadern, stattdessen entschied sie sich, in der großen Wohnung ein eigenes Zimmer einzurichten, in dem sie alleine schlief. Gisbert gegenüber erklärte sie, er würde sie durch sein lautes Schnarchen nachts stören.

Und sie beschloss, sich dafür, dass sie und die Kinder für ihn eine so perfekte Tarnung boten, besser zu entschädigen. Sie ließ sich ihr Gehalt auf ihr geheimes Konto überweisen. Für die beiden Kinder legte sie Sparkonten an, auf die sie nach ihrem Studium Zugriff haben würden und überzeugte Gisbert, monatlich jeweils 2000 € per Dauerauftrag darauf zu schicken. Sie selber würde unbegrenzten Zugriff auf das gemeinsame Konto haben, für Anschaffungen und wenn mal was wäre. Gisbert stimmte allem mit einem gleichgültigen Achselzucken zu. Einige Monate später überzeugte sie ihn noch, Gütertrennung und getrennte Veranlagung zu erwirken – aus steuerlichen Gründen. Hier zeigte sich Gisbert zwar verwundert, aber er hatte auch hier nichts einzuwenden. Mit den Steuern hatte Ingas Entschluss nichts zu tun, wohl aber mit eventuellen strafrechtlichen Konsequenzen, die sie treffen könnten, wenn seine Aktivitäten eines Tages auffliegen würden. Sie hatte sich dabei vom Privatdetektiv und einer befreundeten Juristin beraten lassen.

Ihren Berliner Freundinnen traute sie sich nichts von alledem zu sagen. Sie hätten nicht verstanden, weshalb sie mit Gisbert zusammenblieb. Sie fragte sich selbst, warum sie es tat und fand als Antwort: er stört mich nicht unbedingt und mit den Kindern würde es noch anstrengender.

Sie ließ den Detektiv weiter ermitteln. Und er recherchierte dank alter Seilschaften, wo ihm wohl noch jemand etwas schuldig war, gut.

12

Gisberts Vater Günter war 1936 in der Nähe von Temeshwar auf einem großen Bauernhof in Rumänien, was im Zweiten Weltkrieg mit Nazideutschland paktierte, geboren worden. Sein Großvater Gisbert, von dem der Enkel später seinen Namen bekommen sollte, war ausgebildeter Landmaschinenmechaniker, geachteter Bauer, volksdeutscher Gauleiter im deutschen Siedlungsgebiet Siebenbürgen und Vorsitzender des nationalsozialistischen Motorradvereins. 1950 wurde er, der ersten Säuberungswelle Stalins entkommen, von im Krieg ausgemergelten sowjetischen Soldaten, wegen seiner Nazizugehörigkeit erschossen. Seine Frau Emma und der 14-jährige Günter wurden in ein Arbeitslager nach Sibirien verschleppt. Dort überlebte Emma gerade elf Monate und starb 1951 wie viele andere deportierte rumänische Volksdeutsche an Tuberkulose. Der vom strengen Vater schon früh an harte Arbeit gewöhnte, technisch begabte und kräftige Günter fiel durch seine Tüchtigkeit und sein sportliches Talent dem Lagerkommandanten auf. Da dieser keine Kinder hatte und von dem zähen, geschickten und freundlichen Burschen angetan war, behielt er ein Auge auf ihn und sorgte dafür, dass er genügend zu essen bekam und versorgt wurde, wenn er eine der vielen Krankheiten, die durchs Lager gingen, erwischte. Sein Schwager war Trainer der Eishockeymannschaft in Novosibirsk und ständig auf Talentsuche. Damit Günter zum Training kommen konnte, musste das Sportkomitee zustimmen. Als sich Günter in der Mannschaft als Talent zeigte, erwirkte sein Trainer seine Entlassung aus dem Lager – unter der Bedingung, dass er sich adoptieren ließ. Günter war nun 16 und wollte nur eines: nicht wie die anderen im Lager verrecken und stimmte zu. Hinter seinem freundlich und ausgeglichen wirkenden Gesichtsausdruck, der ihn sofort sympathisch machte, blitzte zuweilen aber ein Hass auf, der jeden zusammenzucken ließ, der ihn zufällig bemerkte. Ungehemmt konnte Günter ihn auf der Eisfläche ausleben. Die Eishockeygegner hatten seiner Brutalität kaum etwas entgegenzusetzen, er schoss den Puck mit einer explosiven Kraft, die jeder gegnerische Torwart fürchtete und seine Mannschaftskameraden und den Trainer jubeln ließen. Dabei fiel kaum einem auf, dass sich Günter nicht wie ein Sportler benahm, sondern eher wie ein von Zerstörungswille beherrschter Krieger - so musste Achill vor Troja gewütet haben.

In seiner neuen Familie verhielt er sich angepasst, war zwar freundlich, aber distanziert. „Er hasst uns" sagte seine Adoptivmutter eines Abends zu ihrem Mann. „Nina, wie kannst du so etwas sagen, er ist dankbar und er weiß, dass er durch uns gerettet wurde." „Ilja, sein Vater und seine Mutter sind durch Russen gestorben! Er hasst alle Russen und er hasst uns. Ich traue ihm nicht."

Und sie war froh, als Günter ein Jahr später in den Jugend-Nationalkader berufen wurde und nach Moskau in ein Sportinternat zog. Er war 17 und gab alles, um in die Nationalmannschaft der Sowjetunion zu kommen. Er schaffte es und konnte 1958 das erste Mal ins kapitalistische Ausland reisen, zu einem Länderspiel nach Chicago. Dank seines wie gewohnt brachialen Einsatzes gewannen die Russen höher als sonst.

Günter tauchte nach dem Spiel in der Zuschauermenge unter und beantragte in den USA politisches Asyl. Er war nun 22, froh, dass er in Chicago von der Eishockeymannschaft engagiert wurde und sich Trainer und Mitspieler um ihn kümmerten. Am wohlsten fühlte er sich beim Training und in den Spielen, auf dem Eis war er zu Hause. Die fremde Sprache zu lernen fiel ihm schwer. Die amerikanische Lebensart war ihm in ihrer schrillen, oberflächlichen Art anfangs sehr fremd. Im Herbst 1959 wurde er von einem Gegner auf dem Eis so heftig gestoßen, dass er mit dem Kopf an die Bande schlug und schwer verletzt drei Monate, zur Unbeweglichkeit verdammt, ins Krankenhaus musste.

Dort lernte Günter Sarah kennen, die Krankenschwester, die ihn meistens versorgte, und sich um Sonderschichten bemühte, um bei ihm sein zu können. Sie hatten schnell entdeckt, dass sie sich am besten auf Deutsch verständigen konnten, auch wenn Sarah oft über Günters siebenbürgischen Dialekt lachen musste. Sie stammte aus einer Berliner Rabbinerfamilie, die 1938 nach New York ausreisen konnte. Als viertes Kind nach drei Brüdern, die noch in Berlin geboren wurden, war sie in Brooklyn auf die Welt gekommen. Ihr Vater wurde von vielen jüdischen Berliner Immigranten angefeindet, da er seine Möglichkeiten und sein Wissen nicht besser genutzt hatte, um Mitglieder seiner jüdischen Gemeinde früher zu warnen und vor den Transporten vom Bahnhof Grunewald aus in die Lager zu schützen. Angeblich um noch Schlimmeres zu verhindern und um keine Panik aufkommen zu lassen. Ihm und seiner Familie wurde durch die Begünstigung eines Beamten im diplomatischen Dienst die Ausreise in die USA bewilligt. In Brooklyn wurde Abraham das Ausmaß der Shoah bewusst, und gequält von Schuldgefühlen wurde der vormals fortschrittliche deutsche Rabbi zum orthodoxen Juden mit einer Weltabkehr, die ihn seiner Familie völlig entfremdete. Seine Frau Lea bestritt als Ärztin das Familieneinkommen und schickte die drei Söhne und Sarah aufs College und auf die Universität. Sie erhielten Stipendien und machten gute Abschlüsse.

Jonathan Weisz setzte die Familientradition fort und wurde Rabbi, Jakob ging als Journalist zur New York Times, Samuel wurde Arzt und Sarah wurde Krankenschwester. Gleich nach ihrem Abschluss 1958 bewarb sie sich, gerade

18 geworden, nach Chicago an die Northwestern Klinik der medizinischen Fakultät. Sie wollte weg aus dem jüdischen Elternhaus mit dem klagenden Vater, der trauernden Mutter, den bitteren Brüdern und den vielen Geistern der Familienmitglieder, die auf Transporten und in Konzentrationslagern erkrankt, verhungert, vergast, erschlagen oder erschossen worden waren und sich nun in Brooklyn über die Zimmer der engen Wohnung verteilten. Hier hatte die Familie Weisz nach der Flucht eine Bleibe gefunden und nie mehr die Kraft gehabt, sich etwas anderes zu suchen. Es war Sarah zu eng, zu düster, zu schwer geworden. Zu sehen, wie sich die Frauen der orthodoxen Juden abrackerten um die Familien zu ernähren und ein Kind nach dem anderen zur Welt brachten, ihre Haare unter Kopftüchern und Perücken, ihre Körper unter unförmigen Kleider verbargen, während ihre Männer mit Schläfenlocken die Thora lasen, klagten und sich vor und zurück wiegten, war ihr fremd und machte sie wütend. Sie wollte nur weg.

13

Dass Sarah sich ein Jahr später in den Sohn eines Judenverfolgers verliebte, von ihm schwanger wurde und ihr kleiner Junge das Zeugnis einer Verbindung war, die Sarahs Familie entsetzte und Günters Familie zutiefst verurteilt hätte, wurde den beiden jungen Leuten erst bewusst, als sich Sarahs Familie von ihr lossagte und Günter auf seine Naziherkunft gestoßen wurde.

Sie versuchten den Anfeindungen die Stirn zu bieten, indem sie sich ganz auf sich und den kleinen Jungen, Gisbert, konzentrierten, der am 8. August 1960 geboren wurde, ein ruhiges, kluges Kind, das lieber las, als sich zu raufen.

Sarah war mit dem Baby und der Arbeit im Krankenhaus zufrieden, Günter spielte bis er 33 war, bei den Chicago Black Hawks und in der amerikanischen Nationalmannschaft. Die brutalen Fouls in den Spielen gegen die Sowjetunion und die Tore, mit denen er für die USA Punkte machte, wurden legendär. Dann arbeitete er als Trainer bei seinem Verein. Mit Ausläufern der Kommunistenhatz von der McCarthy Regierung weitete sich sein Hass auf die Russen zum Hass auf die Kommunisten in der USA aus und er begann als Trainer nur noch „saubere" und patriotische Spieler auszuwählen und denunzierte Sportkameraden, die er als kommunistenfreundlich einschätzte.

Mit 35 bewarb er sich als Staatsbeamter zum nationalen Sportförderungsdepartment, wo er seinen Hass auf alles, von ihm als kommunistisch Eingeschätzte, weiter ausleben konnte. Sarah verfolgte sein Treiben mit wachsendem Entsetzen. Als Günter schließlich den aus Russland stammenden jüdischen Nachbarn denunzierte und damit für seine Entlassung sorgte, bekam sie eine leichte Ahnung davon, was ihre Verwandten und Millionen von europäischen Juden wenige Jahrzehnte vorher erlebt hatten. Sie suchte ihre jüdischen Wurzeln, ging nun oft in die Synagoge, schließlich wechselte sie zu einem jüdischen Krankenhaus, dem Michael Reese Hospital. Sie trennte sich von Günter und versöhnte sich mit ihrer Familie.

Gisbert indes blieb wurzellos. Die Versuche seines Vaters, ihn sportlich zu fördern, waren fehlgeschlagen. Günters gewachsener amerikanischer Patriotismus, der von einer

Überlegenheitsüberzeugung über alle anderen Länder, speziell über Russland, geprägt war, war dem gescheiten, belesenen Jungen zuwider. Er empfand seinen Vater als barbarisch und tumb.

In der jüdisch-intellektuellen Welt von Sarah fühlte er sich auch nicht wohl. Auf die unausgesprochenen Ressentiments, die ihm aus der Familie Weisz entgegenschlugen, reagierte er mit Rückzug und lehnte es ab, jüdisch erzogen zu werden. Seine Schulleistungen waren mäßig, sportlich gab er sich als Null und er war unglücklich. Am College konsumierte er Drogen, fand kaum Anschluss, da er den Jungen zu weibisch war und die Mädchen spürten schnell, dass er sich nicht für sie interessierte.

14

Inga bekam durch die Informationen des Detektivs eine Sympathie für Gisbert, die sie nicht mehr für möglich gehalten hatte. Wie hatte Herr Schuch das alles herausbekommen? Als sie ihn fragte antwortete er nur:

„Sie müssen nur Zugang zu den richtigen Dossiers bekommen."

Wenn Inga nun Gisbert erschöpft nach Hause kommen sah, erkannte sie hinter der ausdruckslosen Fassade das Gesicht des Jungen, der sich nirgends zugehörig fühlen konnte, alleine auf sich gestellt war, in einem Alter, wo er festen familiären Rückhalt dringend nötig gehabt hätte. An der Stelle dachte sie mit Dankbarkeit an ihre Eltern und an Karl.

Das Wissen um Gisberts Herkunft und seine jugendliche Not machten sie selbstsicherer und stärker. Dies wirkte sich auf ihr Verhalten ihm gegenüber aus: Sie wurde wieder freundlich, bemühte sich darum, im Alltag auf ihn einzugehen und sprach wieder viel mit ihm. Wenn es ihn erstaunte, so zeigte er es nicht, aber er entspannte sich, wurde zugänglicher und wieder aufmerksam für Ingas Belange und die Entwicklung der Kinder. Er ging sogar mit Enno, der begonnen hatte Eishockey zu spielen, zum Training. Wenn die Jugendmannschaft der Mannheimer Adler Auswärtsspiele hatte, fuhr er mit einer Kofferraumladung voll Helmen, Schlittschuhen, Protektoren, Pullis und Socken und fünf Jungs im Auto mit. Er zeigte sich so vertraut mit all den Verrichtungen, die nötig waren, bis die jungen Sportler auf das Eis konnten, dass der Trainer ihn ansprach wo er den gespielt hatte. „Nirgends" antwortete Gisbert, „aber ich war oft dabei." Enno war stolz und glücklich, dass sein Vater ihn so unterstützte und wurde zwar nicht ruhiger, aber seine Frustrationen und Wutausbrüche nahmen ab.

Mit Lena ging Gisbert einmal in der Woche zum Schwimmtraining. Er hatte jedes Mal seine Stoppuhr dabei, eine schwere, mechanische Stahluhr, wo der Zeiger laut tickte und mit Druck auf den geriffelten Druckknopf angehalten werden konnte. Lena steigerte ihre Leistungen deutlich und trainierte mit weniger Gemaule.

Inga begann sich endlich gegenüber den Kindern mehr durchzusetzen. Sie tolerierte ihre Frechheiten weniger und verlangte von ihnen, dass sie sich mehr an Arbeiten in Haus und Garten beteiligten. Wenn sie stabil war, gelang es ihr gut. Wenn sie sich in einer deprimierten Phase befand, tat sie sich schwer damit. Ihre Stimmungsschwankungen waren nach wie vor ein großes Problem. Zuweilen kam sie morgens kaum aus dem Bett und kälteste Duschen halfen nicht aus ihrem Morgentief. Lena und Enno merkten dann sofort ihre Schwäche und piesackten sie. Sie hassten es, wenn ihre Mutter so war. Und Inga nahm aus ihrer wattigen Kapsel durch eine Nebelwand zwar die Wut und Verachtung ihrer Kinder schmerzlich wahr, konnte aber nicht reagieren und ihnen Grenzen setzen, sondern versuchte nur - in Zeitlupe - den Raum zu verlassen, um sich zu schützen.

Wenn „der Schub", wie Inga es für sich nannte, wieder vorbei war, hatte sie so viel Kraft, dass sie in Schule, Alltag, mit den Kindern, ihren Freundinnen und mit ihren Schreib-Projekten für Helga und Lisa ein ausgefülltes, zufriedenes Leben hatte. Mit Gisbert hatte sich ein freundliches Miteinander eingependelt. Inga hatte aufgehört zu fragen, wenn sie auf Merkwürdigkeiten stieß. Gisbert würde darauf nur misstrauisch und gereizt reagieren. Um stabiler zu werden und ihren Wahrnehmungen besser vertrauen zu lernen, begann sie - da ja doch keine Antwort zu erwarten war, Notizen zu machen. Dabei stellte sie fest, dass sie durchaus vernünftige Einschätzungen hatte. Und dass sie damit Schritt für Schritt aus ihrer Verunsicherung herauskam.

15

Der nächste Bericht von Herrn Schuch sollte 10.000 € kosten. Als er Ingas erstaunten Blick sah, beeilte er sich zu versichern, dass dies der wichtigste und interessanteste Teil seiner Arbeit sein würde. Inga willigte ein, inzwischen hatte sich wieder so viel Geld auf Ihrem Konto angesammelt, dass sie für weitere Recherchen würde zahlen können.

Gisbert hatte das Studium in Boston mit einem Master in Wirtschaftswissenschaften und Literaturwissenschaft mit Auszeichnung abgeschlossen. Aus dem unsicheren, unzufriedenen Jungen war ein sprachgewandter, überzeugender, gutaussehender junger Mann geworden. Er sprach Englisch, Deutsch und Russisch perfekt, war belesen und politisch gebildet. Seine Familie sah ihn in einer akademischen oder politischen Karriere.

Dass seine Selbstsicherheit in Verbindung stand mit dem Anschluss an eine Gruppierung der KPUSA, die an der Universität harmloser tat, als sie es war, ahnte niemand. Dass diese Gruppe genau aus solchen Leuten bestand, die die McCarthy Regierung seinerzeit verfolgt hatte und die sein Vater so verabscheute, nämlich von der Sowjetunion unterstützte und ausgebildete Kommunisten, auch nicht. Und wenn Günter gewusst hätte, dass sich Gisbert vom KGB hatte anwerben lassen - er hätte ihn eigenhändig erschlagen. Mit seiner Dreisprachigkeit, seiner Bildung und seinem Bestreben, sich Günter gerade da zu widersetzen, wo es diesen am meisten treffen würde, machte Gisbert als Anwärter für den russischen Geheimdienst äußerst attraktiv.

Während seiner „Europareise" nach dem Studium erhielt er mehrere Monate in Ostberlin, Moskau und im Ural eine Ausbildung, an der weniger zähe Naturen zugrunde gegangen wären. Während der brutalen Verhöre hatte Gisbert verstörende Visionen. Endlose Prüfungen sollten das Innerste so beherrschbar machen, dass nichts, was mit seinen Aufträgen und seinem Wissen über sowjetische Staatsgeheimnisse zu tun hatte, über seine Lippen kommen würde. Er wurde buchstäblich auseinandergenommen. Aus den Tiefen dieses Inneren, die ihm nie bewusst waren, kamen

Bilder von Menschen in vollen Güterzügen, aneinanderge-
presst, die geringe Habe in ein Bündel gepackt und an sich
gedrückt, hungrig, durstig, appetitlos vor Angst, überall Ge-
stank von Exkrementen. Manche verletzt, einige tot. Schrei-
ende Kinder. Die Gefangenen sprachen jedes Mal, wenn die
Bilder der Waggons kamen, deutsch. Die Bewacher wech-
selnd deutsch oder russisch.

Dann Visionen von Erschießungen, von Lagern, von Gas-
kammern, von Arbeitseinsätzen, wo Menschen mit unterschiedlichen Sprachen – deutsch, polnisch, russisch, ukrai-
nisch, estnisch, lettisch - niedersanken und liegenblieben, erschossen wurden und liegenblieben, erschlagen wurden und
liegenblieben. Und immer waren Menschen dabei, die aus-
sahen wie sein Vater, seine Mutter, seine Onkel, seine Tan-
ten, seine Großeltern – wie er.

Wenn er wieder zu sich kam und in die Gesichter seiner
russischen Ausbilder blickte, wusste er, dass auch sie in jeder
Zelle ihres Körpers eingebrannt diese Erfahrungen hatten.
Auch bei ihnen waren sie versteckt in den Kellern des Un-
terbewusstseins. Sie waren ererbt von Eltern und Großeltern, die auf den Schlachtfeldern, in Lagern, in den Gulags
des 20. Jahrhunderts in Europa und der Sowjetunion Täter
oder Opfer - Opfer und Täter waren. Und Gisbert lernte
dabei eines: die seelische und geistige Kraft eines Menschen
reichte nicht dazu aus, einerseits innere Hochsicherheits-
trakte für Agentengeheimnisse zu bauen und zu sichern und
andererseits gleichzeitig alte Verließe zu bewachen, in denen nicht verarbeitetes Grauen aus dem Familienerbe la-
gerte.

Und er verstand, dass seine Ausbildung bewirken sollte,
dass er sich und seine Verliese gut kennen lernen musste.
Und er sollte all seine Kraft und Energie auf die aktuellen

und geheimen Dinge konzentrieren, damit ihn nichts aus seinem Innern mehr überraschen oder schwächen würde. Welch ein Irrtum das war und welchen Preis er dafür zahlte, verstand er erst später.

Gisbert begann 1985 als Angestellter einer Beratungsfirma in Washington zu arbeiten. Er übermittelte Informationen an die Stelle des KGB, die westliche und ostdeutsche Agentenbewegungen in der Bundesrepublik Deutschland beobachtete. Die Kenntnisse bekam er über seinen besten Freund, der im Auswärtigen Dienst war. Als sein Freund zur amerikanischen Botschaft nach Berlin wechselte, gelang es Gisbert ebenfalls nach Berlin versetzt zu werden. Der Freund war nun in seiner neuen Funktion als Sekretär bei Vorbereitungen für Staatsbesuche aus den USA mit Öffentlichkeitsarbeit und mit Kontakten zu deutschen Medien betraut. Durch ihn verschaffte sich Gisbert Zugang zu Informationen über den Secret Service und das Agentennetz der USA, das über Ostdeutschland verteilt war.

Er übermittelte regelmäßig, war vorsichtig und gab seinem Freund, aber auch seinen amerikanischen Vorgesetzten und Kollegen keinen Anlass zu irgendwelchen Zweifeln an seiner amerikanischen demokratischen und patriotischen Gesinnung. Das einzige worüber sich seine Kollegen wunderten, war, dass der smarte, gutaussehende junge Mann keine Freundin hatte und machten entsprechende Bemerkungen. Gisbert antwortete dann, er habe halt die Richtige noch nicht gefunden. Seine Vorliebe für junge Männer konnte er in Westberlin an vielen Stellen ausleben, ohne Gefahr zu laufen, auf jemanden aus der prüden christlichen Kollegenschaft zu treffen.

Zum Ende der achtziger Jahre kamen immer mehr Hinweise darauf, dass der kalte Krieg ein Ende nehmen würde, weil der Ostblock zunehmend implodierte: wirtschaftlich und militärisch bröckelte die ehemals so mächtige Sowjetunion und unter Gorbatschow wurde in Aussicht gestellt, dass es mit der Abschottung und der Spaltung zwischen den Blöcken bald ein Ende haben könnte.

Gisbert wusste, was dies für den aufgeblähten Agentenapparat des KGB und auch für ihn bedeutete: seine Arbeit würde ziemlich überflüssig werden.

16

An jenem Freitagabend war Enno war in seinem Zimmer und büffelte für die Matheklausur am nächsten Tag, die bereits für die Abiturprüfung zählte. Lena war beim Schwimmtraining und Inga hatte einen erholsamen Nachmittag mit dem Kollegen Braun am Badesee verbracht. Mit ihm hatte sie eine diskrete, aber sehr lustvolle Affäre begonnen. Gisbert kam früher als üblich nach Hause. Er sah völlig übermüdet aus, die Augen lagen in tiefen Höhlen. Am Hals hatte er rote, hektische Flecken.

„Ich muss morgen früh wieder los. Geschäftlich, ziemlich wichtig. Kannst du mir etwas zu essen machen, ich bin so hungrig."

Als er den aufgewärmten Rest vom Mittagessen, Seelachs mit Champignons und Käse überbacken, Reis und Salat, in sich hineinschlang, setzte sich Inga zu ihm, strich ihm über den Kopf und legte ihm die Hand auf seine linke Schulter.

„Gisbert, was ist los? Du bist ja völlig erschöpft, sprich mit mir!" Dabei sah sie ihn liebevoll und flehend an.

„Ach Inga, es ist nichts, nur viel Arbeit. Ordentlich essen und ein paar Stunden schlafen, dann geht es wieder."

„Du weißt, dass das nicht stimmt. Sprich mit mir, bitte! Ich sehe doch, dass es dir schlecht geht!"

Ein kurzes Erstaunen in seinem Blick, dann sah sie, ganz weich, eine kleine Hoffnung darin aufschimmern und ganz kurz, viel Wärme. Und dann erlosch der Blick, erlosch Gisbert. Er erhob sich und ging ins Schlafzimmer.

Am nächsten Morgen war er schon weg, als Inga aufstand. Sie fühlte einen traurigen Schmerz und dachte, es könnte gut werden, wenn er ihr die Dinge erzählte, die sie sowieso schon wusste.

Als sie, ihre Kaffeetasse in der Hand, aus dem Fenster blickte, sah sie einen schwarzen BMW, der langsam vorbeirollte. Der Fahrer schaute hoch zu ihr, erdreistete sich, sekundenlang Blickkontakt zu halten. Es würgte sie, sie stürzte ins Bad, und erbrach sich in die Kloschüssel.

In den folgenden Jahren wurde Gisbert immer fahriger, ruheloser, unkonzentrierter zu Hause. Sein Weinkonsum steigerte sich, er aß nur noch wenig und unregelmäßig. Bei den gemeinsamen Mahlzeiten schob er den noch halb vollen Teller oft beiseite, weil er nichts mehr hinunterbrachte. Inga versuchte, so gut es ging, ihn mit seinen Lieblingsgerichten und Süßem zwischendurch bei Kräften zu halten, wenn er da war. Sie legte Musik auf: Brahms, Tschaikowsky und Dvorak mochten sie beide sehr. Und sie las ihm auf russisch vor - Dostojewski, Tschechow, Tolstoi und Turgenjew. Er beruhigte sich dann und sie strich ihm freundlich über die Wangen, während sein Kopf auf ihrem Schoß lag. Es bekümmerte sie, wie schmal und blass er geworden war. Der Mann, der sie durch sein scheinbar bedingungsloses Interesse erst wiederbelebt, dann an sich gebunden hatte - in einer Zeit, als sie absolut unfähig war, für sich Entscheidungen zu treffen - war nur noch ein Schatten seiner selbst.

Sie dagegen spürte den Boden immer deutlicher. Sie stand oft nur da und ließ die Erdenkraft in sich hochsteigen und genoss, wie jeder Muskel ihres Körpers dadurch lebendig und kräftig wurde und ihr Kopf wurde dabei klar. Klar und frei.

Die Kinder waren aus dem Haus. Enno war 24 und kurz vor dem Master in Sportmanagement. Lena studierte Medizin in Leipzig. Beide waren inzwischen selbstbewusste, ehrgeizige, zufriedene, wenn auch immer noch anspruchsvolle und auf sich bezogene junge Erwachsene geworden. Enno kam nach Gisbert: ein blond gelockter, athletischer, hochgewachsener junger Mann, dessen Augen in allen Blau- und Grüntönen changierten, je nachdem, wie das Tageslicht oder die Stimmung war. Lena war dunkelblond, hübsch und zierlich, aber durchtrainiert. Aus ihrem Gesicht blickten die haselnussbraunen Augen von Ingas Mutter. Jedes Mal, wenn ihre Augen sie aus Lenas Gesicht anschauten, war sie so gerührt, dass ihr manchmal fast die Tränen kamen. Inga vermisste ihre Mamutschka. Die Trauer um sie schmerzte noch immer sehr. Sie war nun 54, die Mutter wäre 78 Jahre alt. Inzwischen konnte sie in einem solch ausgedehnten Radius denken und fühlen, wie sie es mit den vielen Tabus in ihrem bisherigen Leben nicht für möglich gehalten hätte.

Dass es nach wie vor Helga, Lisa, Anna und Hans gab, mit denen sie fast täglich telefonierte, half dabei. Ebenso half ihr, dass sie Freundinnen aus dem Kollegium und der Nachbarschaft hatte, für die es selbstverständlich war, ungefiltert und unbekümmert über alles zu sprechen, was sie bewegte.

Und dass es ihren Geliebten gab, auch dies half ihr sehr, einen sensiblen, einfühlsamen und treuen Menschen, mit dem sie wunderbare zärtliche Nachmittage hatte und tiefsinnige Gespräche. Mit seiner an Multipler Sklerose erkrankten Ehefrau ging beides nicht mehr, aber er pflegte sie mit einer selbstverständlichen Liebe und würde sie nie verlassen. Dafür liebte sie ihn noch mehr. Inga hatte mithilfe dieser aufrichtigen Menschen und großer Selbstdisziplin ihren Hang, Geheimnisse und Tabus hinzunehmen, ohne sie zu hinterfragen, so gut wie es ihr möglich war, bearbeitet. Sie übte, den Sinn von scheinbar Selbstverständlichem in Frage zu stellen. Sie übte, ihr merkwürdig Erscheinendes logisch zu prüfen. Sie schrieb es auf und sprach es laut aus, dass sie die Unstimmigkeiten, die ihr unpassend, verwirrend oder sogar ängstigend vorkamen, besser erkennen konnte.

Gisbert schien es zu bemerken. Er blickte sie oft lange von der Seite an, schien dabei einen fast zärtlichen Zug um den Mund zu bekommen. Seine Augen nahmen dann einen Farbton an, der zwischen hellem Schilf und blassen Blau hin und her wechselte.

Inga selber bemerkte, wie der neu erworbene Mut und der nie gekannte Kritikwille, ihre Wattigkeit, die sie immer wieder umgeben hatte, mehr und mehr auflöste. Ihr Blick wurde klar und der Kopf wurde frei. Sie spürte Ärger, Wut, Unwille und manchmal Hass. Hass auf Mächte, die nicht greifbar waren, aber sich Menschen einverleibten, die ihnen dienten. Ihre Eltern und Karl hatten es aus dem Glauben heraus getan, mitzuhelfen eine Welt zu schaffen, in der die Güter gerecht verteilt werden sollten. Und wo die Menschen gleiche Rechte und Sicherheit haben sollten. Es hatte sich als Trugschluss erwiesen: Menschen wollten nicht gleich sein und für gerechte Verteilung der Güter und soziale Sicherheit auf Privilegien und Macht zu verzichten, das wollten sie auch nicht.

Und Gisbert hatte sich einfangen lassen, weil er als junger Mann in den Widerstand zu seinem deutschen Vater gehen wollte und weil er seinem Judentum entfliehen wollte und weil er der Nachkomme von Vertriebenen war. Und weil er eine Heimat suchte. Zuerst hatte es so ausgesehen, dass er in der Sowjetunion seinen Platz finden würde. Aber das Hin und Her zwischen den Blöcken brachte ihm erst große Verwirrung, dann große Leere und schließlich ständigen Ekel. Wenn er zwischen West- und Ostberlin über Checkpoint Charlie wechselte, fühlte er sich wie eine Hohlfigur, wie sie im Erzgebirge für Weihnachten geblasen wurden. Leer und zerbrechlich, seiner Menschlichkeit beraubt und nicht lächelnd wie ein Weihnachtsmann, sondern mit verzerrtem Gesicht. Er war voller Selbsthass und hatte dabei die Vorstellung, dass er in dünne Scherben zersplittern würde, wenn er auf dem Schleim von Unaufrichtigkeit, Arroganz und Zynismus, den er inzwischen hinter sich herzog, ausrutschen würde. Dies hatte er einem jungen Liebhaber gestanden, der es seinem Verbindungsoffizier von der Stasi brühwarm weitererzählte.

17

Aus dieser Akte hatte Markus Schuch seine Erkenntnisse über Gisberts Leben in Ost- und Westberlin. Und er berichtete Inga auch, wie es zu ihrem Zusammentreffen gekommen war. Als sie ihm zuhörte, musste er mehrmals unterbrechen, weil Inga zum Bad stürzte und sich übergab. Er blieb dann geduldig sitzen, bis sie mit geputzten Zähnen und gewaschenem Gesicht wieder zurückkam. Er war inzwischen wirklich ein guter „Bekannter aus der Zeit in der DDR" geworden, wie sie ihn zu Hause vorstellte, wenn er sie besuchte. Auch wenn er nicht jedes Mal etwas Neues zu berichten hatte, sondern „einfach so" vorbeikam.

Im Zuge der Annäherung der großen Blöcke und der beginnenden Verhandlungen zur Wiedervereinigung gab es für Gisbert bei den Amerikanern nicht mehr viel zu spionieren, daher wurde er für Sondertätigkeiten eingesetzt. Er erhielt die Aufgabe, Inga zu überprüfen. Er sollte herausfinden, ob sie wirklich nichts wusste, was die inneren sowjetischen Angelegenheiten anging, wie ihre Mutter dem ZK versichert hatte.

„Es ist kein Problem gewesen, Kontakt zur Zielperson Inga Reschke herzustellen. Als Romeo habe ich mich nicht betätigen müssen, es hat gereicht, dass ich ihr zuhörte. Wie ausgehungert hat die junge Frau nach Aufmerksamkeit und Fürsorge gelechzt, ausgemergelt und dem Tod näher als dem Leben."

Als Schuch dies wörtlich in seinem Bericht zitierte, wechselte Ingas Gesichtsfarbe auf grün, ein gelber Klumpen Galle würgte sich aus ihrem Mund und fiel auf den Teppichboden. Die Informationen, die Gisbert nach Moskau lieferte, hatten keine Konsequenzen für Inga, brachten aber eine Rehabilitation ihres Vaters, für den auf dem Grab der Mutter in Odessa eine kleine Gedenktafel angebracht wurde, ebenso für Karl. Dann schloss das ZK die Akte der Familie Reschke.

Gisbert wusste 1989, was kommen würde. Er bereitete alles vor, um in Mannheim einen neuen Stützpunkt aufzubauen. Hier kannte er einen früheren russischen Genossen, der aus Kasachstan ausreisen durfte, weil seine Ehefrau eine sogenannte Russlanddeutsche war. Früher Schulinspektorin, hatte sie als Hort-Erzieherin im Stadtteil Lindenhof eine Stelle bekommen. Wie er durfte Gisbert sich eine neue Identität zulegen, an der langen Leine des KGB.

Von seiner amerikanischen Anstellung verabschiedete er sich mit einer Kündigung, die er damit begründete, sich in eine Ostberlinerin verliebt zu haben, der er beistehen und die er in den Westen holen wollte. Hilfe von der Botschaft lehnte er ab, sein Freund, inzwischen Sekretär des Botschafters, versuchte vergeblich, ihn dazu zu überreden. Nach der Kündigung bei seiner Beratungsgesellschaft tauchte er ab, heiratete Inga und wurde Gisbert Reschke, versorgt vom KGB. Von Mannheim aus baute er ein Netz von Interessenten und Anbietern auf, die bald miteinander in Kontakt kommen sollten, um neureiches Geld zu waschen und damit Luxusgüter zu kaufen oder es bei verschiedenen Banken in der EU und der Schweiz anzulegen. Außerdem kontrollierte Gisbert eine Transport-Infrastruktur und hielt Kontakt zu Mittelsmännern, die Immobilien erwarben und weiterverkauften und bewegliche Güter nach Russland, das inzwischen von Wladimir Putin regiert wurde, weiterleiteten.

Als Markus Schuch seinen Bericht beendete, blieb es lange still. Inga hatte sich im Sessel ausgestreckt, die Augen geschlossen. Als sie sie wieder öffnete und Schuch ansah, versuchte er ein Lächeln, das sofort verrutschte und nur sein Blick verriet, welch große Sympathie er inzwischen für Inga hatte.

„Sag jetzt nichts!" Dann ging sie in ihr Arbeitszimmer,

holte 5000 €, die letzte Rate, und gab ihm den Umschlag. Er steckte ihn ein, umarmte sie und fragte: „kann ich dich allein lassen?"

Inga sah ihn erstaunt an, „aber ja, Markus. Jetzt kann ich vieles besser verstehen und einordnen. Du hast mir sehr geholfen, ich danke dir. Und komm wieder vorbei, wenn du in der Gegend bist." Schuch sah sie an, nickte und ging.

18

Die nächsten Wochen waren bleiern. Inga fühlte, wie sie von ihren schweren Armen und Beinen zu Boden gezogen wurde. Und es war, als ob eine dunkle, stinkende Brühe aus ihr herauslaufen und einen Körperteil nach dem anderen freigeben würde. Ihre Beine und Arme kribbelten dabei, die Gelenke schmerzten, ihr Unterleib krampfte sich zusammen und mit ihren 55 Jahren hatte sie vier Wochen lang eine Blutung, so schwarz, braun und dunkelrot, als ob ihr jemand jahrhundertealten Rost aus dem Uterus klopfte. In ihren Nieren stach es Tag und Nacht, ihr Urin war dunkelbraun. Das Gedärm schob schleimige Fetzen heraus und in Wellen war ihr mit einer verhärteten Leber so übel, dass sie vor Schwäche keine Galle mehr würgen konnte. Ihr Magen behielt nichts mehr bei sich und sie konnte nichts mehr schlucken, als ob ihr Körper sich entschieden hatte, erst wieder etwas zu sich nehmen zu wollen, wenn all das Alte, Giftige, Faulige heraus wäre. Inga hatte hohes Fieber, jede Körperpore schwitzte übelriechenden Schweiß. Aus ihrer Nase lief blutiger Schleim. Ohren drückten bitteren Schmalz in die

Muscheln. Die Zunge war grün belegt. Sie roch aus dem Mund, als würden in ihr Gärungsprozesse wie in einem Silo für Feuchtfutter ablaufen und ihre Augen waren blutig vom vielen Würgen. Unter ihren Fuß- und Fingernägeln bildeten sich dreckige schwarze Ränder, sogar aus ihrem Bauchnabel heraus kam Schmiere mit einem Geruch, wie bei einer Verwesung.

Inga war so schwach, dass sie nicht zur Schule gehen konnte. Ihr Hausarzt untersuchte sie und sprach ruhig mit ihr, schrieb sie krank und akzeptierte, dass sie weder eine Einweisung in die Klinik wollte, noch dass sie eine Behandlung für nötig hielt. Als er sie kritisch anblickte sagte sie ihm: „weißt du, ich befinde mich in so etwas wie einer Metamorphose und wie es mir jetzt geht, ist ein Teil davon. Ich habe es bald geschafft, hab keine Sorge um mich."

Der Freund, der die Familie schon seit über 25 Jahren behandelte, strich ihr über das verschwitzte, speckige Haar und versprach, alle paar Tage nach ihr zu sehen. Er bestand aber darauf, dass Inga Infusionen bekam und setzte ihr eine Nadel in den Arm. Gisbert wies er an, ihn zu benachrichtigen, wenn es Inga schlechter gehen würde und zeigte ihm, wie er mit den Infusionen umzugehen habe und wie die Flaschen zu wechseln waren.

Gisbert wich nicht von Ingas Seite. Er wusch sie alle paar Stunden, benetzte ihre Lippen mit lauwarmem Wasser und salbte sie, versuchte ihr etwas zu trinken einzuflößen, trocknete ihren Schweiß mit weichen Tüchern ab. Er hob sie auf die Couch, um die Bettwäsche zu wechseln und trug sie dann zurück. Er hielt ihre Hand, streichelte ihr Gesicht, massierte zart ihre Arme und Beine. Er kühlte ihre Stirn mit Eiswürfel, machte ihr kalte Wadenwickel und wusch ihr alle drei Tage die Haare. Er wechselte ihre Binden während der vier Wochen des Ausflusses, holte den Dreck unter ihren Nägeln heraus und den Dreck aus ihren Ohren. Er legte Quarkwickel auf ihren Bauch, schabte den Belag von ihrer Zunge und reinigte mit einem Wattestäbchen, das er in die Lauge ihrer Lieblingsseife tauchte, ihren Nabel. Bei allem ging er liebevoll, behutsam und sorgfältig vor. Er lächelte oft, sein Blick zärtlich, die Augenfarbe blass grün, wie die Fensterläden in Frankreich, sie so mochte.

„Musst du nicht arbeiten?" fragte sie einmal unter größten Mühen.

„Hier bei dir zu sein, ist jetzt das mindeste, was ich für dich tun kann."

Inga dämmerte wieder weg. Sie spürte seine Hand in der ihren und fühlte sich umhüllt von einem Glück, das sie hielt und ihr half zu genesen - ohne jede Bedingung, ohne dass sie etwas zurückgeben musste, und ohne, dass sie dieses Glücklichsein irgendwie würde rechtfertigen müssen, vor sich selber nicht, vor niemanden.

Diese Wochen, in denen sie so schwach war, versöhnten sie mit allem, was bisher falsch gewesen war. Und langsam, ganz langsam kam wieder Kraft in ihren Körper zurück. Sie behielt erst kleine Schlucke Tee, dann Suppe, schließlich Brei und dann Festes bei sich. Sie hatte alles, was an Vergiftetem in ihr war, ausgeschieden. Inga roch ein paar Tage nach nichts, bis langsam, ganz langsam ihr eigener Duft wiederkam. Gisbert schnupperte an ihr und sagte, sie rieche nach einer Mischung aus Wiesenblumen, frischer Luft und frisch geschlagenem Holz und dass er sich zu allererst in diesen Duft an ihr verliebt hatte.

Und Inga wusste, dass sich eine Nase nicht täuschen ließ und dass Gisbert die Wahrheit sagte.

19

Die nächsten Monate waren von großer Innigkeit, die die
Kinder, wenn sie zu Besuch kamen, erstaunten. Die Berliner
Freundinnen verdrehten die Augen und tauschten bedeu-
tungsvolle Blicke, wenn Inga ihnen versicherte, dass alles gut
und sie bei Gisbert so gut aufgehoben sei wie noch nie.

Inga war nun 56 und die stille Zwiesprache mit ihrer Mutter war erfüllt mit Freude und Zufriedenheit. Sie hatte mit
großem Elan den Unterricht wieder aufgenommen, genoss
ihre Freundschaften und die Stunden mit ihrem Geliebten
und schrieb für Helga und Lisa, von denen sie immer mehr
Aufträge bekam.

Gisbert war wieder häufig weg. Seine Gehetztheit war
aber einer Gelassenheit gewichen, und die schwarzen Li-
mousinen, die immer wieder vor dem Haus auftauchten,
brachten ihn nicht mehr aus der Ruhe.

Eines Sonntagabends, sie saßen, wie jede Woche vor dem
„Tatort", wandte sich Gisbert ihr zu und sagte, "Inga, was
auch immer in der nächsten Zeit passiert, du weißt von dem,
was ich getan habe und tue, nichts. Und du wirst es dir gut
gehen lassen und für dich und die Kinder gut sorgen, wenn
ich nicht mehr da bin, versprich es mir. Und irgendwann
wirst du ihnen von dir, von mir und von uns alles erzählen.
Dein Detektiv ist verlässlich, an ihn kannst du dich immer
wenden." Dann drückte er ihr einen Schlüssel in die Hand
und sagte: „er weiß, wo der hingehört."

Das frühere, in diesen Situationen üblichen Würgen und
die Wattigkeit meldeten sich nur kurz. Inga sah Gisbert klar
und fest an. „Hat es denn wirklich keine andere Möglichkeit
gegeben?" „Ich glaube nicht, Inga." Dann strich er ihr über

die Haare und ging in sein Zimmer. Als sie am nächsten Morgen aufstand, war er schon aus dem Haus. Im Laufe des Tages rief er sie an, um ihr zu sagen, dass er ein paar Tage Zeit für sich und zum Nachdenken brauche.

20

Das Ermittlungs- und Gerichtsverfahren war kurz. Gisbert gab zu, ein russisches Callgirl namens Tamara W. vergewaltigt und geschlagen zu haben. Die Öffentlichkeit bekam kaum Kenntnis von dem Fall, so dass Inga und die Kinder von Nachstellungen und Nachfragen verschont blieben. Sie hatten Gisbert in der Untersuchungshaft besuchen können und ihn ruhig, liebevoll, fast heiter erlebt.

Sowohl Hauptkommissar Kern, als auch Markus Schuch waren zu jedem Verhandlungstag gekommen. Als sie vor Gericht erklärte, sie würde als Ehefrau von ihrem Zeugnisverweigerungsrecht Gebrauch machen, blickte sie beide nacheinander an und als sie noch dazu sagte, dass sie sicher sei, dass ihr Mann die ihm vorgeworfene Tat nicht begangen habe, schaute sie Gisbert direkt an. Sein Blick, mit Augen, die die sanfte Farbe von grünem Schilf hatten, erwiderte den ihren fest und mit einem freundlichen Einverständnis, dass Inga die Tränen kamen. Helga, Lisa, Anna und Hans waren aus Berlin zur Verhandlung gekommen. Sophie Charlotte und Lennart, die beiden, nun auch erwachsenen Kinder von Anna und Hans waren mitgefahren, um Enno und Lena beizustehen.

Das Opfer musste wegen des umfänglichen Geständnisses

von Gisbert nicht vor Gericht erscheinen, damit sollte ihre Psyche geschont werden. Inga war dankbar, dass so auch die ihre geschont wurde. Im Gerichtssaal waren die Männer, die sie in der schwarzen Limousine vor dem Haus gesehen hat. Sie saßen auf ihren Plätzen, feist und mit einer Selbstgefälligkeit, dass Inga sie hätte bespucken mögen. Es nicht zu tun, war ihr Part bei dem Deal, den Gisbert für sie und die Kinder ausgehandelt hatte, dessen war sie sich sicher. Markus Schuch wusste davon, Kern ahnte etwas, ob sie es jemals erfahren würde, daran zweifelte sie.

Nach der Hauptverhandlung nahm Gisbert das Urteil mit der Freiheitsstrafe von zwei Jahren, acht Monaten an, verzichtete auf Rechtsmittel, nutzte die Möglichkeit, sich zum Schluss für den fairen Prozess zu bedanken und seine Familie um Verzeihung zu bitten. Als er von zwei Beamten abgeführt wurde, durfte er Enno, Lena und Inga noch einmal umarmen.

21

Nach der Verhandlung ging Inga mit den Kindern, den Berliner Freunden und Markus Schuch nach Hause. Schuch suchte die Wohnung ab. Als er sicher war, dass sie nicht abgehört wurden, berichtete er, ergänzt von Inga, was er über Gisbert, seine Familie, über Inga und ihre Familie wusste. Er tat dies in einer solch respektvollen und sachlichen Weise, dass Enno und Lena ihren Vater in guter Erinnerung behalten sollten. Helga hielt Ingas Hand. So saßen sie den Nachmittag, den Abend, und bis zum nächsten Morgen.

Eine Woche nachdem Gisbert die Strafhaft in der Vollzugsanstalt Bruchsal angetreten hatte, kam die Nachricht, dass er verunfallt sei. Aus unerklärlichen Gründen sei er gefallen und mit dem Kopf auf den Heizkörper aufgeschlagen. Man habe ihn tot in seiner Zelle aufgefunden.

Inga ließ ihn, nachdem seine Leiche freigegeben worden war, nach Berlin überführen, wo er auf dem alten Friedhof St. Marien in der Prenzlauer Allee beerdigt wurde. Sie hatte dort schon seit Jahren die Patenschaft für ein altes Grab übernommen, das das ihre hatte werden sollen. Nun war es Gisberts letzter Ort geworden.

Es gelang Inga, in der Auguststraße, wo die Freunde immer noch wohnten, eine Wohnung zu kaufen. Groß genug, dass sie auch für Enno und Lena einen festen Anlaufpunkt sein würde.

Die Wohnung in Mannheim gab sie auf. In der Schule wurde sie von ihren Schülern und ihren Kolleginnen und Kollegen liebevoll mit einer würdevollen Feier verabschiedet.

Inga war nun 56 und würde in Berlin nicht mehr unterrichten. Aber schreiben würde sie, und lesen, und Musik hören, und spazieren gehen, und mit ihren Freunden und Kindern zusammen sein.

Als sie umzog, war es Frühling. Und als sie während eines Spaziergangs Unter den Linden an der Alten Staatsgalerie vorbeikam, blühten gerade die Narzissen.

Du bist der Lenz

Inga und Bert

Eine märchenhafte Geschichte

Die Tür ging auf und herein kam eine Frau – um die 50 – schwer zu schätzen, vielleicht älter. Die Blicke der Gäste im Frühstücksraum folgten ihr zum Tisch, der für zwei eingedeckt war. Die Haare dunkelbraun und silbergrau, lockig, halb lang, dezenter Schmuck, nicht billig, die Kleidung sachlich-elegant, schwarz bis auf die pinkfarbene Seidenbluse, flache Schuhe. Lippenstift pinkfarben, Augen türkis umrandet, ihr Brillengestell nahm die Farbe auf. Dahinter wache, große braune Augen mit langen Wimpern. Ihr Blick ging durch den Raum, schien alles zu erfassen, lächelte den übrigen Frühstückern und der jungen Servicekraft zu. Körperlich üppig, mit der Figur einer reifen Frau, waren die Bewegungen präzise, selbstbewusst, kraftvoll. Von der jungen Frau mit „Frau Professor" begrüßt, bat sie lächelnd um Kaffee in einer großen Tasse, nahm sich die mitgebrachte Zeitung vor und entschuldigte ihren Ehemann, der - wie immer - etwas später kommen würde.

Jemand polterte die Treppe herunter, keiner der Anwesenden rechnete damit, dass der schwungvoll eintretende junge Mann, vielleicht 40, wahrscheinlich jünger, zu ihrem

Tisch gehen würde. Eher hätten sie ihm den Einzeltisch in der Ecke, als einziger noch frei, zugeordnet. Doch nein, der gutaussehende, hochgewachsene Kerl schien genau dahin zu gehören. Bevor er sich setzte, wuschelte er der zeitungslesenden, nun aufblickenden Dame durchs Haar, schob, wie zufällig, den verrutschten BH-Träger unter ihre Bluse zurück, streichelte kurz ihre linke Wange und strahlte sie warm an: „und Mausl, aufgeregt?"

Sie, ihrerseits ihn angrinsend „es geht, gut dass du mitgekommen bist! Mit jedem Mal scheint es schlimmer zu werden".

Von der herbeieilenden jungen Bedienung erbat er sich viel Kaffee, stürzte zum Buffet, lud sich den Teller übervoll mit allem was es gab. Er häufte in ein Körbchen Brezeln und Brötchen, bestellte drei Eier mit viel Speck und schaufelte alles in sich hinein. Und dies tat er mit sichtlichem Appetit, immer wieder zu der Frau ihm gegenüber blickend. Manchmal erwiderte sie seinen Blick, blinzelte ihm zu und trank einen Schluck aus der großen Kaffeetasse. Dass er sein Frühstück in sich hineinschlang, schien ihr nichts Neues. Sie vertiefte sich wieder in die Zeitung, legte sie beiseite als der Hotelbesitzer zu ihnen an den Tisch trat und bedeutete ihm, sich zu setzen.

Die Begrüßung war herzlich. Fragen nach Hotel, Arbeit und Familien flogen hin und her. Strahlend, mit vollem Mund und weiter essend, erzählte der junge Mann, dass die älteste Tochter nun mit dem Studium fertig und der Sohn mit Sport und Uni sehr beschäftigt, der Großvater oft bei ihm in München sei und es der Mutter und der Firma gut gehe. Dass er zur Zeit Theaterferien habe, die jüngste Tochter mit den Schwiegereltern in Ferien sei, und er seine Frau begleiten konnte. Dabei lächelte er sie an. Diese hörte zu, nickte bestätigend und schien ihm mit freundlicher Grandezza die Bühne gern zu überlassen. Mit einem Blick auf die Uhr mahnte sie zum Aufbruch, verabschiedete sich herzlich vom Patron und ging zur Tür. Ihr Mann folgte ihr, sein Anzug saß perfekt, das dunkelblonde Haar locker und der Bart kurz geschnitten. Dass ihnen alle Blicke folgten, schienen sie gewöhnt. Dass es still im Frühstücksraum geworden war, schienen sie nicht zu bemerken. Nach einem freundlichen Gruß schloss sich die Tür.

Später sahen die Frühstücker das Paar durchs Fenster. Er hatte das Auto geholt, hielt ihr die Türe auf, damit sie bequem einsteigen konnte, verstaute noch einen kleinen Rollkoffer, setzte sich ans Steuer und fuhr den eleganten schwarzen Wagen vorsichtig Richtung Ausfahrt. Der Kies auf dem Weg knirschte.

„Willst du den Beamer bedienen?" fragte sie.

„Nein Schatz, lass mich lieber zuhören, ich war schon so lange nicht mehr bei einem Vortrag von dir."

„Kein Problem, ich freue mich, dass du hier bist".

Dann schwiegen sie.

An der Kongresshalle wurden sie schon erwartet. Frau Professorin Dr. Reschke war als Hauptrednerin des Symposiums „Kommunikation in der IT, neue Medien und berufliches Umfeld" vorgesehen. Ein Techniker half ihr beim Einrichten ihres PC und der Beleuchtung. Ihr Mann, der von den bereits Anwesenden beäugt wurde, setzte sich auf den Platz rechts außen in der ersten Reihe - wie immer, wenn er dabei war und ihr nicht den Beamer bediente oder sonst wie assistierte. So sah er sie am besten - und sie konnte während des Vortrags direkten Blickkontakt halten und sich Feedback holen. Lange Jahre hatte es sich so eingespielt.

Inzwischen war es umgekehrt. Nun saß sie rechts außen

in der ersten Reihe, wenn er auf der Bühne stand und sie zu einer Vorstellung kam.

Inga begann zu sprechen. Vorstellung, Begrüßung, Einleitung, Power-Point-Präsentation und Gesprochenes ergänzten sich, Statistiken wurden erläutert, Anekdoten, kleine Scherze eingeflochten, ihre Stimme sprang auf und ab. Die Zuhörer folgten ihr, es war still, hin und wieder Lachen. Er liebte es, ihr zuzuhören. Es war wie ein Konzert, dem er lauschte: die Inhalte, beruhend auf ihrer Forschung kannte er gut. Die Dramaturgie des Vortrags und aktuelle Aspekte des Themas waren aufs Neue interessant. Immer wieder blickte sie zu ihm. Er nickte dann oder lächelte und es war, als spräche sie nur für ihn allein – wie früher, am Anfang ihrer Ehe, als sie Dozentin an der Universität war und er zu ihren Vorlesungen ging, wann immer er es einrichten konnte.

Das erste Mal sah er Inga mit 18, in „Berufe stellen sich vor!" – einem Kurs in der 13. Klasse, kurz vor dem Abitur. Zu einem Termin kam Frau Dr. Schelling, wie sie damals noch hieß und berichtete darüber, was man als Diplom-Psychologin so mache. Was sie erzählte, hörte er nicht. Er blickte sie nur an, verliebte sich unsäglich und entschied, dass sie die Frau seines Lebens werden sollte. Frau Dr. Schelling hatte ihren Vortrag beendet, die Klasse stellte Fragen, sie antwortete, packte ihre Sachen mit dem Pausengong und wollte gehen. Mit dem blonden Engel, der er damals wohl war (einem Botticelli Gemälde entsprungen, wie sie später sagte) und der Hartnäckigkeit, mit der er sie hinausbegleiten wollte, hatte sie nicht gerechnet. Er schaffte es auch, ihr ihre Telefonnummer abzuschwatzen und sie zu einem Treffen zu zweit zu überreden – weil ihn das Fach Psychologie angeblich so interessierte.

Hätte er in der Zeit ähnlich viel Energie und Ausdauer in seine Abiturvorbereitung investiert, wie in die Eroberung von Frau Dr. Schelling, er wäre Jahrgangsbester geworden. Doch seine Priorität war eindeutig. Natürlich nahm sie seine Avancen nicht ernst, war amüsiert über den Eifer, mit dem er sie umwarb und traf sich tatsächlich mit ihm: das erste Mal in einer Eisdiele, wo er Fragen über Psychologiestudium und Arbeitsfelder stellte, aber schnell auf andere Themen kam. Dabei spachtelte er mindestens drei Bananensplits in sich hinein, was sie mit großen Augen verfolgte. Ebenso schien sie sein Wissen über antike Philosophen zu erstaunen. Platon und Aristoteles hatten es ihm angetan, und sein Interesse am antiken Theater schien echt zu sein. Er mochte Werke von Euripides, darüber sprach er mit Ernst und Begeisterung, stellte Bezüge zu aktuellen Themen her. Die alten Helden der ehemaligen DDR waren gerade entthront worden und die Wiedervereinigung der langen getrennten deutschen Staaten drohte zum Diktat der wirtschaftlich stärkeren Macht zu werden. Er bemühte sich in These-Antithese-Synthesemuster zu sprechen, was er sagte, sollte Hand und Fuß haben. Es lag auf der Hand, dass er sie beeindrucken wollte. Es gefiel ihm, wie sie zuhörte und wie sie von ihrem derzeitigen Arbeitsleben an der Uni erzählte. Privates zu erfragen hatte er sich nicht getraut.

Das nächste Mal sahen sie sich bei einem Abschlussball seiner alten Tanzschule, er als Frontman der Band, sie als Begleiterin ihres Patensohnes, der sich nach dem Pflichtprogramm verdrückte. Er tanzte einige Male mit ihr, während seine Musiker spielten, brachte sie danach nach Hause und verabredete sich wieder mit ihr und dann wieder und wieder. Sie gingen ins Kino, ins Theater, zum Schwimmen und Wandern. Am liebsten saßen sie nebeneinander auf einer abschüssigen Wiese hinter dichten Büschen, wo sie zwar Ausblick auf Felder und ein kleines Wäldchen hatten, aber vom Weg aus nicht gesehen werden konnten.

Die Abiturprüfungen waren vorüber, immer öfter sah man den jungen Reschke zusammen mit Inga Schelling, der einzigen Tochter des Bürgermeisters, von der man im Ort annahm, gescheit und ehrgeizig wie sie war, dass sie eine großartige Zukunft haben würde.

Bert war glücklich, innerlich ruhig und zufrieden wie noch nie und hoffte, es möge dieser schönen, manchmal ironischen, aber immer fröhlichen Frau mit ihm auch so gehen. Dass sie sich immer wieder mit ihm traf, fasste er als Bestätigung dafür auf. Manchmal brachte er seine Gitarre mit, er hatte eine angenehme Tenorstimme und sie sagte ihm dann, wie romantisch die Treffen mit ihm seien und wie sehr sie sich an ihn gewöhnen würde.

Das erste Mal schliefen sie auf „ihrer" Wiese miteinander. Zärtlich, ohne Eile liebkoste er sie und ließ sich von ihr führen, bis er sich vom innigen Gleichklang löste, ein schnelleres Tempo vorgab und beide dahin führte, wohin er allein noch nie vorgedrungen war. Ab da verhüteten sie, trotzdem blieb die nächste Regel aus, Frau Dr. Schelling war schwanger. Als sie es ihm sagte, durchströmte ihn ein Gemisch aus Freude, Stolz und unbändigem Gefühl von Kraft und Stärke. Er küsste sie, wirbelte sie herum, juchzte und sah in ihr belustigtes, erleichtertes Gesicht.

Als Bert es seinem Vater berichtete, spiegelte sich in dessen Gesicht seine Freude und sein Stolz. Seine Mutter überlegte kurz und hielt ein knappes Referat über die gute Qualität von Spermien bei jungen Männern. Dass Inga zwölf Jahre älter war, schien sie nicht zu stören, vielmehr kommentierte sie, ähnlich sachlich wie beim Spermaqualitätsexkurs, dass es sinnvoll sei, wenn mindestens ein Partner ein Einkommen habe, denn Kinder würden Geld kosten. Sie gab ihm dann förmlich die Hand, gratulierte hölzern zu seiner Vaterschaft und er strahlte. Dann kündigte er an, dass er sie nun drücken wolle, schlang seine Arme um sie, während sie es mit Blick geradeaus über sich ergehen ließ und sich offensichtlich entspannte, als er sie wieder losließ.

„Und dürfen wir deine Liebste auch bald kennen lernen?" fragte sein Vater.

Als er nickte, schlug die Mutter ein Gartenpicknick vor, dies sei zwanglos und man müsse nicht verlegen vor sich hinstarren, wenn der Gesprächsstoff ausgehe oder man sich nicht sympathisch wäre, was bei Müttern von Söhnen und deren Freundinnen statistisch gesehen ja oft vorkommen würde.

„Bei Inga nicht, ihr werdet sie mögen und sie euch auch"!

An der Stelle nahm er sich aber vor, Inga etwas auf das erste Treffen und auf die Eigenheiten seiner Eltern vorzubereiten Bedenken hatte er bezüglich seiner Familie keine. Vielmehr beunruhigte ihn sein erster Kontakt mit Ingas Familie. Von seinem Vater hatte er erfahren, dass Ingas Vater ein integrer, aber strenger und konservativer Mann sei, seine Mutter sehr zurückhaltend. Lediglich mit der Oma könne man etwas anfangen, sie sei bekannt für ihr früher ausschweifendes Leben, müsse sich aber, seit ihr Sohn Bürgermeister sei, gut benehmen.

Der erste Kontakt passte zu dieser Information: Inga stellte ihn als den Mann vor, den sie liebe und mit dem sie zusammenbleiben wolle. Herr Schelling starrte ihn nur an und murmelte etwas von einem jungen Bürschchen und Milchbubi. Er erklärte, er müsse arbeiten und verschwand, ohne die ausgestreckte Hand genommen zu haben. Seine Frau blickte durch ihn hindurch und ging ebenfalls. Zurück blieb die Großmutter, eine bunt gekleidete, ebenso geschminkte alte Dame, deren Augen blitzten, die ihm zuzwinkerte, seine Hand nahm, zum Tisch führte und ihn anwies, Platz zu nehmen, nicht ohne ihn vorher umrundet und genau gemustert zu haben, wobei er das Gefühl nicht los wurde, dass sie seinen Hintern besonders sorgfältig in Augenschein nahm.

„Inga, recht hast du, Kind, dass du dir einen Jungen ausgesucht hast, alt werden die Männer von allein und du hast länger was von seinem Knackarsch. Während Inga laut lachte und „aber Oma" sagte, war Bert ganz froh, dass er auf dem selbigen saß und die Oma keine weitergehende Inspektion vornahm. Sie fragte ihn ungeniert aus, hob bei seinem Namen eine Braue, quittierte seine Abiturnote (1,4) mit einem Nicken, fand es wichtiger, dass er Klavier und Gitarre spielte und singen konnte. Denn man müsse seiner Frau Freude machen und Unterhaltung bieten. Als Inga ihr bestätigte, dass sie es wirklich ernst mit dem jungen, lieben Kerl meinte, und von ihm im vierten Monat schwanger war, legte ihr Bert seine Hand auf den Arm. Diese Kunde nahm Oma nun zum Anlass, den selbstangesetzten Holunderlikör aus dem Büffet zu holen. Inga lehnte ob ihrer besonderen Umstände ab. So begann Oma Schelling Bert, ohne dass er widersprechen konnte, zu mehreren gut eingeschenkten Gläsern zu nötigen, was ihm schnell ein schummriges Gefühl verschaffte. Oma hingegen war vom häufigen Anstoßen überhaupt nicht beeinträchtigt, sondern holte mir festem Schritt Sohn und Schwiegertochter zurück an die Kaffeetafel. Diese starrten auf die geputzten Platten, die geleerte Likörflasche, den sichtlich mitgenommenen blond gelockten

Teenager, dem noch jegliches Barthaar abging und der eher wie ein hübsches Mädchen - im Moment allerdings mit reichlich glasigen Augen - aussah.

Als ihn Oma dann noch als Vater ihrer künftigen Ur-Enkel bezeichnete, geriet der Bürgermeister ins Japsen, seine Frau sank leichenblass auf den nächsten Stuhl. Sie starrten Inga an. Diese lächelte nur und sagte: „Papa, ich bin jetzt 30. An der Uni läuft es klasse. Bald bin ich habilitiert und möchte weitermachen. Aber ich möchte auch eine Familie und langsam muss ich damit anfangen."

„Aber doch nicht mit einem wie dem da! Wie soll denn der eine Familie ernähren?"

Oma schaltete sich ein: „Kinder sind schon immer groß geworden, wenn sie mal da sind! Denk doch an dich!" Aber genau das wollte Ingas Vater nun gerade nicht hören.

„Papa, Bert und ich werden Lösungen finden. Und weißt du, inzwischen bin ich wirklich alt genug, um meine Entscheidungen zu treffen", und wieder lächelte sie - Bert hätte sie küssen mögen - zumal der geliebte ironische Zug um ihren Mund spielte.

"Außerdem sind Oma und ich auch noch da und werden Inga unterstützen" meldete sich endlich Ingas Mutter zu Wort, ihre Wangen hatten eindeutig Farbe bekommen.

Bei der Nachricht, dass Bert ein Reschke war, schien Herr Schelling einerseits beruhigt, andererseits beunruhigt zu sein. Frau Schelling war gerührt, als sie ihre Tochter sagen hörte, wie intelligent, liebevoll und praktisch Bert war und Oma rühmte seine körperlichen Vorzüge, ging glücklicherweise nicht mehr auf Näheres ein.

Der erste Besuch bei Familie Schelling blieb für Bert und Inga der Knackarsch-Nachmittag.

Ingas Besuch bei seiner Familie war demgegenüber recht

entspannt. Berts jüngster Bruder war übers Wochenende zu Hause. Seine Eltern eilten gleich zum Gartentor, als sie Berts Auto hörten, mit dem er sie abgeholt hatte.

Bert hatte ihr vorher erzählt, dass die Eltern Inhaber der Firma Reschke Maschinenbau waren. Dass sein Vater es war, der die drei Jungen und den Haushalt neben der Geschäftsführung versorgt hatte, die Mutter als Ingenieurin für die Produktentwicklung und Patentanmeldungen verantwortlich war und er hatte angedeutet, dass sein Bruder und seine Mutter etwas anders waren.

Trotzdem war sie beim ersten Treffen verwirrt und schien nicht recht zu wissen, was sie antworten sollte, als sie von Berts Mutter mit den Worten „Sie sehen jünger aus als 30 Jahre, haben eine gute Figur, wahrscheinlich Idealgewicht nach dem BMI-Index. Bert wird außerdem in den nächsten Jahren mehr sekundäre Geschlechtsmerkmale entwickeln und männlicher wirken, dann wird man den Altersunterschied zwischen euch kaum noch bemerken".

Mit Ingas Zögern war Berts Vater zur Stelle, der Inga überaus warmherzig empfing und übersetzte: „Meine Frau freut sich ganz außerordentlich, sie zu sehen. Sie hat den besten Eindruck von ihnen und ist überzeugt davon, dass sie gut zu unserem Sohn passen".

Berts Mutter nickte eifrig, steckte ihr ungelenk die rechte Hand entgegen und zog sie schnell wieder zurück, nachdem Inga sie ergriffen und gedrückt hatte. Obwohl sich sein Vater ganz besonders bemühte, Inga in freundlicher Weise zum Picknick in den Garten zu bringen, hielt sie sich eng an Bert, sichtlich froh, dass er ihre Hand hielt und entspannte sich langsam.

Der jüngste Sohn Michael, der unter der Woche in einer betreuten Wohngruppe lebte, arbeitete in einer IT-Firma in einer nahen Kleinstadt, worin er absolut aufging und großen Erfolg hatte. In sozialen und alltäglichen Belangen brauchte er viel Unterstützung, die er im Rahmen eines speziellen Programmes erhielt, wie Inga von Berts Mutter berichtet wurde. Zuvor hatten dies sein Vater und Bert gemacht. Beide wussten mit ihm umzugehen, wussten, dass er ruhige und überschaubare, am besten immer wiederkehrende Abläufe brauchte. Auch bei dem Picknick boten sie ihm das übliche Lieblingsessen, 10 Scheiben Lyoner, genau 2 cm dick geschnitten, genau 3 Beutelchen Senf und 2 Brötchen. Anschließend 3 Becher Schokopudding, immer von der gleichen Marke.

Da Inga ihn sachlich und auf Abstand freundlich grüßte und ihm von ihrer wissenschaftlichen Arbeit berichtete, schien er angetan und blieb länger als sonst. Auch mit seiner Mutter konnte sie im Verlauf des Nachmittags entspannt sprechen. Anscheinend hatte sie wirklich große Sympathien für die Freundin ihres mittleren Sohnes. Sie erwähnte, dass Berts Vater die Erziehung bei ihren Kindern übernommen habe, da sie an einem bleibenden signifikanten Mangel an Empathie leide. Dieser zwinkerte ihr immer wieder zu, auch erhielt sie immer wieder ein Lächeln von ihm.

Für Bert war es klar gewesen, dass er sich für Inga und das Baby total ins Zeug würde legen müssen, wenn er mit den beiden zusammenleben wollte. Und, das spürte er, er musste ihr soviel bieten, dass sie an seiner Verlässlichkeit keinen Zweifel haben sollte.

Die Oma schenkte ihnen ein kleines Haus mit einem verwunschenen Garten. Zusammen mit seinem Vater riss er Wände ein, zog Mauern hoch, verputzte, schliff Türen, strich Fenster und verlegte Dielen. Er spürte, wie er breiter und kräftiger wurde, sah seine schwieligen Hände und hatte große Freude, seinen Vater bei der Arbeit ähnlich glücklich zu erleben wie er es war, wenn ein Teil des hübschen Häuschens nach dem anderen fertig wurde.

Inga hatte den Semesterbetrieb wieder aufgenommen, hielt Seminare und Vorlesungen, schrieb Forschungsanträge und Berichte, arbeitete an einer Festschrift für einen befreundeten Wissenschaftler und betreute ihre Diplomanden. Natürlich waren ihr Chef, die Kollegen und die Studenten neugierig. Da sich keiner traute, direkt zu fragen „wer denn der Vater sei", nahm sie Bert, wann immer es der Umbau erlaubte, zu allen Veranstaltungen und Lehrstuhltreffen mit, stellte ihn vor und strahlte. So sehr schien sie sich zu freuen, ihren, wie sie sagte, „jungen, schönen, lieben Freund" präsentieren zu können. Da sie sich so sicher schien, wurde er mit Wohlwollen aufgenommen und war bald Teil des Lehrstuhls, immer bereit, hier und da zu helfen.

Ingas Kugel wuchs. Haus und Garten waren fertig. Als Bert auf Anraten seiner Schwiegermutter noch ein paar Rosenbüsche mit den Namen „Leonardo da Vinci, Schneewittchen, Louise Odier und Sommerwind" gepflanzt hatte und Inga ein Morgenstern-Gedicht dazu vortrug:

„Oh, wer um alle Rosen wüsste,
Die rings in alten Gärten stehen,
Oh, wer um alle wüsste,
Der müsste,
im Rausch durchs Leben gehen",

fragte er sie, ob sie ihn heiraten wolle und sie sagte „ja".

Der Vortrag beim Medienkongress ging seinem Ende zu.

81

Professorin Reschke schloss mit einem Resümee, stellte noch einen Bezug zur aktuellen Entwicklung her, bedankte sich bei den aufmerksamen Zuhörerinnen und Zuhörer in dem großen Auditorium, die lebhaft auf die Bänke klopften. Bert strahlte herüber, er fand den Vortrag offensichtlich gelungen, sie lächelte zurück. Dann noch ein paar Fragen und das Pflichtprogramm war zu Ende. Wie immer ging sie zu dem Platz rechts außen in der ersten Reihe und holte sich ihren Kuss ab. Dann unterhielt sie sich mit Kollegen, während er zusammen räumte. Ein laut schwatzender Kreis hatte sich gebildet, verabredete sich zum Essen, wollte, dass sie mitgingen.

Bert brachte noch den Koffer weg, sie würde auf ihn warten. Als sie ihm nachsah, wie er mit jugendlich-leichtem Schritt zur Tiefgarage ging, dachte sie an ihre frühe Ehezeit zurück.

Ein Freund ihres Vaters hatte sie im Rathaus getraut. Zur Hochzeitsfeier hatten sie alle eingeladen, die in ihrem damaligen Leben eine Rolle spielten und die sie mochten. Die Mischung von Leuten, die sich in Reschkes Garten einfand, war bunt: Berts Motocross Kumpels, seine Band, ein paar Klassenkameraden, seine beiden Brüder, die unterschiedlicher nicht hätten sein können. Sein Klavierlehrer und die frühere Kinderfrau, ein liebes altes Weibchen, die vor Rührung weinte, als er sie herumwirbelte. Dazu einige wirklich skurrile Gestalten, die es aber, dank Sonderbegabungen, zu Wohlstand und Renommee, gebracht hatten: Martha, Berts Mutter brachte eine technische Neuerung nach der anderen für den Tunnelbau zum Patent, ihr Bruder Hans galt als bedeutender moderner Komponist (die Familie war bezüglich seiner Musik einhellig der Meinung, dass sie zum Davonlaufen war), ihre Schwester Anna war europäische Bridgemeisterin, die ihren Lebensunterhalt mit Pokerturnieren verdiente. Die Familie von Berts Vater Klaus hingegen konnte mit gediegenen Hausfrauen, einem Tanzlehrer, einem Physiker, und einer Kioskbetreiberin aufwarten. Sie strahlte neben ihrem Schwiegervater die Reschke-Freundlichkeit am meisten aus. Von ihrer Seite waren die Eltern, die Oma, eine Tante mit ihrer Lebenspartnerin, die Mitglieder ihres Lehrstuhls, ihre Schwangeren-Yogagruppe und viele Freundinnen gekommen. Die Oma strahlte vor Vergnügen. Sie unterhielt sich mit den Motocrossern, tanzte mit Berts Vater und ließ sich von Ingas Chef erklären, ob die Psychologie für ihre Enkelin überhaupt eine Zukunft biete. Ihre Eltern genossen die Feier, sie waren vom Schwiegersohn inzwischen eingenommen. Wie er das Haus renoviert und eingerichtet, den Garten in Ordnung gebracht und ihnen immer mit liebevollem Respekt entgegengetreten war, das imponierte ihnen sehr. Auch seine Klugheit und Umsicht waren ihnen nicht verborgen geblieben.

Ingas Schwangerschaft und der wachsende Bauch hatten Berts Lust befeuert, auch die schwere körperliche Arbeit vermochte sie nicht zu dämpfen: er war ein einfallsreicher, unermüdlicher Liebhaber und sobald er ihre groß gewordenen Brüste mit den angeschwollenen braunen Brustwarzen oder ihrem Kugelbauch nur ansah, stand er in Flammen. Sie ließ ihn gern gewähren, genoss es, verwöhnt zu werden und war mit der Schwangerschaft sinnlicher denn je geworden. Wenn er hinter ihr lag und in sie eindrang, wünschte sie sich, dass sich der dunkelrote Samtvorhang, der sich dabei über sie legte, nicht mehr heben sollte.

Noch bei der Hochzeitsfeier fühlte sich Inga fit wie selten und wollte den inzwischen riesigen Bauch gar nicht mehr abgeben. Doch als die Gäste langsam aufbrachen, merkte sie, dass es bei ihr zu ziehen begann. Eine Stunde später meldeten sich erste Wehen. Als nach 30 Minuten noch 5 Minuten Abstand dazwischen waren, packte Bert sie ins Auto und fuhr mit ihr ins Krankenhaus. Dort wurde er erst in den Kreissaal gelassen, als Inga versicherte, dass er wirklich der Vater des Kindes war. Nach einer Stunde heftig anrollender Wehen hatte sich ihr Mädchen auf die Welt gekämpft. Bert hielt es im Arm, andächtig staunend und stolz. Als das Bündel an ihrer Brust lag, nahm er ihre Hand, strich über ihr noch rotes Gesicht mit dem blutunterlaufenen rechten Auge, das sie vom heftigen Pressen zurückbehalten hatte und sagte: „Du Wunderbare, du. Was ihr Frauen könnt, das werden alle Erfindungen der Welt nie toppen können. Ewig werde ich dich darum beneiden".

Dieser 19Jährige mit seinem Engelsgesicht, seinem makellosen Jünglingskörper und seinem unbefangenen Lächeln brachte sie immer wieder ins Staunen. Sie erlebte ihn auf Augenhöhe. Dass sie ihm in irgendeiner Weise voraus sein könnte, wäre ihr überhaupt nicht in den Sinn gekommen. Wenn sie von jemandem, der ihn nicht kannte, angesprochen wurde, was sie denn mit dem Bubi wolle, sagte sie „Leben und Altwerden". Wenn sie mit ihrer Oma manchmal darüber sprach, ob es Bert denn mit Familie und soviel Arbeit und Verantwortung nicht zu viel werden würde, riet ihr diese, darauf zu bestehen, dass er seine Hobbys weiterführen und sich um ein Studium kümmern sollte. Außerdem sollte sie von ihm keine körperliche Treue erwarten, die würde sowieso überbewertet werden, und sich darauf einstellen, dass er sich irgendwann anderweitig ausprobieren würde. Und ob eine Ehe ein Leben lang halte - wer wisse das schon. Deshalb sollte sie jeden Tag mit ihm genießen.

Oma war so klug wie direkt, lebenserfahren und vernarrt in ihre Enkelin, aber sie wollte nicht, dass sie sich etwas vormachte. Mit Männern kannte sie sich aus.

Doch Bert schien in seiner Rolle als junger Vater aufzugehen. Als nach zwei Jahren ein Junge geboren wurde, waren sie im siebten Himmel. Er kam mit Haushalt und Kindern souverän zurecht, kokettierte gern damit und ließ sich bewundern, blieb Inga gegenüber aufmerksam und ließ keinen Zweifel daran, wie sehr er sie begehrte. An ihrer Habilitationsschrift konnte sie zuhause arbeiten, ließ ihn Korrektur lesen und merkte, dass er inhaltlich nicht nur folgen konnte, sondern ihr kritischer Gesprächspartner für ihre Forschungsthemen wurde. Er fuhr noch Motocross, kam dann, wie durch eine Drecklache gezogen, nachhause. Klavierunterricht nahm er nicht mehr, aber er spielte jeden Tag, um die Kinder und sie vom Tag in den Abend zu lotsen, sang oft dazu und wagte sich an das eine oder andere Kunstlied. Oft las Inga vor oder rezitierte Gedichte, was die Kinder mochten, wenn auch der kleine Falko lange brauchte, um zur Ruhe zu kommen. Als dieser 3 Jahre alt war, begann Berts Vater, der viel Zeit mit den 2 Enkeln verbrachte, sein Fußballtalent zu erkennen und trainierte ihn, bis er in der B-Jugend in den Kader der U-19 berufen wurde.

Anele war ebenfalls hochmotorisch, sie turnte, tanzte und voltigierte. Sie war ein Freigeist und ihrem Papa sehr nahe. Beide Kinder absolvierten ihr Schulprogramm mithilfe von Oma Marthas Steh-Greif-Referaten, die zu jedem Thema abgerufen werden konnten. Die Kinder übten sich darin, in einem Affenzahn mitschreiben, wenn sie zu dozieren begann. Natürlich kamen den Lehrern Zweifel, ob die Hausaufgaben denn immer selber gemacht worden waren, zumal der Komplexitätsgrad der Ausführungen manchmal ihren Horizont überstieg und eine Überprüfung der Richtigkeit schwerfiel. Da die beiden den Stoff in den Klassenarbeiten parat hatten und auch sonst keinen Anlass zur Klage boten, ließen es die Lehrer meist darauf beruhen. Nur einmal mussten Bert und Inga bei der Biologielehrerin vorreiten, als eine Abhandlung über die technischen Unzulänglichkeiten des Leopard-Panzers der Bundeswehr so gar nicht zum vorgegebenen Thema „Der Leopard in seinem Habitat" passen wollte.

Zu ihrer Professur, die sie glücklicherweise grad 60 km von zuhause bekommen hatte, hatte Inga eine kleine Unternehmensberatung aufgebaut, die von ihrem Forschungsthema, der Einführung neuer Medien und Technologien in Großbetrieben profitierte. Hier konnte sie erforschen, ob und wie sich die Kommunikation zwischen Betriebsleitung und Mitarbeitern beeinflussen ließ und ob sich die Arbeitszufriedenheit damit steigerte.

Bert führte die kleine Firma. Fachlich war er à jour, er betreute die Kunden und teilte die freien Mitarbeiter und Mitarbeiterinnen für Trainings ein, führte die Bücher und Finanzen, was er sich mithilfe seines Vaters und durch Kurse beigebracht hatte. Für Inga bereitete er alles vor, was sie für ihre Vorträge und Beratungstermine brauchte, so dass sie sich völlig auf ihre Forschung und ihre Lehre an der Uni konzentrieren konnte.

Zwischenzeitlich ging es ihnen finanziell so gut, dass genug übrigblieb, Bert mit allem, was ihm gefallen könnte, zu verwöhnen. Und er nahm die Boss-Anzüge, seine neue Enduro, den glänzenden Flügel, die Omega-Uhr und den schwarzen Audi-TT jeweils strahlend an, genoss den Luxus und war gleichzeitig mit einfachsten Dingen glücklich und zufrieden.

Wenn sie morgens vor ihm erwachte, ging sie mit ihrem Blick alle Linien seines Gesichts und seines Körpers nach, roch an ihm, war berauscht und hätte manchmal vor Glück weinen mögen.

Bert war schnell aus der Tiefgarage zurück. Er hatte ihre flachen Treter in der Hand und sagte: „Komm, lass uns ein wenig gehen. Wir können dann später in der Stadt etwas essen". Und weil er wusste, dass sie nach dem Vortrag hungrig sein würde, holte er einen Apfel aus seiner Jackentasche, den er vom Frühstück für sie aufgehoben hatte. Er rieb ihn an seinem Ärmel bis er glänzte und gab ihn ihr. Sie biss hinein, hakte ihn unter und machte große Schritte, um mit seinem Tempo mitzuhalten. Ihre Lederpumps hatte sie in die Handtasche gestopft.

Sie redeten, er gestikulierte, lachte, ab und zu küsste er sie leicht aufs Haar und sie umfasste ihn. Sie sprachen über den Kongress, die Neuerungen der letzten 20 Jahre, ihre psychologischen Auswirkungen, was sich von früheren Prognosen bewahrheitet hatte. Sie sprachen über die Kinder und über seine neue Spielzeit am Theater, zwei Premieren, 3 Wiederaufnahmen, 2 Gastspiele und wie sie ihre Zeiten mit den Schulferien ihrer Jüngsten zusammenbringen konnten.

Stunden, Tage, Wochen hatten sie, besonders in den ersten Jahren, so verbracht: redend zu gehen und gehend zu reden. Im Urlaub mit Rucksack und Kinderwagen, fünf, sechs, sieben Stunden bei jedem Wetter, abends waren sie dann todmüde ins Bett gefallen, am nächsten Morgen waren sie weitergewandert. Die Urlaube waren immer mit Bewegung und Natur verbunden gewesen. Und mit Zeit füreinander und mit den Kindern.

Bert schätzte neben Ingas praktischen Talent, ihre gute Laune und ihren Fundus an Literatur- und Geschichtswissen, den sie gern und begeistert mit ihm teilte und dass er in sich aufsog wie ein Schwamm. Auch der Alltag zuhause war geprägt von geistiger Anregung. Inga las ihm ihre Artikel und Gutachten vor und er lernte mit. Oft begleitete er sie zu Vorlesungen und Vorträgen. Immer wieder fragte sie ihn, ob er sich nicht einschreiben und einen Abschluss machen wollte.

Die Kinder wurden selbstständig, für den Haushalt hatten sie eine Hilfe und die Unternehmensberatung lief ohne großen Aufwand. Bert war inzwischen 32 geworden und spürte, dass es Zeit wurde, nun ein Feld für sich aufzumachen.

Schon früh war er im Kindertheater, der Theater-AG an der Schule und als Statist am Stadttheater durch seine Spielfreude und sein leidenschaftliches Ringen beim sprachlichen Ausdruck aufgefallen. Mit Inga hatte er sich durch die klassischen Dramen gelesen. Er liebte Büchner und Schiller, ging so oft wie möglich ins Theater und staunte über die Inszenierungen der zeitgenössischen Regisseure. Er bewarb sich an mehreren Schauspielschulen, wurde - trotz seines Alters - in Stuttgart angenommen und war nun drei Jahre lang in der ungewohnten Situation, sich um sich selber kümmern zu dürfen. Auch wenn er mit dem Zug nur eine Stunde zu fahren hatte, riet ihm Inga, nicht jeden Tag zu pendeln, sondern sich eine Wohnung zu nehmen, damit er abends ein bisschen Studentenleben haben konnte. Damit sollte er Zeit für sich und seine Ausbildung haben. Er vermisste sie und die Kinder unsäglich, telefonierte jeden Tag mit ihnen, wusste sie gut versorgt - trotzdem hielt er es abends oft nicht ohne sie aus und fuhr nachhause. Inga ließ dann alles stehen und liegen und zeigte ihm ihre Freude mit großer Zärtlichkeit.

Sie war nun 46 Jahre alt. Die Welt um sie herum begann sich zu verändern. Die geliebte Oma, zuletzt immer weniger werdend, starb mit 92 Jahren. Sie hatte sich eine fröhliche Beerdigung gewünscht. Auch wenn keiner in Schwarz kam, der Sarg von Berts Künstlerbruder Thomas mit Nana-Figuren bemalt worden war und die Kinder bunte Luftballons für die „Urolla" steigen ließen und witzige Geschichten erzählt wurden, waren sie und Bert tieftraurig. Er tröstete sie so gut es ging, aber auch seine feste Überzeugung, dass die Oma für immer als buntgestreifter Schutzengel auf sie aufpassen und achtgeben würde, dass er seinen Knackarsch behielt, konnte sie nicht aufheitern. Sie weinte so oft, wie noch nie in ihrem bisherigen Leben.

In der Zeit, in der Bert in Stuttgart war, vermisste sie ihn sehr. Vor allem seinen wachen, liebevollen Blick mit dem er ihr das Gefühl gab, dass sie aufgehoben und in allem, was sie sagte und tat, rundum in Ordnung war. Und dies bei den alltäglichen Meinungsverschiedenheiten und Reibereien, wenn einer von ihnen oder beide überarbeitet oder müde waren oder wenn sie hinsichtlich der Kinder unterschiedliche Sichtweisen hatten.

Nele war inzwischen 16, Falko 14 Jahre. Beide wurden von den Großeltern mit viel Zeit bedacht. Sie gingen mit ihnen gern zu offiziellen Anlässen, staunten wie sich der zuhause gutmütige Brummbär in den geachteten Bürgermeister und die Hausfrauen-Omi in eine First Lady mit hochhackigen Pumps und Kostüm verwandelte. Sie respektierten die Distanzbedürftigkeit der Genie-Oma und bewunderten ihr ungeheures Wissen und ihr photographisches Gedächtnis. Opa Klaus liebten sie abgöttisch. Besonders Falko, der in ihm seinen Trainer gefunden hatte, schaute jeden Tag bei ihm vorbei. Dass ihr Vater so häufig weg war, bedauerten sie, besuchten ihn aber oft in Stuttgart und lebten dort wie „Bohämiäs".

Inga hatte mehr Zeit und war öfter allein, etwas, was sie nicht kannte. Und wenn sie länger in den Spiegel schaute, blickte ihr eine andere Frau entgegen, als die, die sich in Berts Blick spiegelte: älter, verletzlicher, müde.

Eine Stunde waren sie eng umschlungen gegangen, als Ingas Magen knurrte - hörbar - keinen Aufschub mehr duldend. Sie bogen in die nächste Querstraße ab, Bert steuerte ein kleines italienisches Lokal an, was er von einem Aufenthalt während eines Gastspiels kannte. Sie bekamen einen schönen Tisch unter einer blühenden Glyzinie, deren Duft sie beseelt einsogen. Bert bestellte Wasser und Weißwein, für sich Pfeffersteak, für Inga Saltimbocca und einen großen Teller Gemüse extra. Er prostete ihr zu: „Zum Wohl meine Geliebte, mit der ich Fleisch essen darf, ohne ein schlechter Mensch zu sein!" Sie lachte und schmatzte einen Luftkuss über den Tisch.

Die Schauspielschule in Stuttgart war zu Ende gegangen, als Bert 35 wurde. Er hatte viel über sich erfahren, schauspielerisches „Handwerk" gelernt, sein Sprechen trainiert, und war froh, dass es ihm leicht viel, Rollen zu lernen. Die ständige Nähe zu seinen Kolleginnen und Kollegen hatte er erst lernen müssen. Aber ob seiner unkomplizierten, sinnlichen Körperlichkeit war er bald zum begehrten jugendlichen Liebhaber avanciert, was die durchgängig viel jüngeren Frauen und manche Männer sehr schätzten. Die Unbedarftheit und Realitätsferne, die er zuweilen bei manchen Künstlerkolleginnen und -kollegen erlebte, befremdete und nervte ihn manchmal, aber überwiegend fand er das Theater, gerade weil es ein Eigenleben hatte, faszinierend und anregend. Er tauchte in eine völlig andere Welt ein. In Ingas Blick bemerkte er, dass er sich veränderte. Wenn sie Dinge an ihm wahrnahm, die sie an ihm nicht kannte, weiteten sich ihre Augen - ob ängstlich oder staunend - vermochte er nicht zu deuten.

Als ein Angebot nach Berlin an eine renommierte Bühne kam, konnte er sein Glück kaum fassen. Trotzdem hatte er einen Kloß im Hals, als er es Inga erzählte. Ihre Reaktion war so, wie er es von ihr kannte: Sie hörte zu, überlegte - an ihren Augen sah er, dass viele Bilder in ihr abliefen - und antwortete: „Mensch Bert, wie toll! Natürlich musst du das machen! Das kriegen wir hin. Irgendwie." Beim „Irgendwie" sank ihre Stimme und ihre Augen verdunkelten sich. Das kannte er an ihr nicht.

Sie kauften in Berlin-Tiergarten eine Wohnung, groß genug, dass alle vier sich wohlfühlten. Die Zeit, die sie dort in den ersten Jahren zusammen hatten, war toll und aufregend. Er war so dankbar, dass seine Familie ihn auf seinem neuen Weg unterstützte. Und ihm vermittelte, dass es ihm zustand und dass er es verdiente - war er doch bisher für sie da gewesen. Auch Inga strahlte „wenn Oma das noch erlebt hätte, sie wäre hier mit eingezogen" und bei dem Gedanken mussten alle lachen.

Inga war an der Reihe, Dekanin für die Fakultät zu werden und hatte viel zu tun. Sie hatte vier Stellen an ihrem Lehrstuhl, fünf Mitarbeiterinnen in Drittmittelprojekten und war Herausgeberin verschiedener Fachzeitschriften. Es tat Bert leid, dass er sowenig zuhause war und sie kaum noch unterstützen konnte. Er vermisste Inga und die Kinder, genoss aber sein neues Leben in vollen Zügen und es schien, dass sie weiter von ihm wegrücken würden. Proben, Vorstellung und Spezialtrainings füllten den Tag. In den Pausen las er oder ließ sich durch Berlins Straßen treiben - diese lang geteilte Stadt, die langsam in der Mitte aufgefüllt wurde und wieder zusammenwuchs. Er fühlte sich wie 18. Er staunte, war unendlich neugierig und offen für alles Neue.

Inga musste es gespürt haben, bevor er es überhaupt wusste: dass er sich verliebt hatte. Bisher waren seine erotischen Ausflüge in Berlin zwischen ihnen kaum einer Rede wert gewesen. Sie hatten für Inga keinen Grund zur Eifersucht oder Sorge dargestellt.

Nun aber schien Bert eine ernsthafte Affäre zu beschäftigen. Es ging um eine Kollegin, 10 Jahre jünger als er, ein chaotisches, verrücktes Huhn, deren Wohnung so verdreckt und pappig war, dass er erst einmal putzte, bevor er sich von ihr zu Lustvollerem animieren ließ. Sie war auf eine unberechenbare Art emotional, weinte oft, lachte oft, hatte zig Unverträglichkeiten und Allergien, aß vegan, trank aber jeden Tag mindestens eine Flasche Rotwein, Und sie kiffte, dass ihre Augen ständig gerötet waren, sich Fressattacken und Kotzen abwechselten.

Aber sie spielte auf der Bühne, als ob es allabendlich um ihr Leben ginge, wandelte ihr Aussehen, dass sie einen Moment lang eine betörend schöne mächtige Göttin war, im nächsten Moment die hässlichste Hexe, die man sich vorstellen konnte. Die Intensität mit der sie lebte, spielte und liebte verschlug Bert den Atem und beflügelte auch ihn zu Höchstleistungen am Theater. Der Regisseur war mit ihm zufrieden. Er spielte experimentelle Rollen, zerklüftete Typen und immer wieder den jungen, sensiblen Liebhaber. In der freien Zeit war er mit Jenny zusammen, empfand die Stunden und Nächte mit ihr, als ob er im freien Fall grenzenlose Fähigkeiten hätte und fühlte sich begeistert wie noch nie in seinem Leben.

Ihrer erotischen Unberechenbarkeit war er schon nach wenigen Tagen verfallen. Und sie merkte schnell, dass sie auf ihm spielen konnte, wie auf einer Klaviatur. Am erregendsten für ihn war es anfangs gewesen, dass sie so unglaublich eng war und die starke Reibung ihn oft viel zu früh kommen ließ. Doch sie schaffte es, sich noch enger zu machen und sich ganz zu verschließen, dass er gar nicht in sie eindringen konnte. Wild und voller Begehren begann er dann mit großer Wucht in sie zu stoßen und hatte das Gefühl, sie zu vergewaltigen - was ihn gleich nach der Entladung mit Triumph, dann aber mit Scham und Schuldgefühlen erfüllte.

Jenny genoss beides.

Wieder zuhause fiel es ihm schwer, in seine alten Gewohnheiten zurück zu schlüpfen. Er fühlte sich orientierungslos, verwirrt, ungelenk.

Woran Inga es gemerkt hatte - er wusste es nicht. Aber sie war anders. Zwar liebevoll und verwöhnend, aber zugleich traurig und sie schlief nicht mehr mit ihm. Er sagte es ihr, neben ihrem Sessel kniend, nach den Weihnachtsferien. Und als er ihr gestand, er wisse nicht, wie es weitergehen solle und er wisse überhaupt nichts mehr, zog sie seinen Kopf auf ihren Schoß, streichelte ihn und weinte lautlos. Ihre Tränen tropften auf ihn und vermischten sich mit seinen.

Inga entschied, dass er das nächste Jahr nicht mehr zu ihr

nachhause komme sollte, bis er sich klar darüber sei, was er wolle. Die Kinder sollten ihn in Berlin besuchen. Wenn er komme, sollte er bei seinen Eltern wohnen. Er sollte es den Kindern sagen. Sie konnte und wollte ihn in der Zwischenzeit nicht sehen. Am liebsten hätte er sich vor ihr auf den Boden geworfen und wäre einfach dageblieben. Aber Inga hätte es nicht geduldet, das wusste er. Mit ihrer ganzen Verzweiflung und Verletztheit bestand sie darauf, dass er ging. Er wollte sich entschuldigen, aber sie sagte, dass es früher oder später geschehen wäre, dass er sich in eine andere Frau verlieben würde und dass es sein Recht sei, sich neu auszuprobieren.

Als er schon die Tür hinaus war, hielt sie ihn kurz zurück.

„Bert, du bist das Beste, das mir je passiert ist".

Doch als er sie in die Arme nehmen wollte, schüttelte sie den Kopf, ging ins Haus und schloss die Tür.

Er fuhr zurück nach Berlin. Seinen Kollegen fiel auf, dass er in sich gekehrt war, dass Inga nicht mehr in der ersten Reihe saß, dass die Kinder, wenn sie ihn besuchten, verschlossen waren und Jenny mieden. Aber niemand sprach ihn darauf an.

Die Beziehung zu Jenny war in eine neue Phase getreten. Sie forderte ihn sexuell heraus, dass er an seine Schamgrenzen kam und sich zu ekeln begann. Die anfängliche Leidenschaft war in unberechenbare Kämpfe übergegangen, die Bert verstörten. Jenny hatte Weinausbrüche und prügelte im nächsten Moment auf ihn ein. Sie provozierte und verletzte ihn, dass er manchmal in eine solche Wut geriet, dass er zurückschlug. Manchmal hatte er Angst vor ihr, aber meistens hatte er Angst um sie, dass sie sich etwas antun würde oder dass er ihr ernsthaft wehtun könnte. Sie konnte ihn zwar immer wieder zu wildem Sex verführen, aber auch da nahmen schmerzhafte Praktiken überhand, die ihn verwirrten und abstießen.

Anfangs waren sie abends oft weggegangen, um Vorstellungen anderer Theater zu sehen und um im Kino zu knutschen. Tagsüber gingen sie zum See, in den Tiergarten oder in den Grunewald, um spazieren zu gehen und zusammen ihre Rollen zu lernen. Bei Jenny ebbte ihre Lust auf Unternehmungen nun zunehmend ab. Sie war launisch geworden, sagte Verabredungen mit ihm zu und ab, wie sich ihre Stimmungen gerade in ihr hocharbeiteten. Bert konnte es nicht leiden, so herumgeschoben zu werden. Während die Beziehung weiterging, störte ihn an ihr immer mehr. Der Saustall in der Wohnung, dass sie nie abspülte und nie das Bad putzte, dass sie morgens schon nach Alkohol roch und wenn er sie in das verdreckte Klo kotzen hörte, drehte es ihm den Magen herum.

Er begann wieder mehr an Inga zu denken. An ihre ruhigen Gespräche über seine Rollen und ihre Arbeit, was beide gerade gelesen, dabei gedacht, gefühlt hatten. Er sah sie in der Küche kochen, backen und werkeln während er seine Rollen lernte. Er erinnerte sich an die lauen Abende, an denen sie sich auf „ihrer" Wiese liebten und hinterher von den Schnaken zerstochen waren. Und an ihr Mondscheinschwimmen am nahe gelegenen See, wo er sich immer noch davor fürchtete, dass ihm ein Barsch von unten seinen Schwanz abbeißen würde und Inga ihn jedes Mal für seine Angst auslachte. Und wie weich und warm sie sich anfühlte, wenn er sich auf sie legte. Und wie sie duftete, besonders nachdem sie miteinander geschlafen hatten.

Und er dachte auch daran, was es zuhause zu tun gab und

wie sie es im Sommersemester (es war Juni) schaffen würde mit allem fertig zu werden: Uni, Dekanat, Abgabefristen für die Projektverlängerungen, Vorbereitung für die Begehungen, die Doktoranden und dann das Haus, der Garten, die Rosen, die Himbeeren, die Kirschen. Ob sie wohl wieder Tomaten hatte und ob die Fäule kommen würde?

Er telefonierte mit seinen Eltern und ließ sich von seinem Vater berichten, was zuhause und mit den Kindern war. Wenn er ihn fragte, wie es Inga ging, antworte er: „Wie soll es ihr gehen Junge? Sie ist nur noch ein Schatten ihrer selbst. Aber sie würde nicht wollen, dass du das weißt".

Den Schwiegereltern schrieb er ab und zu. Anzurufen traute er sich nicht. Sie antworteten freundlich, wenn auch nur in wenigen Zeilen.

Zu Ingas Geburtstag übte er auf dem Klavier die Passage von Siegmund und Sieglinde aus der Walküre, die sie so mochte („Du bist der Lenz…"), nahm sie auf und schickte sie ihr, zusammen mit einem kleinen Brief.

Sieben Monate waren vergangen, seit er das letzte Mal zuhause gewesen war. Die Kinder hatten Sommerferien und verbrachten 3 Wochen bei ihm in Berlin. Sie waren still, schlecht gelaunt, gaben patzige Antworten und stritten miteinander, bis Bert die Geduld verlor und sie anfuhr:

„Was ist nur los mit Euch? Kann man Euch denn gar nichts recht machen?

„Das sagst gerade du!" schnappte Nele zurück.

Und Falko ergänzte ebenso motzig: „Ja, gerade du, der alles kaputt gemacht hat!"

Auch wenn sie ihm in ihrem biestigen Unglücklichsein leidtaten, erklärte er, dass seine zeitweilige Trennung von Inga eine Sache zwischen ihnen beiden sei.

„So, und wenn Mama krank wird, während du hier mit

dieser Psycho-Schlampe rummachst?" setzte Nele nach.

„Rede bitte nicht so mit mir" herrschte er sie an, wurde aber von Falko unterbrochen.

„Papa, Nele hat recht. Mama geht es wirklich sehr schlecht. Wenn sie zuhause ist, spricht sie nichts und geht gleich in ihr Büro, macht die Rollläden runter und sitzt einfach nur da, ohne etwas zu tun. Nachts läuft sie durchs Haus, weil sie nicht schlafen kann. Manchmal geht sie zur Uni und hat vergessen sich zu duschen und zu schminken. Oma Irmi kommt jeden Tag und kocht und versucht Mama dazu zu überreden, dass sie etwas isst. Sogar die Genie-Oma kommt jeden zweiten Tag und fragt sie, ob sie eine Umarmung haben möchte".

Bert konnte kaum glauben, was er da hörte. „Und was sagt Inga dazu?"

„Die lässt sich umarmen, was soll sie denn machen, und weint".

„Und Martha?"

„Die hält sie und klopft ihr den Rücken, als ob Mama etwas verschluckt hätte."

Bert rieb sich die Nasenwurzel, über der sich immer deutlicher zwei steile Falten abbildeten.

Nele hatte ihren Ton nun etwas gemäßigt. „Wirklich Papa, so geht es nicht weiter! Wir halten es kaum noch aus. Die ganze Zeit schreit dieser Gary Moore durchs Haus, wenn Mama zuhause ist. Und immer nur dieses eine Lied „Empty rooms"."

Nun musste er grinsen. Es stimmte, jedes Mal, wenn es Inga schlecht ging oder sie sich geärgert hatte, mussten die Riffs der E-Gitarre von Gary Moore herhalten. Daran hatte er immer wieder den musikgeschichtlichen Vorsprung bemerkt, den Inga hatte.

Empty rooms! Er atmete tief durch.

Als die Kinder wieder abfuhren, war ihm weh ums Herz und er spürte ihre Verwunderung, als er sich mit heiserer Stimme und Tränen in den Augen von ihnen verabschiedete. Am liebsten wäre er mit ihnen gefahren.

Durch intensive Vorbereitung auf die nächste Spielzeit lenkte er sich ab. Es sollte zwei Premieren geben, insgesamt war er für drei Stücke vorgesehen. Die übrige Zeit raste er mit seinem Fahrrad so schnell er nur konnte, durch Berlin.

Die Faszination für Jenny hatte sich abgekühlt, nachdem sie sich weniger mit ihm traf und häufiger mit dem Chef-Dramaturgen.

Falko rief ihn Ende August an, um zu berichten, dass die Mannschaft in der Vorbereitung ein Freundschaftsspiel gegen die Stuttgarter Kickers haben würde. Er nahm dies zum Anlass, nachhause zu fahren.

Inga und er waren an den Wochenenden, wann immer es irgendwie machbar war, mit den Kindern zu Wettkämpfen, Auftritten und Turnieren gefahren. Irgendwelche Fahrdienste, zu backende Kuchen und elterliches Fan-Gebaren waren über Jahre hinweg immer gefordert gewesen. Mit ihrer bodenständigen Art hatte sich Inga unkompliziert eingefädelt, Berts Vater war ein erfolgreicher Jugendtrainer geworden und die ganze Familie war, im manchmal recht rohen Vereinsgeschehen, wohlgelitten. Bei dem Fußballspiel würde er Inga treffen.

Falko strahlte, als er ihn auf den Platz kommen sah, rannte zu ihm und klatschte ihn ab. Die Mannschaft lief sich gerade ein. Sein Vater der auf der Trainerbank saß, umarmte ihn fest. Bert sah Inga sofort, ging zu ihr und stellte sich neben sie. Lange standen sie einfach da und sagten kein einziges Wort. Als er sie ansah, senkte sie den Blick. Müde und blass, hatte sie schwarze Schatten unter den Augen. Ihre Haare waren aus der Form, sie schien seit Monaten nicht beim Frisör gewesen zu sein. Als er mit seiner Hand ihren Nacken umfasste, spürte er wie knochig er geworden war, sie musste viel abgenommen haben.

„Darf ich mit dir nachher nachhause?"

Inga nickte.

Er war aufgeregt, sein Adamsapfel schob sich hoch und nieder, sein Mund war trocken, dass er kaum schlucken konnte. Sie stand neben ihm, rührte sich aber die ganze Zeit nicht.

Nach dem Spiel fuhr sie mit ihm nachhause, schloss die Haustür auf, streifte die Schuhe ab, er folgte ihr.

„Möchtest du etwas zu trinken?" fragte sie, als ob er ein Gast wäre.

„Nein Inga, ich möchte mit dir reden."

Ihr schmales Gesicht wurde aschfahl, ihre Nase spitz, auf Hals und Dekolleté zeigten sich hektische rote Flecken. Sie konnte nur noch ganz leise, fast hauchend sprechen:

„Also los". Sie setzte sich.

Er kniete neben sie, wie er es vor fast einem Dreivierteljahr getan hatte, sah sie an und fragte, ob sie ihn wieder zurücknehmen würde, und ob er wieder zurückkommen dürfe.

Inga atmete aus mit einem Geräusch, als ob ein riesiger Blasebalg in sich zusammensinken würde.

„Weißt du," sagte sie endlich, „du kannst dir nicht vorstellen, wie unendlich froh ich bin, dass du da bist und das fragst. Es ist als ob du mich damit aus einem Meeresstrudel ziehst, der mich auf den Grund gedrückt hat. Das letzte dreiviertel Jahr war mir, als ob es keine Luft mehr gäbe, nur noch Druck auf meinem Herzen und meiner Brust und ein glühendes Messer im Gedärm. Oft hab ich mich gekrümmt vor Schmerzen."

Als er sie mit Tränen in den Augen ansah, brach aus ihr ein trockenes gestoßenes leises Lachen. „Theatralisch, und kitschig klingt das, nicht wahr? Aber glaube mir, ich hab manchmal gedacht, ich muss sterben vor Kummer und vor Sehnsucht nach dir."

Bert nahm sie in die Arme und fing an ihr Gesicht zu küssen. Als sie die Küsse zurückgab, dachte er noch, dass er einen Aids-Test hätte machen sollen, zog sie aber schon ins Schlafzimmer, da die Kinder jeden Moment kommen würden. Sie war mager geworden. Sie ohne ihre weichen Pölsterchen zu lieben, war ungewohnt, aber als er an ihrem Hals schnüffelte, roch sie so berauschend und wunderbar wie immer. Während er sich in sie hineinschob, öffnete sie sich und er fand keinen Halt mehr in dieser Höhle glühender Lava. Als er zu stoßen begann, weitete sich ihr glutroter, bebender heißer Krater und zog ihn ganz tief hinein, dass er sich, während er explodierte, darin vollständig auflöste. Das Gefühl, sich im gleichmäßig pulsierenden ewigen Schlund zu verlieren, war höchstes Glück und größte Machtlosigkeit zugleich. Er kam wieder zu sich, aufgewühlt und beruhigt, leer und erfüllt zugleich. Inga hielt sich an ihm fest, ihr Stöhnen war in heftiges Schluchzen übergegangen. Sie zitterte am ganzen Körper und als sie sich zusammenrollte und nicht aufhörte zu weinen, legte sich Bert auf sie, bedeckte sie mit seinem nun entspannten Körper und zog die Decke über sie beide.

Leise öffnete sich die Schlafzimmertür und schloss sich ganz schnell wieder.

Das Steak war ganz so, wie Bert es mochte: zart, rosa, riesig. Er aß schnell und verdrückte Ingas Pommes und das meiste vom Gemüseteller noch dazu, hinterher eine doppelte Portion Tiramisu. Als der Espresso kam und Bert die kleine Tasse hochnahm, kam ein Sonnenstrahl durch die Glyzinienzweige und beschien die dichten blonden Härchen auf seinem Unterarm, so dass sie leuchteten wie ein goldenes Stück Fell. Inga streckte ihre Hand aus, Bert hielt ganz still und sie strich so zart darüber, dass der Espresso-Schaum ruhig wie ein hellbrauner Spiegel in der Tasse liegen blieb.

Nach ihrer Wiederannäherung kamen sie überein, dass sie sich bis zum Jahresende noch Zeit nehmen wollten, um heraus zu finden, wie jeder wollte, dass es für sich, für sie beide und für alle weitergehen sollte.

Bert fuhr nach einer Woche, die gefüllt war von innigen Momenten, leidenschaftlichen Nächten, ausgelassenen Feiern mit der ganzen Familie und vielen Gesprächen, wieder nach Berlin. Inga und die Kinder sollten zu seiner nächsten Premiere kommen. Das Stück wurde verrissen. Doch das Ensemble hielt zusammen, spielte mit Leidenschaft und Ehrgeiz weiter. Inga sah, dass die Schauspielerei das Richtige für Bert war und er betrieb sie mit der gleichen Ernsthaftigkeit, wie er 17 Jahre lang für sie und die Kinder da gewesen war. Sie war stolz auf ihn und liebte seine männliche Schönheit, die er nun mit seiner Körperbehaarung, der inzwischen athletischeren Figur, den leichten Geheimratsecken, seinem symmetrisch angelegten Gesicht mit den bis ins meeresgrün changierenden blauen Augen und den ersten Falten im Gesicht bekam.

Sie selber war mit den Wechseljahren etwas behäbiger und runder geworden. Immer noch sehr leistungsfähig, war es für sie wie ein Geschenk, dass sie die akademischen Erfolge nicht mehr brauchte, sondern mit Erfahrung, Wissen und Großzügigkeit ihre Mitarbeiterinnen und Mitarbeiter auf die erste Stelle der Namensnennungen bei den Veröffentlichungen schieben und fördern konnte. Sie arbeitete im Garten, machte Sport und konnte sich, da Falko und Nele selbständig waren, um sich selber kümmern. Ihre Regel kam nur noch selten, was sie als Erleichterung empfand, sie aber auch traurig stimmte. Als es in jenem Jahr, das so tränenreich gewesen war, mit beglückender Freude und neuer Leidenschaft auf Weihnachten zuging, machten ihr fast jeden Tag Übelkeit, Müdigkeit und Ziehen im Bauch zu schaffen. Außerdem fühlte sie sich ständig gebläht. Bert bestand darauf, dass sie zum Arzt gehen sollte. Ihr Hausarzt meinte, dass er wohl nicht zuständig sei und überwies sie weiter. Schließlich zeigte ihr ihre Frauenärztin bei der Ultraschalluntersuchung, wie ein kleines vier Monate altes Wesen mit pulsierendem Herzchen in ihr herumturnte.

Als sie es Bert mit einem ironischen Grinsen erzählte, küsste er sie, wirbelte sie herum und juchzte. Ihre Eltern waren erst einmal sprachlos, Berts Vater freute sich und Martha hielt einen Vortrag über spätgebärende Mütter, der eines Gynäkologie-Kongresses würdig gewesen wäre. Anele fand es cool, ein Geschwisterchen zu bekommen und Falko sagte trocken: „Aber gell Vadder, jetzt keine Sperenzchen mehr".

Sie nannten das kleine Mädchen Mira, weil doch alles ein kleines Wunder war. Bert war mit seinen 36 Jahren in einem normalen Vateralter und Inga wurde nun mit ihren 48 ähnlich bestaunt, wie 18 Jahre vorher Bert.

Bert bezahlte, gab dem Kellner, der ihn erkannt hatte, ein Autogramm und half Inga in ihren Blazer. Sie hatte sich ihre

Lippen pink nachgezogen und zog die Hosenbeine nach unten, die gern ihre Waden hochrutschten.

„Und Frau Professor, wohin jetzt?"

„Auto holen, Hotel, packen, nachhause!"

„Sehr wohl."

Arm in Arm gingen sie zurück, ein hochgewachsener, attraktiver dunkelblonder Vierziger, der mehr als schnell lief und eine gepflegte Dame Mitte Fünfzig, die Autorität und Humor ausstrahlte und die versuchte, mit ihm Schritt zu halten.

Wieder ein kleines Kind in den Armen zu halten, war für Bert ein beglückendes Wunder, die Bestätigung, dass Inga und er zusammengehörten und es brachte ihm einen enormen beruflichen Schub.

Inga hatte Elternzeit genommen, war nur wenige Stunden in der Woche an der Uni und war glücklich, ohne Hetze und ständige Pflichten, Mama sein zu können. Nun konnte sie zuhause Mira versorgen, ihre Entwicklungsschritte beobachten und genießen und sie konnte den inzwischen betagten Eltern und den erwachsen werdenden Kindern mit Rat und Tat, wenn nötig und gewünscht, helfen. Bert konnte sich aufs Spielen konzentrieren, bekam mehr Filmangebote und Fernsehrollen, die er zusammen mit Inga sorgfältig auswählte. Seine Bühne wurde zu einer der meist beachteten und erfolgreichsten des Landes. Er hatte gute Figuren, bei denen es um die Gestaltung von Beziehungen und um die Frage: „Wie wollen wir leben" und „Was bedeutet uns Gemeinschaft" ging. Bei Fernsehrollen gab er oft den Familienvater, auch weil er sich dann gern um die mitspielenden Kinder kümmerte. Er nahm Inga, so oft es ging, zum Set oder ins Theater mit und strahlte, so sehr schien er sich zu freuen, sich mit seiner reifen, klugen Frau zu zeigen. Und er bewunderte Inga, wie sie sich, fachlich nach wie vor präsent und aktiv, inzwischen 56 Jahre alt, mit innerer Ruhe und Freude aus dem hektischen akademischen Scheinwerferlicht zurückziehen konnte. Sie kümmerte sich noch zuverlässig und sorgfältig um ihre laufenden Forschungsprojekte und beriet gern junge Kolleginnen und Kollegen und ihre Studierenden. Nele und Falko waren erwachsene Kinder auf Augenhöhe geworden. Auch das genoss er und wusste, dass es ihnen genauso ging.

Falko studierte und kickte in München, wo Berts Vater eine Wohnung gekauft hatte, um ihn oft besuchen und unterstützen zu können. Martha ging manchmal mit, hatte dann beim Patentamt zu tun oder vertiefte sich im Deutschen Museum in Hydraulik-Themen, was ihr einmal einen Einschluss über Nacht bescherte, da sie nicht auf die Schließung am Abend geachtet hatte.

Nele war eine Weltenbummlerin geworden, unabhängig und neugierig hatte sie in Australien, England und Frankreich studiert, war viel unterwegs und hatte ein Stellenangebot, als Umweltingenieurin bei der Einführung von nachhaltigen Industrieanlagen in Südafrika mitzuwirken.

Und die kleine Mira, der Sonnenschein der Familie, war mit ihren acht Jahren aufgeweckt und keck. Sie liebte es, sich ganz bunt anzuziehen, zu singen und zu tanzen und Theater zu spielen. Sie las gern, mochte Turnen und Malen, aber hielt - zum Leidwesen ihrer Genie-Oma - leider nichts von Mathematik.

Wenn sie lachte und scherzte, kleine Witzchen machte und Schabernack trieb, schien es, als ob aus ihren blauen großen Augen die Oma Inga und Bert zuzwinkerte.

Der Liebhaber in Berlin

Inga und Albert

Ein Gespräch zwischen zwei Freundinnen

„Damals habe ich ja gedacht, du hast einen Liebhaber in Berlin."

Inga blickte auf, sah Carmen lange ernst an. „Hatte ich auch!"

Carmens Augen wurden fast so groß wie die Dotter der Spiegeleier, die auf ihren Teller darauf warteten, gefrühstückt zu werden. „Und warum hast du mir nichts davon gesagt?"

„Ich habe niemandem etwas gesagt".

Carmen versuchte die Situation aufzuheitern: „Es war also dein süßes Geheimnis, damals?"

Inga blieb ernst: „es hatte nur mit mir zu tun." Dann nach einer Pause „ich habe es damals nicht geplant, es hat mich erwischt und daran habe ich erkannt, dass ich unbedingt etwas ändern muss. Nein, ich musste nicht, ich wollte."

Dann war es still zwischen den beiden Frauen. Carmen wusste, wenn sie jetzt nicht dranblieb und darauf bestand zu erfahren, was Inga damit meinte, wäre das Thema wieder weggepackt in ihren unerfindlichen inneren Speichern, aus denen sie selten etwas preisgab, was sie gefühlsmäßig wirklich beschäftigte. Sie konnte so verschlossen und stur sein! Carmen holte Luft und Anlauf: „Bitte erzähle, was da los war. Ich möchte es wirklich wissen."

Inga blickte sie wieder an. Auch dieses Mal ernst und melancholisch.

„Dann lass mich von vorne beginnen. Albert und ich haben uns, wie du ja weißt, während des Studiums kennengelernt. Ich hatte damals einen Freund. Albert war in unserer Clique. Ein Sonnyboy, den ich nicht so richtig ernst genommen habe. Sehr gescheit, fleißig, strebsam und immer gut drauf. Er sah gut aus, blond gelockt, blauäugig, nicht mein Typ. Aber ein netter Kerl. Dann ging es mit dem Freund auseinander und ich war erstaunt, wer da plötzlich auf der Matte stand und begonnen hat, mich zu umwerben. Unter anderem auch Albert. Er war da und hatte Zeit und es schien ihm damals nichts zu viel zu sein, wenn er nur etwas für mich tun konnte. Ich hatte noch ein paar Liebschaften, der letzten hing ich arg nach und bedauerte es sehr, als es nichts wurde.

Es war das Ende des Studiums, wir schrieben an unseren Diplomarbeiten. Albert beobachtete alles und blieb dran.

Gefunkt hat es bei mir, nachdem wir tanzen waren und anschließend im Bett übereinander herfielen. Auch wenn ich im Kopf noch lange nicht sicher war, ob er denn richtig und gut für mich sei. An persönlicher Tiefe hatte ich ihm ja bis dahin nicht allzu viel zugetraut und ich stand ja eigentlich auf dunkelhaarige Typen. Aber Albert roch so gut, dass die körperliche Schiene, aus heutiger Sicht, alles Weitere regelte.

Ja, wir waren dann damals sehr verliebt. Aber je mehr ich

107

mich auf ihn einließ, desto mehr regten sich alte Verlust-ängste und Selbstzweifel, meine verschiedenen Neurosen blühten auf. Wie übrigens schon in den Beziehungen davor. Albert ließ sich davon nicht abschrecken. Er reagierte allenfalls erstaunt, da neurotisches Verhalten und Depressionen so gar nicht zu dem Bild passten, das ich „außerhalb" also außerhalb meiner Zweierbeziehungen und der Familie abgab."

Carmen blickte auf, sagte aber nichts.

Inga schwieg ebenfalls.

„Wir hatten den Eindruck, dass ihr irgendwie ein ideales Paar wart. Dich haben wir allerdings als stabiler und tiefgründiger erlebt"

„Das erste: Nein, das zweite: Ja. Naja, wie es weiter gegangen ist, weißt du! Wir zogen zusammen, dann heirateten wir, machten unser berufliches Ding und dann kamen die Kinder. Alles irgendwie ganz normal und auch ganz erfolgreich. Meine Stimmungsschwankungen und depressiven Einbrüche konnte ich nach außen ganz gut kaschieren. Albert lebte damit, ging aber nicht darauf ein – betrachtete es als eine Eigenheit von mir, mit der ich halt zurechtkommen musste. Als es bei ihm dann an der Uni richtig losging, war er viel unterwegs und arbeitete, wie es mir schien, ständig. Wie es bei mir lief, das weißt du ja!"

An dieser Stelle blickte Inga Carmen an, nahm ihre Hand, lächelte ihr warmes Lächeln und hatte diese dunklen, tiefen braunen Augen, die Carmen an ihr so mochte.

„Ja, das weiß ich" antwortete sie und beide Frauen hingen den Erinnerungen an ihre, nun bald 35-jährige Freundschaft und an ihre über 25-jährige Arbeitsbeziehung nach. Wie sie zusammen studiert hatten, das Labor aufgebaut, die Investitionen dafür geplant, getätigt und umgesetzt hatten;

ihr Glück mit ihren Mitarbeiterinnen. Die guten Kollegen, die dankbar für die innovative, unkomplizierte Art, mit der sie die endokrinologische Diagnostik voranbrachten, von Anfang an gute und kooperative Patienten schickten. Wie sie ihre Kinder bekamen und Laborbetrieb, Patientenberatungen, Einstellungen, Fortbildungen, Bankgespräche damit in Einklang bringen mussten. Und wie froh sie waren, dass sie einander hatten. Und sie waren glücklich, dass es noch etwas anderes im Leben gab als Elternvertretungen in Kita, Kindergarten, Schule und dass Musikdarbietungen und Sportveranstaltungen der Kinder nicht das Wichtigste in ihrem Leben sein mussten.

Weil es eben neben Kindern und Ehe für sie beide noch ihr Labor gab: Bio-Medizinische Diagnostik - Dr. Müller-Erb & Schelling-Reschke.

Carmens drei und Ingas zwei Kinder entwickelten sich ohne größere Probleme. Sie tolerierten Kita und Au-Pair Mädchen und brachten die Schule gut hinter sich. Nun waren sie in Ausbildungen oder im Studium. Es hatte sich mal die eine oder andere Ehrenrunde in der Schule ergeben, eine Drogenrazzia bei Carmen, verschiedene Knochenbrüche und einmal ein verwüstetes Haus nach einer Party, die aus dem Ruder gelaufen war. Nichts Besonderes also. Carmens Mann Ivo war Künstler, der mit seinen Fotografien zwar Preise bekam, aber leider nicht viel Geld verdiente. Er war ein Familienmensch und hielt Carmen den Rücken frei. Carmen wiederum war stolz auf seine künstlerischen Erfolge.

Ivo war es auch, der immer einsprang, wenn es bei Inga knapp mit der Zeit oder mit ihren Nerven wurde. Die Kinder gingen dann zu ihm und er versorgte fünf Kindergarten- oder Schulkinder und hatte auch jetzt eine feste Bindung zu allen. Wann immer eines der Kinder Schwierigkeiten in Ausbildung oder an der Uni hatte, Ivo war da: zum Zuhören, Helfen, Beraten.

Albert dagegen hatte sein Engagement für Inga nach wenigen Jahren deutlich heruntergefahren und kümmerte sich vornehmlich um sich und seine akademische Laufbahn. Daneben verdiente er noch viel Geld mit Unternehmensberatungen. Er liebte seine Familie - auf seine Art -hatte aber kaum Zeit und immer geringeres Interesse für sie. Inga litt und fühlte mit der Zeit immer weniger Widerstand gegen die anrollenden depressiven Wellen. Sie kämpfte - oft ohne Erfolg - gegen das Gefühl, dass Alberts Lieblosigkeit mit ihrer eigenen Unzulänglichkeit zu tun haben könnte. Sie stellte die Beziehung zwar oft infrage, arrangierte sich aber mithilfe der Arbeit, der Kinder und deren Bedürfnissen und ihren Freundinnen. Zudem war der Sex mit Albert immer gut geblieben und er roch am besten auf der ganzen Welt.

„Weißt du, Carmen" begann Inga weiter zu sprechen, „als Ella und Nick größer wurden und mich nicht mehr so brauchten, bemerkte ich, wie Albert und ich uns entfernt hatten, kaum noch geredet haben und mit der Zeit so voneinander frustriert waren, dass wir selten ein gutes Wort füreinander fanden. Wir lebten mit unseren Gewohnheiten, unseren Familienfeiern, unseren Freunden und den Treffen mit ihnen. Doch zwischen uns war es trist geworden, kalt und ja – ich übertreibe nicht – feindselig. Wir waren voneinander enttäuscht und fühlten uns getäuscht – weil wir stillschweigend angenommen hatten, der andere würde für das Glück in unserem Zusammenleben zuständig sein."

Carmen sah, wie Ingas Augen blank wurden und legte ihr die Hand auf den Arm.

Inga fuhr fort: „und da entschloss ich mich, dass es anders

werden sollte und fing an, bei mir etwas zu ändern. Wenn ich wieder freundlich, liebevoll, unterstützend und gut gelaunt sein würde, würde es bei Albert das Gleiche erzeugen und er würde auch wieder auf mich zukommen. So dachte ich! Also habe ich mit mosern aufgehört, kleine Ungeschicklichkeiten habe ich nicht mehr spitz kommentiert, habe ihn angelächelt, wenn ich ihn gesehen oder mit ihm gesprochen habe. Ich habe ihn gefragt, was er erlebt hat, habe ihm geduldig zugehört, habe versucht, mich besser in seinen Humor einzufinden und konnte dann über vieles auch lachen. Ich habe ihm keine Vorwürfe mehr gemacht, wenn er gearbeitet hat, ohne mich am Wochenende einzuplanen. Bin auf seine Vorschläge eingegangen, ohne kiebige Bemerkungen zu machen. Und es gab jeden Abend bzw. jeden Tag, an dem wir zusammen waren, Sex.

Nun hob Carmen ihre Brauen, verzog den Mund und atmete schwer aus: „das ist nicht dein Ernst. Wie hast du dich dazu motivieren können?"

„Durch meinen Liebhaber" antwortete Inga.

Und wieder weiteten sich Carmens Augen. „Ach, Quatsch, das hätte ich doch irgendwie mitgekriegt. Du warst doch nicht häufiger weg als früher!"

„Doch" entgegnete Inga lächelnd „ich war oft weg - mit meinen Gedanken und mit meinen Gefühlen. Es begann mit einem merkwürdigen Zufall. Als die Kinder schon ausgezogen waren und Albert wie immer unterwegs, ging ich oft alleine abends weg: ins Kino, ins Ballett, ins Theater. Ich weiß, ich hätte auch zu euch kommen können, zu Tina, zu Müllers, aber das war mir zu viel Act. So war ich eines Abends im Ballett - eine auswärtige Compagnie trat auf - später erfuhr ich, dass es das Staatsballett Berlin war. Ich sah zu, die Choreographie war ausgeklügelt und doch fließend, voller Poesie und erzählte eine Geschichte von einem Jüngling, der sich sehr um seine Geliebte bemüht. Der Solotänzer war jung, blond, athletisch und bedachte seine, ihn nicht beachtende Geliebte, mit Blicken voller Wärme und Liebe, dass es mir ganz weh ums Herz wurde".

Carmen hörte regungslos zu, als könnte die kleinste Bewegung Ingas Redefluss unterbrechen.

„Dann verharrte der Tänzer in einer Stellung: Der Ballerina im pas de deux zugewandt, die rechte Hand ausgestreckt, sie anlächelnd und der Blick aus dem jungen offenen Gesicht strahlte. So hatte mich Albert einmal angeblickt, als wir am Atlantik Urlaub gemacht haben. Genau in der gleichen Körperhaltung habe ich ihn fotografiert - nackt, athletisch, blond, jung, mir zugewandt und mich anstrahlend. Dieser Moment rührte mich so, dass ich weinen musste.

Ich begann mich für den jungen Tänzer zu interessieren. Las über ihn, schaute mir DVDs von Vorstellungen an und ging zu Auftritten des Staatsballett. Ich habe begonnen zu phantasieren, wie es mit ihm in einer Beziehung wäre, was wir tun würden, wie wir uns nahekommen würden. In meiner Vorstellung nahm das Leben mit ihm Gestalt an und ich merkte, wie ich nach vielen Jahren gedrosselter Gefühle wieder weicher wurde und mich verliebte. Die Gefühle wurden so real, dass ich oft voller Glück und Freude in meinen Tagträumen schwelgte und mich wieder lebendig und beseelt fühlte. Und wie ich mich mit ihm verhalten und gefühlt habe, so habe ich versucht, es auf das Zusammensein mit Albert zu übertragen. So hatte ich 2 Leben, die parallel liefen und zum Teil noch laufen."

Carmen starrte sie an: „du weißt, dass sich das mehr als gaga anhört".

„Na ja, vielleicht. Aber weißt du Carmen, man täuscht

sich mit diesem süßen Schmerz im Herzen und glaubt unwillkürlich, dass eine wirkliche, wahre Leidenschaft die Seele in Erregung versetzt. Und mit dieser intensiven Vorstellung fühlen sich diese fleisch- und blutlosen Träumereien wie etwas Lebendiges an. Diese Liebe ist mit all ihrer unerschöpflichen Freude so in meine Brust eingezogen, dass es für meine Gefühle keine Bedeutung hatte, dass ich denjenigen, den ich in meinen verzückten Phantasien so geliebt habe, nie gekannt habe. Und die Frage, ob dieser wunderschöne junge blonde Tänzer und ich denn wirklich nicht einige Jahre Hand in Hand gegangen sind und die ganze Welt unbeachtet gelassen haben und unsere Leben miteinander verbunden haben - Carmen, diese Frage muss gar nicht beantwortet werden.[1]

Aber real ist in der Tat, dass sich meine Gefühle verändert haben und ich sie in mein wirkliches „richtiges" Leben herüberholen konnte!"

Carmen blickte immer noch zweifelnd. „Du hast aber auch ein äh, wahnhaftes Geschehen in Betracht gezogen? Weißt du, mit den Wechseljahren und deiner psychischen Vorbelastung…"

Inga lachte herzlich. „Natürlich, du klugscheisserische Ärztin, du! Natürlich habe ich immer wieder nachgeguckt, ob sich bei mir etwas selbstständig macht. Aber es war und ist wirklich alles im grünen Bereich.

Naja, zugegeben, manchmal war es schon grenzwertig, wenn ich mit meinem liebevollen Liebhaber unterwegs war

---

und in dieser guten Stimmung, offen und freundlich auf Albert zugegangen bin, er aber auf einer ganz anderen Schiene war. Und dann hat er, für ihn wohl absolut selbstverständlich, mir eine abgeräumt, worauf ich, völlig unvorbereitet, nur mit Unverständnis und Verletztsein reagieren konnte.

Aber so habe ich spüren gelernt - und bin sicherer in meinen Wahrnehmungen geworden - dass es wirklich Albert war, der schofelig mit mir umgegangen ist und es nicht an unrealistischen Erwartungen oder übertriebenen Reaktionen, die ich gehabt habe, gelegen hat, dass es bei uns so blöd geworden war.

Ein Jahr - so lange habe ich mir gegeben - also in dem Jahr als ich mich von Negativem gegenüber Albert gelöst habe, bin ich selbstsicherer, zufriedener und fröhlich geworden. Dieser junge Tänzer war immer dabei. Von mir wurde die Szenerie so entwickelt, dass er in meinem Leben einen Platz fand. Es falteten sich Alternativszenarien auf - seine Stimme war in meinem Ohr - ich schien seinen Körper zu kennen, wie ich Alberts Körper kenne. Die beiden Personen, in meinen imaginierten Geschichten verschmolzen sie - ich hatte wirklich keinen Wahn - aber der Albert, in den ich mich vor 35 Jahren verliebt habe, hatte wirklich Ähnlichkeiten mit dem jungen, gutaussehenden Kerl, der im Staatsballett Berlin tanzt.

Carmen hatte sich beim Zuhören zurückgelegt und hielt ihre Tasse noch in der Hand, der Kaffee war längst kalt geworden.

„Jetzt willst du sicher wissen, ob und wie es funktioniert hat, dass ich Albert ein Jahr lang romantisch und liebevoll begegnet bin. Ehrlich gesagt, Carmen, es hat gar nicht gewirkt.

Er fand es offensichtlich toll, dass wir so oft Sex hatten, er hat mich immerhin nicht mehr so oft wegen meiner Pölsterchen geärgert. Aber ansonsten hat sich nichts geändert. Meine Freundlichkeit, mein Entgegenkommen, mein Lob für seine Fähigkeiten und sein Wissen und mein geäußertes Verständnis für ihn, meine Unterstützung in Alltäglichkeiten, mein Interesse an seiner Arbeit, meine Anerkennung und Bewunderung für seine Fitness und sein gutes Aussehen, all das nahm er gern an. Er konsumierte es und es wurde von ihm eingesogen. Manchmal glaubte ich, das laute Schmatzen zu hören, mit dem meine Zuwendung in einem großen schwarzem Loch verschwand.

Meine naive Hoffnung auf Resonanz - absolute Fehlanzeige.

Es blieben Nickligkeiten, Krittelei, scharfer Ton, Abwertungen, Ungeduld.

Aber ich hatte ja Trost und für mich die Bestätigung, dass ich in Ordnung war und richtig tickte, denn mein junger Liebhaber fand mich toll, so wie ich war.

Und ich wusste dadurch - Inga zwinkerte Carmen zu - was ich mir von Albert wünschte. Und was ich so lange vermisst habe, konnte ich jetzt formulieren.

„Und hast du es ihm so gesagt?" traute sich Carmen zu fragen.

„Ja und dass ich mich scheiden lasse, wenn er sich nicht verändert. Er hat gespürt, dass es mein voller Ernst war. Dass ich mich wieder verlieben konnte, hat mir soviel Selbstsicherheit gegeben, dass ich eine Trennung gewagt hätte. Und ich wollte noch einmal mit etwas Neuem beginnen.

Vom Liebhaber habe ich ihm natürlich nichts erzählt. Als ich ihm sagte, dass ich zeitweise nach Berlin gehen und dort ein Zweiglabor aufbauen würde, war er erstmal geschockt und skeptisch. Aber ich hatte mir ja alles - mit deiner Hilfe - gut überlegt. Und ich wäre weg gewesen, wenn er nicht reagiert hätte."

Inga blickte in die Ferne. „Aber es war ja nicht nötig. Albert hat beigedreht in einer Konsequenz, die ich nicht erwartete. Er bemühte sich wieder um Freundlichkeit, war sehr aufmerksam und liebevoll. Ich habe ihm aber auch nichts mehr durchgehen lassen. Und inzwischen sind es zwei Jahre - wir reden viel, lachen miteinander, haben teil an dem, was der andere tut, denkt und fühlt. Albert hilft zuhause, unterstützt die Kinder und hält von sich aus Kontakt zu ihnen, wie noch nie. Wir sind zusammen in Berlin, unternehmen viel - er hat die Oper entdeckt - tanzen wieder und haben nach wie vor guten Sex."

„Du mit Deinem guten Sex!" grinste Carmen. „Und dein Liebhaber in Berlin? Weiß er von dir? Hast du ihn kennengelernt? Siehst du ihn?"

Inga lachte „Ja, so oft es geht im Ballett und da sitze ich in der ersten Reihe auf dem rechten Balkon ganz vorne und himmle ihn an. Er ist ja so ein hübscher Kerl. Manchmal sehe ich ihn auf der Straße, dann gucke ich ganz neutral. Und ihn kennenlernen? Carmen, wo denkst du hin? Meinst du ich möchte mein Traumbild kaputtmachen und erfahren, wie mein Schwarm in der schnöden Wirklichkeit ist? Ein bisschen bewahre ich mein Traumbild noch auf - für alle Fälle.

Als sich abgezeichnet hat, dass es mit Albert wieder gut wird und ich meinen wunderschönen, blonden Tänzer langsam loslassen werde, hatte ich richtig argen Trennungsschmerz. Ich musste sogar weinen und habe mit Liebeskummer gelitten, als sein Bild blasser geworden ist.

Tagsüber phantasiere ich kaum noch, aber ich träume

nun nachts ab und zu von schönen Dingen, die ich mit ihm erlebe".

„Erspare mir die Einzelheiten" schnarrte Carmen, „wenn du mir die ganzen Jahre nichts davon erzählt hast, möchte ich jetzt auch nichts Näheres wissen. Du bist schon ein verrücktes Huhn. Und das so zu machen, dass du voll kontrolliert zur selben Zeit eine richtiges und ein erfundenes Leben nebeneinander herlaufen lässt, und auch noch so, dass wir alle nichts davon merken sollen. Du bist mir so eine Freundin! Wir dürfen uns keine Sorgen um Dich machen, und wir dürfen auch nichts miterleben!" Carmen schüttelte den Kopf. „Weißt Du eigentlich, wie egoistisch das ist?" Und es war nicht ganz klar, wie ernst sie es meinte.

„Ja, Carmen-Schatz, da hast du wohl recht. Und nun bekam Ingas Stimme einen schmeichelnden Klang, offenbar regte sich bei ihr wohl doch so etwas wie ein Anflug von einem kleinen schlechten Gewissen. Und ich kann Dir nicht versprechen, dass so etwas nicht wieder vorkommt - so bin ich halt." Inga grinste verstohlen und gab Carmen einen dicken Kuss auf die Wange.

Wasch mich,
aber mach mich nicht nass

Inga und Bertram

Eine Therapie- und eine Kriminalgeschichte

Prolog

Er hatte wirklich gedacht, sie würde sich mit ihm alleine treffen Ohne Vorkehrungen, ohne Schutz. Er war davon ausgegangen, dass es weiter nach seinen Vorstellungen lief. Und dies, nachdem er ihr unter Tränen, in der Stunde vorher berichtet hatte, wie damals vor vier Jahren die Sache aus dem Ruder gelaufen war. Er hatte sie bis vor einigen Stunden für absolut blöd gehalten - in seiner arroganten Überheblichkeit. Und in seiner kindlichen Naivität.

1

Inga Reschke war Psychologin. 25 Jahre arbeitete sie schon als Psychotherapeutin und Gutachterin. Sie liebte ihren Beruf. Kein Tag war wie der andere. Kein Mensch war wie der andere. Sie begriff das, was sie arbeiten durfte um ihr Leben zu verdienen, als großes Geschenk und als kleines Abenteuer, was sich ihr täglich immer wieder aufs Neue bot.

Nach fünf Jahren als Anstaltspsychologin in einem Gefängnis, hatte sie sich niedergelassen, nachdem ihr Sohn auf die Welt gekommen war. Das hohe Maß an Aggression, die es gebraucht hatte, um sich gegen die seinerzeit rein männliche Kollegenschaft und die Insassen durchzusetzen, hatte sie mit einem kleinen Kind nicht mehr aufbringen wollen. Ihre frühere Forschungskollegin Monika hatte sich nach Jahren in Psychiatrie und Suchtabteilung ebenfalls selbstständig gemacht. Wie früher an der Uni waren sie ein gutes Team – beide tüchtig, kollegial, in ihrem Beruf professionell und anspruchsvoll. Schnell wuchsen ihnen Aufträge und Zuweisungen zu, so dass sie mehr als genug zu tun hatten. Die Arbeitszeiten konnten sie nach ihren familiären Notwendigkeiten gestalten.

Inga war 30, Monika 40 Jahre, als sie zusammen in der Psychotherapiepraxis anfingen.

Inga war da verheiratet mit Bertram und hatte den sechs Monate alten Säugling, Monika war alleinerziehend mit dem zehnjährigen Jonas, der von Monis Mutter mit betreut wurde und alle 14 Tage an den Wochenenden und in den Ferien bei seinem Vater war, der drei weitere Söhne hatte. Er bezog ihn, so gut er es konnte, in die Familie ein und schützte ihn vor dem Brutinstinkt seiner Frau, die eifersüchtig darüber wachte, dass Jonas von ihm, ob der wenigen Zeit, die er für ihn hatte, nicht bevorzugt wurde. Monika trauerte ihm hinterher, er war ihre große Liebe gewesen und sie fand es ungerecht, dass er nicht genauso empfunden hatte.

Hätte man Inga nach ihrer Beziehung gefragt, so hätte sie mit den Achseln gezuckt und gesagt: „normal, was soll ich sagen?!" Der gefühlsmäßigen Ambivalenz und gleichzeitigen bürgerlichen Stabilität, die ihre Ehe in den letzten zehn Jahren hatte, waren sich Bertram und Inga nicht bewusst. Die ersten Jahre waren leidenschaftlich, spannend und interessant gewesen. Beide hatten fordernde Aufgaben, waren viel unterwegs, gingen in Ausstellungen, ins Theater, ins Kino. Sie hätte nicht sagen können, ob sie wirklich zueinander passten, so wie es von außen aussah. Stattdessen lebten sie in einem Haushalt, der alles beinhaltete, was es an Statussymbolen der achtziger und neunziger Jahre brauchte. Jeder hatte ein Auto, Bertram zusätzlich ein Oldtimer Cabrio, sie hatten ein Haus mit kleinem Garten und teurer Stereoanlage. Sie gingen oft in Urlaub, hatten einen akademischen Freundeskreis und eine angenehme, ruhige Nacbarschaft.

Andererseits bekriegten sie sich aufs Schärfste. Auch als das Kind da war, ging es zwischen den beiden ständig um Macht und Rechthaben-Wollen. Um sich Durchsetzen und Wahrgenommen-Werden. Wäre Bertram nicht so früh gestorben, wären sie ein Paar wie Martha und George aus Albee´s „Wer hat Angst vor Virginia Woolf" geworden, dessen war sich Inga später sicher.

In den ersten Jahren indes, sahen es beide als originäres Recht, Inga als feministische Pflicht, für jeden Meter –

manchmal Millimeter an Zugeständnis zu kämpfen, den sie einander abringen konnten. Auch als der kleine Hannes zur Welt kam, änderte sich ihr kräfteraubender Beziehungskampf nicht. Allerdings sah sich Inga nun durch den Säugling gebunden und in ihren Möglichkeiten eingeschränkt und erlebte ihren Mann, der als Familienvater einen deutlichen Impetus verspürte, sein berufliches Engagement noch zu verstärken, mehr und mehr egoistisch und rücksichtslos. Sie wiederum wurde Bertram gegenüber kiebig, missmutig und entgleiste in unsinnigen Streitereien in oft solch hasserfüllter Weise, dass sie sich selber nicht mehr leiden konnte.

Was sie zusammenhielt? Die Leidenschaftlichkeit, mit der sie sich ineinander verliebt hatten? Die Attraktivität des anderen? Inga war eine schlanke, brünette Frau mit großen braunen Augen, in die man sich hätte versenken können. Bertram war groß, blond, athletisch, ein Sonnyboy. Sie gaben ein „schönes Paar" ab. War es, weil beide blitzgescheit und intellektuell und kunstinteressiert waren? Weil sie so gern und toll miteinander tanzten? Weil ihr Sex gut war? Weil sie den gleichen bürgerlichen Hintergrund hatten, wo man zusammen etwas „aufbaute" und zusammenblieb? Weil sie Beide es von zu Hause kannten, dass Streitereien nicht zur Trennung führten? Wahrscheinlich alles, irgendwie, in unterschiedlichen Anteilen.

Und dann war da ja noch das Kind. Obwohl Inga es genau sah und obwohl es ihr fast das Herz brach, konnte sie es nicht anders machen, weder in ihrem Verhalten, ihren Gefühlen oder ihrer Art, über Bertram zu denken. Dies hätte es nämlich gebraucht, um ihre Beziehung zu verbessern und dem kleinen Hannes mehr Sicherheit und eine freundlichere Lebenswelt zu geben. Stattdessen machte die ständige Gereiztheit in der kleinen Familie das Kind krank. Hannes war ein hübscher, lieber und fröhlicher Junge. Aber sensibel und er nahm jede Schwingung auf. Die negativen Stimmungen ließen ihn kränkeln, er hatte oft Bauchweh, Durchfälle, Fieber, war dann matt und schlief nicht. Und er hatte viele Unfälle, die seine Eltern dazu brachten, sich um ihn zu sorgen und sich um ihn zu kümmern. Das war vermutlich seine Möglichkeit, Inga und Bertram zusammen zu halten. Aber es tat ihm nicht gut, dem kleinen Kerl.

Bertram holte sich Bestätigungen aus seiner Tätigkeit als Schadensgutachter und Regulierer, die er als Sicherheitsingenieur für eine große deutsche Rückversicherung hatte. Er liebte es, Probleme zu lösen, zu verhandeln, zu rechnen, zu vermitteln. Er war beliebt und geachtet. Wenn er unterwegs war - das war er häufig - hatte er es sich abgewöhnt, zu Hause anzurufen. Vielleicht um nicht die, in seinen Augen nichtigen Probleme, die seine Frau zu Hause hatte und ihre Unzufriedenheit anhören zu müssen und blieb immer länger fort. Dies nahm Inga ihm übel, weil Hannes ihn sehr vermisste und oft nach ihm fragte und dann sehr traurig war, wenn Inga ihn vertröstete. Auch ihr fehlte er, allerdings weil sie gern mehr Hilfe bei Haushaltsorganisation, Einkäufen, Schulangelegenheiten und Freizeitaktivitäten von Hannes gehabt hätte. Manchmal dachte sie, Bertram müsse eine Freundin haben, fand aber keine Hinweise darauf. Inga holte sich ihren Ausgleich ebenfalls bei der Arbeit, im Kontakt zu Monika und ihren Freundinnen und Bekannten. Sie war beliebt, weil sie hilfsbereit und verlässlich war und gute Stimmung vermittelte. So vergingen Ingas und Bertrams Jahre, in denen sie sich beide maximal um ihre Karrieren und Außenkontakte und um die „Förderung" von Hannes kümmerten, die Beziehung zueinander aber verlottern ließen, gleichgültig sich selbst, verantwortungslos dem Jungen gegenüber.

Als am 6. Mai 2000 dann ein Anruf kam, dass Bertram beim Absturz einer Propellermaschine, die ihn zu einer, von einem Sturm beschädigten Bohrinsel in der Nordsee bringen sollte, tödlich verunglückt war, war Inga wie vor den Kopf geschlagen.

Bertrams Leiche und die des Piloten konnten aus den Wrackteilen der Maschine geborgen und nach einer gerichtsmedizinischen Untersuchung zu den Familien überstellt werden. Bertram war 44 Jahre alt geworden. Inga fühlte sich wie in einem Albtraum, aus dem sie bald erwachen wollte, der sie aber die nächsten Jahre nicht loslassen würde. Bertrams Familie war ebenfalls wie gelähmt, so dass Bertrams bester Freund Alex sich frei nahm und sich um alles kümmerte, aber darauf bestand, dass sich Inga bei allem beteiligte, alles mit erledigte, damit sie in Zukunft die Dinge nach der Beerdigung selber regeln würde können: Friedhofsamt, Leichenhalle, Pfarrer, Termin für Beerdigung, Todesanzeige, Briefe an Freunde, Verwandte, Kollegen mit dem Datum für die Trauerfeier. Standesamt, Krankenkasse, Rentenversicherung, Personalabteilung der Firma, Vorgesetzte, Unfallversicherung, Lebensversicherung, Testament.

Inga suchte Bertram besten Anzug heraus, der aber wegen des schlechten Zustands der Leiche nicht angezogen werden konnte, sondern er wurde mit einem Hemd bedeckt im geschlossenen Eichensarg in der Leichenhalle aufgebahrt. Als Blumenschmuck wählte Inga mit Hannes zusammen orangenfarbene und gelbe Rosen und Gerbera und viel Grün. Der Junge wich nicht mehr von ihrer Seite, sein kleines Gesicht reglos, die braunen Augen wie tot.

Inga spürte keine Trauer, sie spürte nichts. Aber sie wusste genau, dass Hannes sie jetzt brauchen würde. Und dies war ihr so klar wie ihr noch nie etwas klar in ihrem Leben war. Und sie spürte diese Klarheit wie eisige Luft in ihrem Kopf, dass es ihr fast den Atem nahm. Sie wusste, dass jetzt Schluss sein musste mit ihrem Egoismus und ihren überzogenen Wünschen und ihrer Unzufriedenheit. Sie nahm Hannes in den folgenden Tagen überallhin mit. Währenddessen hatte sie eine Wärme und Zugewandtheit für den Jungen wiedergefunden, wie sie sie nur aus seiner Säuglingszeit erinnerte. Und sie sprach von Bertram in der gleichen warmherzigen Art, wie sie sie in der Anfangszeit für ihn gehabt hatte.

Als sie in der Leichenhalle mit seinem Sarg allein war, bat sie ihn für alle ihre Lieblosigkeiten um Verzeihung, beschimpfte ihn für seine Gleichgültigkeit und dass er sich so häufig verpisst hatte die letzten Jahre. Sie dankte ihm für den fulminanten Beginn ihrer Beziehung, für die Leidenschaft, die er bis zum Schluss für sie hatte. Und sie sagte ihm, wie sehr sie sich für sie beide schämen würde, wie sie ihre Beziehung vergeigt und sich aufgeführt hatten, wie verwöhnte Bälger. Und sie versprach ihm, dass sie als Ausgleich dafür, nun gut für Hannes sorgen würde. Und dass sie ihm eine erwachsene gute Mutter sein wolle. Und ihn bat sie, wo immer er jetzt sei, ihr Kraft dafür zu schicken. Dann streichelte sie zärtlich über den Sarg, küsste das Bild, das danebenstand und wischte sich die Tränen ab, die ihre Wangen hinunterrollten.

Die Beerdigung ging besser vorüber als von Inga befürchtet. Alex hatte dafür gesorgt, dass keine Trauerkleidung getragen wurde, dass Freunde gute und sogar witzige Dinge erzählten. Sein Chef würdigte ihn. Seine Lieblingssongs wurden gespielt, zuletzt „stairways to heaven". Es waren viele Menschen da, viele weinten. Inga kannte nicht alle. Sie war dankbar für die Anteilnahme und dass Bertrams Eltern und Hannes erlebten, wie beliebt ihr Sohn und Vater gewesen war. Und wieder schämte sie sich, dass sie und Bertram sich gegenseitig in den letzten Jahren vor allem ihre schlechten Seiten gezeigt hatten. Und wenn sie es hätte rückgängig machen können, in dem Moment, als der Sarg in die Erde gelassen wurde, hätte sie alles dafür gegeben.

Hannes sprach nach der Beerdigung kaum. Und dies blieb so, die nächsten Monate, ja Jahre. Er hatte sich über seinem Bett ein Foto aufgehängt, auf dem er zusammen mit Bertram einen 70 cm langen Wels hochhielt, den sie in einer mondhellen Nacht am Rhein geangelt hatten. Dafür hatte er mit Opas Hilfe einen Rahmen gebaut und grün gestrichen. Der Junge war zehn Jahre alt, als sein Vater aus dem Leben gerissen wurde. Die nächsten beiden Jahre nahm er nun dessen Betthälfte in Besitz, um jede Nacht an Ingas Seite zu schlafen. Als ob er aufpassen müsste, dass ihr in den langen Stunden, die er sie vom Abend zum Morgen nicht sah, auch nichts passieren würde. In den Schulhort ging er nicht mehr. Im September wechselte er auf das Karl-Friedrich-Gymnasium, wo ihn Inga morgens absetzte. Dann kam er nach der Schule zu ihr in die Praxis, um dort am Küchentisch seine Hausaufgaben zu machen, wie es Jonas früher auch gemacht hatte. Dann ging er in die Musikschule oder Inga fuhr ihn zum Fußballtraining. Abends aßen sie gemeinsam und gingen spätestens um neun ins Bett. Hannes forderte Gleichförmigkeit. Ohne Inga blieb er nur, wenn die Großeltern kamen, aber am liebsten war es ihm, dass Inga da war. Sie erfüllte es ihm mit geduldiger Gleichmut. Es war ihr, als ob die Zeit nur Stunde um Stunde langsam und regelmäßig ohne die Hektik von Minuten-oder Sekundenzeiger voranging.

Inga hätte nicht sagen können, dass sie trauerten. Dass die

Stimmung gedrückt war, dass sie einen Verlust beklagten. Es umgab sie eine große Ruhe und eine dichte Erinnerung an Bertram, die fast mit Händen zu greifen war. Jeden Tag sprachen sie über ihn. Sie fühlten sich ihm nah, wenn sie von Erlebnissen erzählten, die sie mit ihm gehabt hatten. Und sie schauten zusammen Fotos und Videos an. Oft fühlten sie sich ihm so verbunden, wie es früher, als er noch lebte, selten gewesen war. Inga und Hannes befanden sich in einer Art Kokon, in einem status nascendi, in dem sie – geschützt vor der Außenwelt – Monat für Monat immer besser mit sich selber zurechtkamen. So konnten sie ausloten, wie eine Beziehung zwischen einem inzwischen Zwölfjährigen, dessen Stimme zu brechen begann, der mal kiekste und mal in den Bass abrutschte, und seiner 42-jährigen Mutter zu gehen hatte. Als kurz nach seinem zwölften Geburtstag Hannes Laken am Morgen feucht war, ging er abends in sein Zimmer und schlief das letzte Mal in seiner Borussia Dortmund Bettwäsche. Am nächsten Morgen fragte er Inga, ob er ein neues Bett haben dürfte. Sie fuhren zu einem Möbelhaus in der Nähe und beide suchten sich ein Box-Spring-Bett mit einer Breite von 1 m 40 aus. Das Kinderbett und das Ehebett wurden abgeschlagen, die Zimmer gemütlich als eigene Reiche eingerichtet, worin sie sich gegenseitig besuchen, jeder aber für sich sein konnte.

Bald war es, als ob es die gleichförmige Zeit mit identischen Tagesabläufen und nebeneinander in einem Bett schlafen nicht gegeben hätte. Hannes schlüpfte als erster aus dem Kokon. Er spannte seine Flügel und begann mit dem Rad zur Schule und zum Training zu fahren. Er verabredete sich mit Freunden, ging mit auf die Schülerfreizeit und zum Feriencamp mit seiner Fußballmannschaft. Wenn er nach Hause kam, hatte er Inga immer viel zu erzählen und sie hörte ihn in seinem Zimmer mit seinen Freunden sprechen, lachen und raufen. Der Junge hatte sich verändert, er war kräftig, selbstsicher und aufgeschlossen geworden und er ähnelte Bertram immer mehr.

Inga fiel es schwerer, sich wieder zu öffnen. Jetzt, da sie viel Zeit für sich hatte, bemerkte sie, wie auch sie sich verändert hatte. Ihre Ungeduld von früher war gewichen. Sie konnte sich auf Aufgaben besser konzentrieren, war freundlicher und nachsichtiger geworden. In der Therapie arbeitete sie mit Interesse, Erfahrung und Ruhe, die Zusammenarbeit mit Moni war wie in einer guten Ehe, wo sich jeder auf den anderen verlassen konnte. Jonas war zum Studieren nach Berlin gegangen, Moni hatte die eine oder andere Affäre, sie kümmerte sich um ihre Mutter und war Inga die beste Freundin und Kollegin.

Mit 15 war Hannes das erste Mal verliebt, mit 16 hatte er großen Liebeskummer. In der Schule kam er gut zurecht, er hatte Freunde, spielte in einer Band und trieb viel Sport. Befreit von der früheren Erkrankungsanfälligkeit, hielten sich seine pubertären Krisen in engen Grenzen. Oft sagte er zu Inga, wie gut alles doch laufen würde. Nach dem Abitur bewarb er sich bei der Polizei, schloss die Polizeihochschule mit Auszeichnung ab und zog mit seiner Freundin Nina zusammen in eine große, schöne Altbauwohnung in der Max-Joseph-Straße. Da er im Polizeipräsidium gerade 300 m Luftlinie von ihr entfernt arbeitete, sahen sie sich ab und zu zum Essen.

Inga war nicht erstaunt gewesen, dass sie mit der großen Clique aus befreundeten Pärchen nach und nach immer weniger zusammenkam. Die Einladungen blieben aus, sie selbst gab keine großen Feste mehr. Zeitweise war sie mit jemandem zusammen, aber es passte nie so richtig und so trenne man sich wieder nach einigen Monaten oder wenigen Jahren.

2

Sie war 56, als sich in ihrer Telefonsprechstunde ein Mann meldete, der Hilfe wegen einer „diagnostizierten Angststörung", wie er sagte, suchte. Er sei von seinem Hausarzt an sie verwiesen worden. Und es sei sehr dringend. Die Stimme klang „kultiviert". Inga kam sofort dieses Wort in den Sinn, kultiviert. Und selbstbewusst und bedürftig und interessant. Sie gab ihm einen Termin für ein Erstgespräch in der nächsten Woche, obwohl sie sich einen Aufnahmestopp verordnet hatte. Sie arbeitete wieder zu viel.

Sie erzählte es Moni und Sarah, die mit ihren 32 Jahren eine verdammt gescheite, temperamentvolle und manchmal impulsive Juniorpartnerin in der Praxis geworden war: „ich habe ihn wegen der Stimme genommen, die war unwiderstehlich" wollte sie witzeln, aber Sarah runzelte ihre Stirn und sagte: „dann müssen wir gut auf dich aufpassen!" Inga schlug ihr lachend eine gerollte Zeitschrift, die sie in der rechten Hand hatte, auf den blonden Schopf und kniff das rechte Auge zu: „ist recht junge Kollegin, tu das nur!" Und Moni murmelte „das wäre das erste Mal, dass jemand auf Inga aufpassen müsste".

Als der Patient dann vier Tage später klingelte, drückte sie auf den Türöffner und ging zur Tür, um ihn zu empfangen, wie sie es bei jedem neuen Patienten tat. Als sie ihn sah, stockte ihr doch der Atem ein wenig. Sie reichte ihm die

Hand, bat ihn, noch ein paar Minuten Platz zu nehmen und ging in ihr Zimmer. Dort zog sie sich ihre Lippen nach, atmete durch und stellte bei sich unmissverständlich eine gewisse Aufgeregtheit und den Wunsch ihm zu gefallen, fest. Dies irritierte sie nicht nur, sondern es war ihr geradezu peinlich. Sie atmete noch einmal durch und ging ins Wartezimmer, bat ihn in ihren Behandlungsraum, wies ihm den Patientenplatz zu, einen weinroten Ledersessel, dann setzte sie sich auf ihren schwarzen Bewegungsstuhl.

„Was führt Sie zu mir, Herr Schlesinger?" Ihre Stimme klang sachlich, interessiert und gewährend zugleich und sie blickte ihn leicht lächelnd mit warmen Augen an.

Er blickte direkt zurück und wurde rot, als sie seinem Blick standhielt. „Mein Arzt, Herr Dr. Kempf meint, ich solle zu ihnen gehen wegen der Schmerzen, die ich in meiner Brust habe. Alles wurde untersucht, kein organischer Befund. Er meint, es sei psychisch, etwas mit Angst, oder so."

„Und was meinen Sie?" fragte ihn Inga sanft, aber mit großer Autorität, die es ihm nicht erlaubte, auszuweichen oder abzubiegen, so dass er zu schwitzen begann, einen roten Kopf bekam und herauspresste: „Wovor sollte ich denn Angst haben?"

Inga entschied, dass es für den ersten Kontakt schon genug der Emotionalisierung war. So sagte sie lächelnd: „Vielleicht sind sie gekommen, um dies herauszufinden. Und vielleicht meint ihr Hausarzt, dass sie dies nicht alleine tun sollten?!"

Ein kurzes Lächeln umspielte seinen Mund, es wirkte ein bisschen triumphierend und stand im krassen Gegensatz zu dem, was er dann sagte: „Ich bin so froh, dass ich Herrn Dr. Kempf und jetzt sie habe und dass mir geholfen wird. Sie können es sich gar nicht vorstellen, wie unerträglich es ist, keine Kontrolle mehr zu haben. Über das, was mit einem passiert. Ich habe das noch nie erlebt, so die Kontrolle zu verlieren." Dabei fixierte er sie, seine Augen wurden groß, seine Stimme war so weich und ölig, dass sie sich manipuliert fühlte. In ihr kroch eine ärgerliche Wut hoch und ein dunkler Kloß klumpte in ihrem oberen Magen zusammen.

Inga atmete sich ruhig, bis es ihr wieder gelang, zu lächeln und sagte: „unser Ziel wird sein, dass sie lernen, wie sie sich selber helfen können, um wieder Herr in ihrem eigenen Haus zu werden."

In ihm arbeitete es, sie konnte deutlich sehen, wie er nach einer Formulierung suchte, die die ihrige übertrumpfen sollte. Inga nutzte die Pause, um das Thema zu beenden und ihm zu sagen, dass sie es sich vorstellen könne, mit ihm zu arbeiten, dass ihr seine Symptome geläufig seien, ebenso deren Behandlung und dass er auch prüfen solle, ob er bei ihr Therapie machen wolle. Auf jeden Fall bedanke sie sich für seine Offenheit, es sei nicht selbstverständlich, dass ein Patient bereits in der ersten Begegnung so viel von sich zeigen könne. Dabei lächelte sie ihn an, registrierte, wie seine Brauen in die Höhe gingen, seine Augen hin und her liefen, als ob sie ihren Fixpunkt verloren hätten. Er begann wieder zu schwitzen. Um Beruhigung in die Situation zu bringen, ging sie zum organisatorischen Teil einer ersten Sitzung über. Sie las seine Krankenkassen-Chipkarte ein, und bat ihn, sich bis zum Ende der Woche zu entscheiden, ob er den Therapieplatz haben wolle und sich dann zu melden.

„Nein, nein! Ich habe mich schon entschieden. Ich will zu ihnen kommen. Ich bin froh, dass sie mich nehmen!" entgegnete Schlesinger eifrig mit Nachdruck.

Inga bot ihm einen Termin an, den er sofort akzeptierte

und in sein iPhone eintippte. Sie gab ihm noch ein paar Fragebogen und verabschiedete ihn mit Handschlag „bis nächste Woche" und sank erschöpft in den großen roten Sessel, der noch nach dem Patienten roch, wenn sie ehrlich war, duftete. Als sie in der Pause in die Küche kam, warteten die Kolleginnen schon. Bereit, sie ordentlich zu uzen.

Moni sagte nur: „vielleicht sollten wir wirklich auf dich aufpassen. Sarah legte nach: „ich wusste ja gar nicht, dass du neuerdings unter Casting „sexiest Patient alive" gegangen bist. Und kommt er in die nächste Runde? Was hat er überhaupt?"

„Angststörung und hypertrophierte Attraktivität", antwortete Inga, noch deutlich mitgenommen von ihrem Mangel an Souveränität, wie sie ihn in der Stunde gehabt hatte und für den sie sich immer noch schämte.

„Naja", grinste Moni „das letztere wird für ihn wohl das geringere Problem sein".

„Für ihn nicht, aber mich könnte es von der Arbeit ablenken." Sarah blickte sie von der Seite an; wach, aufmerksam, es entging ihr nichts.

Seit sie sich in Bertram verliebt hatte, hatte Inga keinen Mann mehr so attraktiv gefunden, wie diesen Patienten Schlesinger. Bei ihren früheren Freunden, das musste sie sich wirklich selbstkritisch eingestehen, war das Aussehen und ein gut geformter Körper immer sehr wichtig für sie gewesen. Auf das Werben von weniger gutaussehenden Männern war sie meist nicht eingegangen, obwohl sie gewusst hatte, dass diese sie geliebt hatten, und sie mehr als gut behandelt hätten. Aber eine körperliche Leidenschaft hatte sich bei ihnen nicht einstellen können, und eine Beziehung ohne knisternde Erotik wäre für Inga nicht infrage gekommen.

In den ersten Stunden irritierte sie Schlesingers männliche Schönheit sehr. Sie konnte sich an seinem ebenmäßigen Gesicht, seinen blonden Locken, seinen blauen Augen mit den langen Wimpern nicht satt sehen. Vor allem mochte sie seinem durchtrainierten, athletischen Körper, den sie sich nackt vorzustellen verbat und seinem federnden Schritt. Er erinnerte sie sehr an die David Statue in Florenz, vor der sie hätte stundenlang stehen und schmachten können, hätte Bertram sie damals, vor 34 Jahren nicht weggezogen. Sogar ein wenig eifersüchtig war er geworden. Schlesinger bemerkte natürlich ihre Befangenheit und versuchte immer wieder sie einzuwickeln, wie eine Spinne, die ihre Opfer lockt. Er versuchte es mit Fragen nach ihrem Privatleben. „Gibt es denn jemand, der heute Abend auf sie wartet?" Nach ihren Gefühlen für ihn. „Könnten sie sich vorstellen, mich auch privat zu treffen?" Mit Komplimenten. „Wissen Sie, dass bei Ihnen Schönheit und Intelligenz eine wunderbare Verbindung eingehen?" Es war ihr klar, dass er versuchte, sie zu kontrollieren und dass er große Angst davor haben musste, dass sie ihm zu nahekommen könnte und vielleicht Themen ansprechen würde, die er tunlichst verbergen wollte. Wenn sie in die Nähe solcher Themen kam, begann er zu schwitzen - er schwitzte schnell - dann wurde sein Gesicht rot und sein Hemd wurde so nass, dass es an der Lehne des roten Ledersessels einen riesigen feuchten Fleck hinterließ. Nachdem Inga diesen zweimal mit Desinfektionsmittel behandelt hatte, ging sie dazu über, vor Schlesingers Stunde ein großes rotes Handtuch über den Sessel zu legen und es nach der Stunde in den Wäschekorb zu schmeißen.

Die ersten 10 Stunden mit Schlesinger waren, von seinen

Scharmützeln und von seiner Attraktivität abgesehen, unspektakulär. Kindheit angeblich unauffällig. 1972 geboren. Entstammte einem Arzthaushalt, eine Schwester. Beide Kinder gingen zum Gymnasium, hatten gute Noten, angeblich keinerlei Probleme, spielten Geige und Klavier, trieben Sport, Tennis, Fußball und Leichtathletik. Die Mutter hatte sich vom Vater getrennt, weil dieser ständige Affären, zum Teil jahrelange Verhältnisse hatte. Aber erst, als die Kinder aus dem Haus waren. Zu beiden Elternteilen angeblich gutes Verhältnis. Als Kind und Jugendlicher sei er schüchtern und selbstunsicher gewesen, kein Cliquentyp. Fußball habe ihm geholfen, selbstsicher zu werden und sich durchzusetzen. Erste Beziehung mit siebzehn, erster Geschlechtsverkehr mit dreiundzwanzig. Unbefriedigend, beide seien sie unerfahren und verklemmt gewesen. Banklehre, BWL-Studium, Vorstandsassistent. Dann zweiter Mann in Filiale in London, jetzt Leiter („Direktor") in Filiale von großer Bank in Frankfurt. Mehrere Beziehungen, keine länger als fünf Jahre, gegenwärtig solo. Frage sich, ob er beziehungsunfähig sei.

Schlesinger tat in den Stunden viel um zu gefallen. Er vollzog sehr fix nach, wie seine Panik entstand, machte seine Übungen sorgfältig, so dass die Panikattacken, und die körperlichen Symptome, die ihn geplagt hatten, bald verschwanden. Wenn er über sich berichtete, dann immer so, dass er selbst gut dastand. Dabei hatte er einen Gesichtsausdruck, als wäre er erstaunt und ergriffen vom eigenen Bemühen, alles richtig machen zu wollen. Während Inga dies noch einigermaßen anrührend fand, regte sich bei ihr geradezu Ekel, wenn sie zuhörte, ihr er über andere sprach. Egal über wen, Schlesinger fand nur Worte der Abwertung: über seine Putzfrau, seine Mitarbeiter, seine Ex-Partnerinnen, seine Verwandten, seinen One-Night-Stands vom letzten Wochenende. Und dann verzog er seinen Mund, dass sich seine Lippen kräuselten und sich der linke Mundwinkel nach unten fallen ließ und jegliche Muskelspannung verlor. Dies hatte damit zu tun, fand sie, dass die rechte Hälfte seiner Oberlippe ein wenig fleischiger war als die linke, die einzige Unregelmäßigkeit in seinem Gesicht. Dabei stellte Inga fest, dass dieser best-ager par excellence dann ein Doppelkinn bekam. Und wie hässlich er dabei wurde.

Wenn sie ihn fragte, wie er denn über sie bei anderen sprechen würde, antwortete er mit entrüsteter Stimme und übertriebenem Augenaufschlag: „aber nur gut, Frau Dr. Reschke, sie helfen mir doch so sehr!"

Inga hätte kotzen können. Doch je mehr sich Schlesingers Schönheit als fassadenhafte Larve entpuppte, desto mehr war Inga darauf gespannt, was sich dahinter verbarg und sich unvermeidbar hocharbeiten würde. Dass der eruptive Prozess begonnen hatte, sah sie an seinen Depressionen, die sich Raum nahmen, seit die Panikattacken Ruhe gaben. Und er begann abzudriften. Sie sah es an seinen Augen, die wie eine Fotolinse ihre Brennweite änderten und in die Weite blickten, gleichzeitig aber nirgends hinschauten. Er tat es dann, wenn es darum ging, wie er reagierte, wenn jemand etwas tat, was er nicht wollte. Und er ihn oder sie nicht umstimmen konnte.

„Wissen Sie, Frau Reschke, meine erste Freundin, mit der ich zwei Jahre zusammen war, hat, nachdem wir beide bis zum Vordiplom durch dick und dünn miteinander gegangen waren, danach festgestellt, dass sie nicht mehr mit mir zusammen sein wollte. „Es reicht nicht für ein ganzes Leben, wir passen nicht zusammen" hat sie gesagt, einfach so.

„Und dann?" fragte Inga sanft und aufmunternd.

„Nichts dann!" Seine Kiefer begannen zu mahlen, er kniff seine Augen zusammen, schluckte schwer und als Inga fragte „hat ihnen die Trennung denn nicht sehr weh getan?" erstarb sein wilder Blick und seine blauen Augen spiegelten wie ein ruhiger Gebirgssee und er reagierte minutenlang nicht, so dass Inga ihn laut zurückholen musste.

Wenn sie ihn auf die Dissoziationen ansprach, stritt er rundweg ab, „woanders" gewesen zu sein und sagte, Inga bildete sich dies ein. Auch seine Wut, die spürbar wurde, wenn er über Erlebnisse sprach, in denen er sich frustriert oder gekränkt fühlte, leugnete er rundweg ab.

Da Inga manchmal Angst spürte, weil seine Reaktionen so schwer berechenbar waren, sprach sie regelmäßig mit Moni und Sarah über den Therapieverlauf und bemühte sich, ruhig und sicher mit ihm umzugehen, ihn nicht allzu sehr zu provozieren und nicht mit ihm darin zu konkurrieren, wer von ihnen beiden die „richtigen" Wahrnehmungen hatte. Sie versuchte langsam aber stetig, in kleinen Schritten, ihn mit seinen Gefühlen, die er bei Frustrationen hatte, in Kontakt zu bringen und er war erfinderisch und aufmerksam genug, dies zu verhindern.

Schlesinger war nun ein halbes Jahr bei Inga in Therapie. Er kam immer pünktlich, 5 Minuten vor der vollen Stunde. Die Patientinnen und Therapeutinnen hatten sich an ihn gewöhnt, er erregte kein Aufsehen mehr. Vielleicht lag das auch daran, dass er sich in seiner Erscheinung und Ausstrahlung veränderte: seine Körperspannung, seine Kleiderwahl, sein Haarschnitt, sein Gesichtsausdruck ließen nach.

Sarah witzelte, Inga habe jetzt wohl die „Atrophie der Attraktivität" in Angriff genommen, aber Inga ging nicht auf die Leichtigkeit, die Sarah anbot, ein, sondern sagte: „ich mache mir Sorgen, da braut sich bei Schlesinger etwas ganz

Ungutes zusammen. Und ich hoffe, ich bin dem gewachsen." Nun blickte Sarah besorgt und Moni, die ihren Anrufbeantworter gerade abhörte, blickte auf.

Es war ein schöner Sommer in dem Jahr. Inga achtete darauf, nicht allzu viel Zeit in der Praxis zu verbringen, sondern oft schwimmen zu gehen, Rad zu fahren, ihren Garten zu versorgen, der dieses Jahr wunderbare Tomaten brachte und Zucchini und Auberginen und viel Obst, so dass sie oft bis in die Nacht einkochte. Ansonsten traf sie sich mit Moni und Sarah in der Stadt oder auf der Terrasse. Sie hatte Hannes und Nina zum Essen da und fuhr an den Atlantik in Urlaub, wie fast jedes Jahr. Dort konnte sie sich mit Schwimmen und langen Strandspaziergängen wunderbar erholen. Außerdem hatte sie in dem kleinen Ferienort bei Bordeaux eine Liebschaft: Jean, ein sinnlicher Witwer, der in der Saison einen Kiosk führte und Ingas Französisch, und nicht nur das, von Jahr zu Jahr verbesserte. Sie erzählte ihm von ihren interessanten Fällen, was er spannend fand und sich jedes Jahr über neue Berichte - anonymisiert - oder Fortgänge von Entwicklungen freute. „Deine Fälle sind wie gute Romane" pflegte er zu sagen. Als sie von Schlesinger berichtete, wie sie anfangs befangen und mit seiner Attraktivität beschäftigt war, wie sich seine Ängste gebessert und wachsende Depressivität erschienen war und wie er die Kontrolle über seine äußere Fassade zu verlieren begann, fragte Jean: „was fürchtest du, Inga (was er wie „Änga" aussprach), könnte schlimmstenfalls passieren?" Inga sah ihn an, nun direkt gefordert, das zu formulieren, was ihr in ungeordneten Fetzen immer wieder in den Sinn kam, aber noch kein erkennbares Muster ergab. „Wenn die Therapie gut weiterläuft, wird er an die Wut kommen, die sich hinter der Antriebslosigkeit und Leere versteckt, die ihn noch schützt. Noch. Aber nicht mehr lange. Der Schutzwall bröckelt und ob die Wut gegen ihn oder nach außen geht, weiß ich noch nicht. Und ob und wie er sie dann kontrollieren kann und will, auch nicht."

„Ma Chérie, so ernst kenne ich dich gar nicht. Komm, lass uns zur Vorspeise gehen, ich habe uns überbackene Austern gemacht und es gibt einen schönen Sancerre dazu!" Es gelang Jean, sie abzulenken und als sie den Abend mit einem Spaziergang am Meer beschlossen, wo die Ebbe dabei war, hinauszugurgeln, beschloss Inga, sich erst nach den Ferien wieder mit Schlesinger zu befassen.

Der Abschied vom Médoc mit seinen duftenden Pinienwäldern, in denen die Erika rot-lila blühte und die Luft über dem Atlantik so warm und klar war, dass sie das Blau des Ozeans und die Wohligkeit am Strand noch verstärkte, fiel Inga dieses Mal besonders schwer. Sie liebte das gleichmäßige Hereinrollen der Wellen und das Gurgeln, wenn sie sich wieder zurückzogen. Sie liebte den Wind und den Ozongeruch, den Luft und Sonne auf ihrer Haut zurückließen. Und sie liebte die Vorstellung, dass dieses Meer schon immer da war und immer da sein würde, ewig, unbeeindruckt, mächtig. Es tröstete sie, dass sich diese Naturgewalt nicht darum zu scheren schien, ob sie freundlich oder feindlich erlebt wurde und dass sie auch diejenigen überleben würde, die ihr keinen Respekt mehr zollten. Am Strand sitzend konnte Inga ihren Gedanken nachgehen, die kamen und gingen und dies stundenlang.

Jean hatte für den Abschiedsabend ein Picknick mit einem leckeren Crémant, Oliven, Käse und einer Gänseleberpastete mit einer kleinen Flasche Sautèrnes vorbereitet. Sie saßen im Sand bis es dunkel wurde. Nur widerwillig packten sie beim Schein von Jeans Taschenlampe das Geschirr und

die Flaschen zusammen. Als die Abendkälte an ihnen hoch-
kroch, kehrten sie über den kleinen Weg durch die Dünen
zurück ins Dorf.

Am nächsten Morgen drückte Inga Jean noch einmal fest,
sagte ihm, dass sie ihn und das Meer vermissen werde und
ließ sich von ihm zum Abschied köstlichen Reiseproviant
und ihre Koffer ins Auto packen. Er küsste sie, sagte ihr, sie
solle gut auf sich aufpassen, wünschte ihr „bonne journée"
und winkte, bis sie ihn im Rückspiegel nicht mehr sah. Die
Rückfahrt lief gut, Inga übernachtete einmal in Chartres,
wo sie die Fenster der Kathedrale bewunderte und kam erholt und braun gebrannt zu Hause an.

3

Hannes und Nina hatten gut für Haus und Garten gesorgt, hatten Gemüse geerntet, den Kühlschrank gefüllt und
ihr liebe Willkommenszeilen auf den Tisch gelegt. Ihr wurde
buchstäblich warm ums Herz als sie sie las und sie konnte
nicht anders, als sich unbändig zu freuen, wie gut es Hannes
mit Nina ging. Und wie so oft in solchen Momenten bedauerte sie, dass Bertram nicht mehr da war und es auch erleben
durfte. Inga schickte Jean eine SMS mit Dank für die schöne
Zeit und dass sie zu Hause wieder gut angekommen war.
Dann setzte sie sich noch mit einem Ricard und einer kleinen Tüte Chips, wie sie es nur in Frankreich, sechs Stück in
einem großen Paket, gab, auf ihre Terrasse. Der Herbst kündigte sich schon abendfeucht an und sie brauchte ihre
Strickjacke. Nach den erholsamen Wochen am Atlantik

freute sich Inga wieder auf ihre Arbeit, ihre Kolleginnen und ihre Patientinnen und Patienten. Nur wenn sie an Schlesinger dachte, überkam sie ein dumpfes Gefühl. Es war ihr, als ob sie etwas falsch gemacht hatte, als ob sie ihn nicht so lange alleine hätte lassen dürfen. Gleichzeitig schalt sie sich für diese Gedanken und sie nahm sie als Hinweis, wie ungesund nahe ihr dieser Patient gekommen war. Sie war gespannt, wie er die Therapiepause überstanden hatte. Im letzten Kontakt hatte er deutliche Ängste geäußert, was zu erwarten gewesen war. Es war wohl diese Mischung aus Angst und Wut, die Inga so anrührten. Sie ließen Schlesinger so bedürftig erscheinen, dass es sie drängte, in besonderer Weise auf ihn einzugehen, ihn zu schützen, ihm zu helfen.

Moni war am Montagmorgen gar nicht in der Praxis. Ihre Mutter war gestürzt und sie musste sich um ein Pflegeheim kümmern, das sie nach der Behandlung im Krankenhaus aufnehmen würde. Sarah kam freudig aus ihrem Zimmer, drückte Inga, bedankte sich für die Ansichtskarte, fragte nach Fotos, die sie zusammen mit Inga in der Mittagspause gerne anschauen würde und sagte: „wir sind so froh, dass du wieder da bist. Dein Bänker-Schönling dreht langsam ab. Zehnmal hat er mindestens angerufen und gefragt, wann du wiederkommst. Wenn er arg schlecht drauf ist, schick ihn doch stationär!" Damit verschwand sie wieder in ihrem Zimmer. Inga seufzte, hörte ihren AB ab, auf dem ebenfalls mehrere Aufsprüche von Schlesinger waren, in denen er mitteilte, dass es ihm schlecht gehe. Sie löschte sie. Anfragen und Nachrichten, die einen Rückruf erforderten, schrieb sie in ihr großes Notizheft. Sie würde sie in ihrer Sprechstunde am Mittag abarbeiten.

Schlesinger kam nachmittags überpünktlich zu seiner

Therapiestunde. Über drei Wochen war Inga weg gewesen, er schien um zehn Jahre gealtert. Sein Gesicht war unrasiert, die Haare fettig, die Kleider verknittert, als ob er sie in den letzten Tagen nicht gewechselt hätte und er roch. Er saß, seine Unterarme auf den Oberschenkeln, die Hände verknotet und starrte vor sich auf den Boden.

„Herr Schlesinger?" fragte Inga und lächelte ihn aufmunternd an „wie ist es ihnen ergangen in den letzten drei Wochen?

Er blickte nicht auf.

Inga sah, dass sein Blick keinen Fokus hatte und ihr Patient ganz weit weg war. Auch als sie laut zu sprechen begann, war er nicht erreichbar.

Sie sagte: „Herr Schlesinger, ich werde jetzt aufstehen und sie an der linken Schulter anfassen, um sie wieder hierher zu holen. Ich hoffe, sie sind einverstanden!". Dann stand Inga auf, fasste ihn an der Schulter, ruckelte ihn ein wenig.

Er schreckte auf, starrte sie an und stieß hervor „was ist passiert, was machen sie?". Dabei roch Inga seinen fauligen Mundgeruch, er musste tagelang keine Zähne geputzt haben.

„Ich habe mit ihnen gesprochen, aber sie haben nicht geantwortet. Es schien, als ob sie weit weg in ihren Gedanken waren. Möchten sie darüber sprechen, was gerade in ihnen vorgegangen ist?" Damit setzte sie sich wieder auf ihren Platz und blickte ihn freundlich an.

„Sie wollen eine Therapeutin sein! Sie wissen doch ganz genau, was mit mir ist. Sie wissen, dass es mir schlecht geht und dann lassen sie mich hier sitzen, allein und sagen mir nicht einmal wohin sie gehen und ich weiß nicht einmal, ob sie wiederkommen". Dabei stieß er die Worte verächtlich aus seinem gekräuselten Mund, wobei die linke Hälfte leicht herunterhing und seinem Gesicht eine hässliche Disharmonie verlieh.

Inga ging nicht darauf ein, sondern wiederholte ihre Frage „was ging gerade in ihnen vor, als sie mir nicht antworten konnten? Möchten sie darüber sprechen?

„Kalt war es mir, wie nackt kam ich mir vor, allein, verlassen. Wie von außen habe ich auf mich drauf geschaut. Und geschrien habe ich, aber niemand hat mich gehört". Dann verstummte er, aber seine Augen bewegten sich und dann schien es, als ob er ein inneres Bild anstarren würde.

„Was ist jetzt da, Herr Schlesinger?"

Er erschrak sichtlich, wurde knallrot und begann so zu schwitzen, dass sich das ehemals weiße Hemd unter den Achseln von Nässe tiefdunkel färbte. Die Geruchswolke von altem und frischem Stressschweiß ließ ihr den Atem stocken.

„Nichts ist da! Was sollte sonst noch da sein?" Dabei wurde seine Stimme laut und schneidend und Inga spürte, dass er auf keinen Fall wollte, dass sie weiter fragte. Aber sie ließ nicht zu, dass er auswich. Die verbliebenen 20 Minuten der Stunde sprach sie mit Schlesinger über Situationen, in denen er sich als Kind verlassen gefühlt hatte und erfuhr, dass seine Mutter in Nächten, wenn sein Vater im Krankenhaus Nachtdienst gehabt hatte, wohl auch oft weg gewesen war. Wohin sie gegangen war, wusste er nicht. Inga nahm seine Verlassenheits-Erinnerung ernst und bekam langsam Zugang zu seiner ichbezogenen, auf Kontrolle angewiesenen Persönlichkeit. Und zu seinem Kummer und seiner Sehnsucht, die er hatte, wenn er Beziehungserfahrungen machte, in denen sich nicht all das erfüllte, was er sich wünschte. Denn sie ließen immer einen Rest an Frustration übrig, zu deren Bewältigung er sich nicht imstande sah.

Die schiere Angst, die ihn immer wieder schüttelte und die

verzweifelte Verwahrlosung, die Besitz von ihm ergriff, hatten aber andere Ursachen. Und in seiner Dissoziation hatte Schlesinger ein Stück davon gesehen. Dessen war sich Inga sicher.

Beim Weggehen bedankte er sich, schien erleichtert und ging mit festem Schritt aus der Tür. Inga riss das Fenster weit auf.

Sie begann die nächste Stunde etwas verspätet, erfreute sich an den Erfolgen der freundlichen Patientin, die ihr Zwangsverhalten deutlich verbessern konnte und mit der gut genutzten Therapiepause nur noch alle 14 Tage kommen wollte. Der 16:00 Uhr Patient hatte ebenfalls Urlaub gehabt, in dem er eine nette Bekanntschaft gemacht hatte, was seine Selbstsicherheit und seine Stimmung gehoben hatte. Die 17:00 Uhr Patientin war froh, dass Inga wieder da war, da sich durch die Haftentlassung des Ehemannes das familiäre Krisenpotenzial verschärfte, und sie Unterstützung dringend nötig hatte. Um 18:00 Uhr kam noch ein Coaching Klient, der Beratung hinsichtlich eines Stellenwechsels brauchte, da seine Forschungsabteilung von Mannheim nach Basel verlegt wurde und er aus familiären Gründen in der Kurpfalz bleiben wollte.

Nach ihrem ersten Arbeitstag wollte Inga nicht alleine zu Hause sein. Die Stunde mit Schlesinger hallte noch nach und sein Angstgeruch war immer noch in ihrer Nase. Sie rief bei Hannes und Nina an, ob sie vorbeikommen könnte, packte ihre Mitbringsel ein und ging zu Fuß - froh über die Bewegung und die frische Luft - durch Planken, die Breite Straße, über die Kurpfalzbrücke, den Alten Messplatz zur Max-Joseph-Straße und klingelte am zweitobersten Knopf des schön renovierten Jugendstilhauses. Der Summer öffnete die Eingangstür und Inga stieg die Treppen hinauf.

Hannes wartete an der Tür, umarmte sie und führte sie ins Wohnzimmer, wo er eine Flasche Wein und ein paar belegte Weißbrotscheiben gerichtet hatte. Nina kam hinzu, drückte Inga ebenfalls und begutachtete die Seifen, die Tischdecke, den Pastis und die Dose mit den eingelegten Gänsekeulen, die Inga mitgebracht hatte.

„Nein Nina, ich habe euch zu danken", wehrte Inga Ninas Dank über die Geschenke ab, „wenn ihr euch nicht so gut um den Garten kümmern würdet, könnte ich nicht so lange wegfahren." Hannes sagte: „weißt du, Mudder, es ist wirklich ein Haufen Arbeit, die du dir mit dem Garten machst. Ich frage mich, wie du das alles schaffst und ob es nicht zu viel ist, auf Dauer".

„Wenn ich den Ausgleich nicht hätte, Hannes, könnte ich doch nicht so viele Stunden am Stück sitzen und zuhören".

„Wie war es denn heute? Du siehst irgendwie fertig aus. Man würde nicht glauben, dass du gerade in Urlaub warst".

„Ich habe einen schwierigen Patienten, bei dem sich was zusammenbraut. Der beschäftigt mich ziemlich".

Und dann wollte Nina Fotos sehen, vom Atlantik, dem Médoc, und von Jean erzählt bekommen. Und als Hannes sie schließlich zum Parkhaus, neben der Praxis brachte, war es 23:00 Uhr und Inga war todmüde.

Zu Hause angekommen, war sie zu kaputt, um den Wagen in die Garage zu fahren. Sie ließ ihn auf der Straße stehen, schloss die Eingangstür auf, roch den vertrauten Duft ihres Hauses, in dem noch viele Gerüche von Hannes und Nina mitschwangen. Im Wohnzimmer ließ sie sich in ihren abgewetzten Lieblingssessel fallen, den sie vor 20 Jahren mit Bertram zusammen ausgesucht hatte. Manchmal, wie jetzt, roch sie ihn noch ganz leicht. Vielmehr erinnerte sie sich an seinen Duft, eine Mischung aus feinem Handschuhleder, reifen Birnen und seinem Aftershave. Von der gleichen Marke – old spice – hatte er auch den Deostift benutzt. Sie hatte es geliebt, ihre Nase in seine Achselhöhle zu wühlen, um ihn ganz und gar auszuriechen. Wie es wohl wäre, wenn er noch leben würde? Ob sie die Kurve gekriegt hätten und als Paar und als Familie, dann wieder nur als Paar wieder zusammen zu finden? Wenn sie ehrlich zu sich selbst war, hatte sie Zweifel. Und wenn sie richtig ehrlich zu sich war, dann musste sie sich eingestehen, dass Bertrams Tod sie erst dazu gebracht hatte, zu erkennen, was wirklich wichtig für sie war und ist. Erst ab da gelang es ihr, Verantwortung für ihr Handeln, aber auch für ihre Launen und ihre ehemals unrealistischen Allüren zu übernehmen. Das machte sie zufrieden und sie war froh, dass sie diese Chance hatte nutzen können. Nun war sie 56 Jahre alt und stellte fest, dass es ihr an nichts fehlte. Bertram und ihre Ehe vermisste sie nicht, einen festen Freund brauchte sie nicht, auch Jean fehlte ihr nicht, er gehörte zu ihren Ferien, zu den jährlichen drei Wochen am Atlantik. Sie hatte ein interessantes, reiches Leben voller befriedigender Tätigkeiten, einen selbstbewussten und liebevollen Sohn, der gut im Leben stand. Und sie hatte mehrere Menschen, auf die sie sich verlassen konnte und mit denen es ihr nicht langweilig wurde. An diesem Abend musste sie besonders lange duschen und sie putzte besonders sorgfältig ihre Zähne.

Die nächsten Tage brachten schon einen kalten Herbsthauch, so dass Inga im Haus und in der Praxis die Heizung aufdrehte. Sie gewöhnte sich wieder an ihren Alltag, hatte aber, wenn sie aus der Praxis ging, oft ein merkwürdiges Gefühl, als ob sie beobachtet werden würde. „So langsam werde ich paranoid," dachte sie „ich hab mich doch gut erholt!". Aber als Moni und Sarah ihr berichteten, dass sie zu verschiedenen Tageszeiten Schlesinger in der Nähe der Praxis gesehen hatten, erhärtete sich Ingas Verdacht, dass Schlesinger begonnen hatte, sie zu kontrollieren. Sie wertete es als eine vorübergehende Phase, die er überwinden würde, registrierte beim Gedanken daran aber ein dunkles, dumpfes Gefühl im Magen.

In der nächsten Stunde sprach sie ihn nicht darauf an. Er arbeitete an seinen Kindheitserinnerungen weiter, die Nächte zum Thema hatten, in denen die Mutter heimlich aus dem Haus gegangen war, in der Meinung, er und die Schwester würden schlafen. Und wie er beobachtet hatte, dass sie in ein vor dem Haus wartendes Auto stieg. Als Inga ihn fragte, welche Gefühle er beim Berichten identifizieren konnte, nannte er Angst, Einsamkeit und Trauer. Was er nicht nannte, waren Wut und sexuelle Erregung, die Inga bei sich spüren und bei ihm sehen konnte: seine Kiefer mahlten, seine Augen hatten sich verengt, sein Mund bekam den bekannten verächtlichen Zug und in seiner Hose beulte sich eine deutliche Erektion.

„Wie alt waren sie, als sie nachts mitbekommen haben, dass ihre Mutter mit jemandem, den sie nicht kannten, fortgegangen ist?"

Er überlegte: „es ging los, da war ich noch nicht in der Schule, da habe ich mir einmal vor Angst in die Schlafanzughose gepisst, habe den Strampelanzug - wissen Sie, so ein Ganzkörperteil?" Inga nickte „ausgezogen und bin nackig und flennend durchs Haus gerannt. Es ging dann, bis ich 15 war. Da hat es mein Vater gemerkt, als er einmal vom Nachtdienst heimgekommen ist, weil er sich umziehen musste. Da war was los, kann ich ihnen sagen. Mein Vater ist natürlich nicht in die Klinik zurück, sondern hat auf meine Mutter gewartet und sie dann zur Rede gestellt". Hier

145

ging sein Blick nach innen. Dann, wie herauskatapultiert, schluckte er schwer als ob er einen ganz großen Kloß im Hals hätte und blickte in Ingas Richtung, deutlich distanziert und ablehnend. Er hatte sich wieder unter Kontrolle.

Sie sah ihn fragend an.

„Was dann in der Nacht für Sätze fielen, das zu hören, kann ich einer Dame wie ihnen nicht zumuten. Erlauben sie mir, dass ich darüber nicht weiterspreche". Und hier ein maliziöses Lächeln, schleimig, überheblich.

„Unsere Stunde ist ja auch zu Ende" sagte Inga und lächelte.

Schlesinger stand auf, rieb sich die Augen, als ob er gerade aus einem Traum erwacht wäre, gab ihr die Hand und verabschiedete sich.

Als die drei Kolleginnen in der Mittagspause zusammensaßen und über die Fälle des Morgens sprachen, zuckte Sarah mit den Achseln. „Na, spätestens ab zwölf hat sich der Junge sexuelle Fantasien gemacht über das, was die Mutter so treibt. Und wie sie zumindest mit einem oder mehreren oder vielen herumvögelt. Und hat vermutlich eine große Verachtung und Wut gehabt, vielleicht stellvertretend für den Vater und gleichzeitig müssen die Gedanken sehr erregend gewesen sein". „Und mit fünf hat der kleine Kerl Angst gehabt, die Mama hat jemand gefunden, den sie lieber hat, weil er irgendetwas falsch gemacht hat oder nicht gut genug ist und dass sie vielleicht nicht wiederkommt", fügte Moni hinzu. Und Inga ergänzte „ja, Moni, daher seine narzisstisch geprägte Geltungssucht, sein Kontrollbedürfnis und seine Ängste. Und dann aber als Jugendlicher! Sexuelle Fantasien begleitet von vermutlich destruktiver und vielleicht auch selbstaggressiver Wut". „Oh, oh" zwitscherte Sarah und ging in ihr Zimmer. Moni und Inga blieben noch ein wenig sitzen, wechselten das Thema und sprachen über das Pflegeheim von Monis Mutter.

Der Herbst brachte mit viel Sonnenschein, Morgennebel über tauglitzernden Wiesen, prächtig blühenden Dahlien, Astern und Chrysanthemen. Ein Feuerwerk von Farben, allerdings begleitet von wehmütigem, schrägem Lichteinfall, kürzeren Tagen und fallendem buntem Laub, das noch einmal das Licht des vergangenen Sommers aufleuchten ließ. Inga mochte diese Zeit, wenn sie sie auch melancholisch stimmte, sie zu frösteln begann und traurig durch ihren Garten ging. Und wie um sich in der Melancholie noch zu suhlen, sagte sie sich dabei Herbstgedichte auf und bei „schwelende Tage, alter Verschwörung Bann", begann sie zu weinen. Bald würde sie den Garten winterfest machen, die Dahlien einlagern, die Stauden und Rosen zurückschneiden und sie mit dem letzten gehäckselten Schnittgut abdecken. Und sie würde wie jedes Jahr im November eine Gans mit Äpfeln, Orangen, Zwiebeln, Rosmarin und Salbei füllen, Rotkraut kochen und ihre Johannisbeermarmelade darunter rühren. Sie würde rohe Klöße formen und mit den Kindern und den Kolleginnen einen Herbstsonntag mit zwei Flaschen Burgunder verbringen, der mit dem obligatorischen Spaziergang im Waldpark und einem späten Nachtisch enden würde.

In der Praxis war viel zu tun, viele neue Anfragen, neue Patienten. Mehrere Patientinnen konnten selbstbewusst und symptomfrei die Therapie beenden. Einige verabschiedeten sich strahlend, die anderen mit Tränen in den Augen. Inga freute sich meist sehr, wenn sie sie nicht mehr brauchten. Bei manchen wurde ihr selber weh ums Herz, weil sie sie liebgewonnen hatte und sie vermissen würde. Dann war es besonders wichtig, sie gehen zu lassen.

Schlesinger stabilisierte sich. Nachdem er die Verlassenheitsängste bearbeiten konnte, die ihn seit seiner Kindheit quälten und ihn den Partnerinnen gegenüber zweifelnd, kontrollierend, wütend und abweisend gemacht hatten, wurde er ruhiger und organisierter. Trotzdem reagierte er nach wie vor empfindlich auf kleinste Unregelmäßigkeiten, die er gegen sich gerichtet empfand. So machte er Inga ungehalten Szenen, wenn sie eine Stunde verschob, oder gar ausfallen ließ, als ein Zahnarzttermin bei ihr nicht anders gelegt werden konnte. Wenn ihm Inga rückmeldete, dass dies Unwegsamkeiten, waren, wie er sie im „richtigen Leben" doch auch bewältigen musste, quittierte er es mit entrüstetem Schnauben: „Sie haben immer noch nicht verstanden, dass sie der wichtigste Mensch für mich sind, etwas ganz Besonderes! So sehr habe ich noch nie jemand vertraut und so nahe an mich herankommen lassen!" Und statt ihm zu sagen, dass dies sein Beitrag für das Gelingen der Therapie und gar nichts Besonderes sei, um ihn auf den Boden zu holen, ließ sie seine Übertreibungen oft unkritisiert stehen. Manchmal fühlte sie sich sogar geschmeichelt. Dann musste sie sich selber zur Vernunft rufen! Richtig war es, wenn er sich in Tiraden ergoss und trivellierte, dass Inga ihm deutliche Grenzen setzte. Sie leitete ihn dann ruhig und fest an, diese doch zumutbaren Frustrationen aushalten zu lernen. Und er begann seine übertrieben emotionalen Verhaltensweisen daraufhin zu überprüfen, ob sie angemessen, rational und änderbar waren. Dann brachte sie ihm bei, sie zu verändern, in dem er die Gedanken, die die Kränkungen begleiteten, durch rationale Überlegungen ersetzte, sich selbst tröstete und ermutigte, seinen Atem regulierte und sich mit aktivem Verhalten aus seiner Opferrolle holte. Schlesinger war gut zu motivieren, wenn sie ihm die Veränderungsprozesse erklärte, seine Einflussmöglichkeiten gezielt förderte und er formulieren konnte, wie er sich in seiner Kontrolle und Wirksamkeit über seine Lebensbedingungen sicherer und mächtiger fühlte.

Trotzdem blieb bei Inga, nicht nur wegen ihrer teilweisen unprofessionellen Reaktionen, mit denen sie ihn schonte und in seiner Überempfindlichkeit und seinem kindischen Imponieren wollen bestärkte, ein ungutes Gefühl. Je besser es ihm zu gehen schien, desto mehr schien er sich bewusst zu verschließen. Und statt weniger zu werden, häuften sich seine Dissoziationen. Er schien sie inzwischen aber abstellen zu können. Inga konnte beobachten, dass er regelmäßig abdriftete, wenn er Themen besprach, bei denen es um verlassen oder „verarscht" werden ging, wie er es nannte. Gleichzeitig wurden Angst und Wut ausgelöst und er kam in eine sexuelle Erregung. Dann stierte er zwar noch einige Sekunden vor sich in die Ferne, holte sich aber zurück, in dem er in die weiche Haut des Unterarms kniff. Dann schüttelte er sich leicht, und es schien, als wollte er etwas abschütteln. Diese Skill hatte Inga ihm vor einigen Wochen beigebracht, er hatte sie also umsetzen können. Die Themen, die ihn triggerten, zu vermeiden gelang ihm nicht. Zu drängend wollten sie ausgesprochen werden. Aber im Gegensatz zu ihren sonstigen Patienten und Patientinnen brachte es Schlesinger keine Erleichterung, über seine sexuellen Vorlieben zu sprechen, die Gewaltfantasien beinhalteten. Auch die Bearbeitung seiner Frustrationen im Bett mit Frauen, die in schließlich verließen, weil er angeblich „nicht gut genug war" entlasteten ihn nicht. Im Gegenteil, er bekam große Wut auf Inga, weil sie ihn wieder drangekriegt hatte! Und wenn er sich ihr weiter öffnen würde, würde sie ihn abstoßend finden und ihn wegkicken. Diese Eruptionen waren begleitet von einem hochroten Kopf, hervorquellenden Augen und einem Ausbruch von Stressschweiß, der sie an das Schwein erinnerte, das in ihrer Kindheit von der Großmutter übers Jahr gemästet wurde. Auch wenn das einzeln aufgezogene Tier den Schlachter, der jeden Herbst ins Haus kam, nie gesehen hatte, schrie es doch sofort in Todesangst, sobald er die kleine Holztür des Schweinestalls öffnete. So, als ob es wüsste, was ihm nun geschehen würde.

Als Inga ihn nach mehreren Wutausbrüchen mit ihrem Eindruck konfrontierte, er wolle unbedingt etwas verheimlichen und dass sie vermuten würde, dass er fürchte, dafür bestraft zu werden, blickte er sie erstaunt an.

4

Als die Adventszeit kam, brachte der Dezember nach einem schmuddelig-feuchten November, eine klare, eisig kalte Winterstimmung. Es hatte schon früh geschneit und mit dem Frost blieb der Schnee sogar liegen. Inga, Moni und Sarah legten die Termine in den Abend und gingen in den sonnigen Mittagsstunden spazieren oder Schlittschuhlaufen. Sie kamen zur 16:00 Uhr Stunde zurück in die Praxis um mit roten Backen weiterzuarbeiten. Die vielen Lichter in der Stadt und die Weihnachtsmärkte lenkten von den immer kürzer werdenden Tagen ab. Als der 21. Dezember kam und Inga diesen Abend mit besonders vielen Lichtern beging, die sie im Garten und im Wohnzimmer anzündete, hatte sie den Satz ihrer Großmutter im Ohr, die an dem

Abend immer gesagt hatte: „und jetzt kommt Weihnachten und dann ist Silvester und dann geht es wieder aufwärts." Und genauso fühlte es Inga auch. Sie würde über Weihnachten mit Freunden zum Skilaufen fahren. Ihre Eltern, beide nun über 80, würde sie mitnehmen. Sie fuhren zwar nicht mehr Ski, aber auf der Hütte in der Sonne sitzen und im Tal spazieren gehen, mochten sie noch immer sehr gern. Nina würde mit ihren Eltern feiern. Hannes hatte Dienst und hatte sich über die Feiertage voll verplanen lassen, damit die Familienväter zu Hause bleiben konnten.

Inga war urlaubsreif. Sie hatte so viele Therapiestunden, aber auch so viele Kriseninterventionen vor Weihnachten abgehalten, dass der Abend nicht mehr zur Erholung reichte und sie morgens unausgeruht zur Arbeit ging. In der Therapie mit Schlesinger hatte sie noch nicht den erhofften Durchbruch erreichen können. Immer wieder hatte sie ihre Interventionen mit Moni und Sarah besprochen, ihre Vorgehensweise und den zähen Verlauf in ihrer Interventionsgruppe und bei ihrem Supervisor vorgestellt, mit dem sie schon seit 30 Jahren ihre kniffligen Fälle besprach. Sie alle hatten keinen Fehler bei Inga gefunden, lobten sie für ihre Geduld und Frustrationstoleranz. Sarah indes riet ihr, ihn „abzuschießen" und stationär zu schicken, sie traute ihm nicht und fürchtete, er würde Inga etwas tun.

Als Inga Schlesinger in jener Stunde Ende November ihre Vermutung rückgemeldet hatte, er wolle etwas verheimlichen aus Angst bestraft zu werden, hatte er gesagt: „warum sollte ich Angst davor haben, für das bestraft zu werden, was mein Vater getan hat? **Er** hat meine Mutter doch die Kellertreppe hinuntergestoßen. Habe ich ihnen das nicht erzählt?"

Inga schüttelte den Kopf.

„In der Nacht, als mein Vater meine Mutter gestellt hat, hat er sie beschimpft, eine Hure genannt und dass sie auf seine Kosten herumvögeln würde. Als sie ihm entgegen geschrien hat, er würde es mit seinen Krankenschwestern ja im Nachtdienst auch tun, hat er ihr eine geknallt, dass sie umgefallen ist. Dann wollte sie auf allen vieren zur Kellertreppe krabbeln, wahrscheinlich um sich zu retten und durch die Garage abzuhauen". Hier erschien wieder der verächtliche Zug um den Mund. „Aber der Alte hat die Kellertür aufgemacht und ihr einen solchen Tritt verpasst, dass sie die Kellertreppe herunter gekugelt ist. Und dann ist er ihr nachgelaufen und hat sie richtig rangenommen. Aber ihr Kreuz war vorher schon auseinander gekracht." Schlesinger berichtete roh, ohne jegliches Gefühl des Bedauerns, des Schreckens, des Entsetzens. So, als würde er über einen Krimi erzählen, den er den Tag vorhergesehen hatte.

„Sie sprechen gerade von ihren Eltern!" stellte Inga fest.

„Kann man die denn Eltern nennen?" Nun wurde seine Stimme schneidend.

„Sie sind es." entgegnete Inga ruhig und bestimmt.

„Naja, auf jeden Fall war meine Mutter dann querschnittsgelähmt, das Kind mit dem sie schwanger war, wahrscheinlich von einem anderen, wurde aus ihr heraus geschabt, als sie fünf Monate im Koma lag. Mein Vater hat sie im Krankenhaus selber behandelt und seinen Kollegen und Krankenschwestern erzählt, er habe sie - durch den glücklichen Zufall, dass er unplanmäßig nach Hause kam - nach dem Sturz im Keller gefunden und Gott sei Dank retten können". Schlesinger blickte Inga direkt an.

„Und wie geht es ihnen, wenn sie das jetzt erzählen?" fragte sie. Ihr war entsetzlich übel geworden.

„Wie soll es mir gehen? Normal, es ist ja schon 20 Jahre

her!"

„Ach, Herr Schlesinger, wie traurig, dass wir an einer, für sie so belastenden Stelle jetzt die Therapie für dieses Jahr beenden müssen. Wie werden sie mit diesen Erinnerungen an den Feiertagen zurechtkommen? Haben Sie jemanden, zu dem sie gehen können?"

„Aber natürlich, machen Sie sich um mich keine Sorgen, Frau Reschke. Ich gehe zu meiner Schwester und bin bei ihr bis Dreikönig. Sie und mein Schwager betreiben einen großen Biohof im Elsass, da ist immer viel zu tun. Und die Kinder beschäftigen einen ja auch den ganzen Tag. Außerdem bin ich ein Meister im Verdrängen." Dann hatte er ihr eine riesige Packung „merci" überreicht, sich murmelnd „für alles" bedankt, „sie helfen mir wirklich sehr" und „Frohes Fest" gewünscht.

Schnell hatte sie das Fenster aufgerissen, sich geschüttelt, und war in die Küche gegangen, um sich ein Glas Wasser aus dem Hahn zu lassen und hatte dabei gemerkt, wie sich ihre Nackenhaare aufgestellt hatten. Während sie trank, hatte sie Schlesingers Geschichte vor Augen gesehen und sich gefragt, wie sie zu der passte, die er ihr am Anfang der Therapie aufgetischt hatte.

„Gar nicht!" hatte sie sich selber zur Antwort gegeben, „entweder er kommt an verdrängte Geschehnisse, die er jetzt zulassen und berichten kann oder er verarscht mich! Aber warum sollte er das tun und was hätte er davon?"

Der Skiurlaub brachte für Inga die erhoffte Erholung. Das Wetter war, wie sie es liebte, blauer Himmel, frostig mit griffigem Schnee. Die Pisten waren gut präpariert, so dass Inga mit den Freunden die gewohnten Abfahrten in großen Bögen und schönen Schwüngen genoss. Ab und zu lief sie mit ihrem Vater eine Loipe im Tal und mit ihrer Mutter einen

Wanderweg. Sie freute sich, dass es Beiden gefiel.

Hannes hatte im Mannheimer Revier die üblichen Einsätze: ein paar Unfälle auf schneeglatter Fahrbahn, ein paarmal häusliche Dramen in überspannter Weihnachtsstimmung, unerlaubte Schusswaffen an Silvester. Er ließ sich die Neuigkeiten aus dem Skiort, den er seit Kindheit kannte, schildern und richtete Grüße aus. Hier hatte er Skifahren und Snowboarden gelernt.

Sie aßen früh, erzählten noch ein wenig, Inga hatte ein paar Bücher dabei und ging früh ins Bett. Sie schlief zehn Stunden am Stück und spürte, wie ihre Kräfte langsam zurückkamen.

5

Das Neue Jahr begann in der Praxis für Moni und Inga mit frischem Elan, auch Moni war gut erholt von einer Reise zurück. Sie hatte Weihnachten mit ihrer Mutter bei Jonas und dessen Freundin im Bayerischen Wald verbracht. Jonas leitete dort ein Landratsamt und seine Partnerin war Rektorin der Grundschule. Nur Sarah ließ den Kopf hängen. Ihr Partner hatte sich an Heiligabend von ihr getrennt, die Feiertage waren dementsprechend trübe gewesen. Inga und Moni hatten den, ihrer Ansicht nach, verwöhnten und faulen Kerl zwar nicht leiden können und waren der Meinung gewesen, die Kollegin habe etwas Besseres verdient, aber Sarah war sehr verliebt gewesen. Sie versuchten sie aufzumuntern und zu trösten, so gut es ging.

Die Patientinnen und Patienten kamen wieder und füllten

kurz vor den vollen Stunden den Wartebereich im Flur, um dann ins jeweilige Behandlungszimmer „ihrer" Therapeutin geholt zu werden. Bei Ingas Leuten hatte es nur wenige besondere Vorkommnisse gegeben. Denn meistens war es mit der erarbeiteten „wie komme-ich-am besten-durch die-O, du fröhlichen Tage"-Strategie ordentlich ergangen. Eine junge Frau hatte sich wegen akuten Schneidedrucks einweisen lassen. Bei einem Patienten hatte sich die Rückfahrt aus dem Skiort wegen zu viel Schnee verschoben. Ein Patient war wegen eines gewalttätigen Alkoholexzesses in Ausnüchterungshaft gekommen und durfte sich nun seiner Freundin und deren Wohnung nicht mehr nähern. Schlesinger hatte sich auf dem Anrufbeantworter nicht gemeldet und kam - das erste Mal - nicht zur verabredeten Stunde am achten Januar, um 14:00 Uhr, seiner gewohnten Zeit.

„Vielleicht bist du in los, Inga" kam von Sarah.

„Sarah, wenn dem Patienten etwas passiert sein sollte, das wäre für Inga nicht ohne", wurde sie von Monika zurechtgewiesen.

Sarah verdrehte die Augen. „Ich werde ihn anrufen und fragen, was los ist, sagte Inga, ging in ihr Zimmer und setzte der Diskussion ein Ende.

Es dauerte einige Wochen, bis Inga wieder etwas von Schlesinger hörte. Auf mehrere Anrufe hin hatte er sich nicht gemeldet. Nach dem dritten Versuch beschloss Inga, es sein zu lassen und schrieb eine lange Aktennotiz über die letzte Stunde vor Weihnachten. Seine, trotz schwieriger Thematik, optimistische und sachliche Stimmung, ihre Frage nach Kontakten während der Festtage und dass keine akuten Zeichen für eine Gefährdung zu erkennen gewesen waren.

Die Kälte zog sich bis Fasching, der für die Narren nass,

ungemütlich und voller Schneeschauer war. Inga machte sich nichts aus dem Umzug, der in diesem Jahr in Ludwigshafen lief und dem Treiben um die Fressbuden rund um den Wasserturm und in den Planken. Stattdessen nutzte sie den Sonntag, um in der Praxis gemütlich ihren Jahresabschluss zu machen und ihre Akten auf den aktuellen Stand zu bringen. Sie hatte gerade begonnen, ihre Ausgabenbelege in kleinen Häufchen zu ordnen und mit einer Büroklammer zu heften, als das Telefon klingelte.

Inga hob ab.

Eine erstaunte Stimme meldete sich: „Was machen sie am Sonntag in der Praxis?"

„Arbeiten, Herr Schlesinger! Schön, sie zu hören, wie geht es ihnen?"

„Ich habe die letzte Stunde nicht abgesagt, dafür wollte ich mich entschuldigen und um einen neuen Termin bitten! Eigentlich wollte ich sie morgen in der Sprechzeit direkt anrufen, aber war mir unsicher wegen Rosenmontag. Deshalb wollte ich auf den AB sprechen - aber jetzt habe ich sie ja direkt." Er lachte unsicher.

Inga holte ihren Kalender. „Passt kommender Donnerstag, 14:00 Uhr?"

„Sie haben unseren Termin freigehalten?" frohlockte er.

„Herr Schlesinger, er ist nicht belegt, deshalb können sie ihn haben. Ja oder nein?"

„Ja natürlich", stieß er hervor, als ob es in der 34. Stunde, die er nun zur Therapie kam, um ein erstes Date von zwei Teenagern ging.

Inga trug den Termin ein, verabschiedete sich, verschob weitere Gedanken auf die kommende Woche und beendete die Berechnung ihrer Betriebsausgaben, zählte ihre Einnahmen zusammen und trug alles ins ELSTER-Programm des

Finanzamtes ein. Dann schickte sie es zu Michel, ihrem alten Kindergartenfreund. Er war Leiter der Finanzbehörde und würde noch einen Blick darauf werfen, bevor sie die Unterlagen in den Briefkasten „Mannheim Stadt" schieben konnte.

Die restlichen Faschingstage ging Inga mit einer Freundin in den Schwarzwald zum Langlauf. Die Loipen am Hundskopf waren gut gespurt, es schneite leicht, aber es brachte ihr, auch wegen der anschließenden Sauna in ihrem Studio, gute Erholung und Abwechslung zu ihrem Alltag in der Stadt.

Am Aschermittwoch morgen fiel Inga nichts ein, worauf sie verzichten hätte wollen während der Fastenzeit. Aber sie nahm sich vor, bei der Arbeit mit Schlesinger genauer und professioneller zu sein und sich nicht mehr durch seine kindlichen Appelle, seine Schmeicheleien und seine, immer wieder betörende männliche Schönheit, von ihrer Aufgabe abbringen zu lassen. Es schien ihr Vorhaben genug, diesen Patienten und sein Agieren endlich so zu erfassen, dass sie einschätzen konnte, woran sie mit ihm war. Bisher war er ihr wie ein glitschiger Fisch immer wieder entschlüpft.

Schlesinger kam pünktlich, wollte sich noch einmal entschuldigen.

Inga winkte ab. „Wie ist es ihnen denn seit unserem letzten Termin ergangen?"

„Gut, ich glaube mit der letzten Stunde haben sie mich geknackt, Frau Reschke! So gut wie seitdem, ist es mir schon lange nicht mehr gegangen. Ich habe keine Ängste mehr, kann wieder gut schlafen, bin gut gelaunt, kann mich bei der Arbeit konzentrieren, habe guten Appetit und − dabei blickte er sie schelmisch an − kann mich selber wieder gut leiden und traue mir wieder etwas zu."

„Ja, das freut mich aber sehr, dann hat ihnen die Therapiepause ja gutgetan!" Doch, statt nun zu sagen, dass er damit seine Ziele, die er zu Beginn formuliert hatte, erreicht habe und damit das Ende dieser undurchsichtigen Geschichte einzuläuten (wie es ihr Sarah und ihr Aschermittwoch Vorsatz raten würden), sagte sie: „und wie möchten sie jetzt weiterarbeiten, wie sind ihre weiteren Ziele?"

Schlesinger blickte sie an, als ob sie ihm einen Heiratsantrag gemacht hätte. „Nicht wahr, sie meinen auch, dass ich mit der Therapie weitermachen soll? Es gibt sicher noch einiges aufzuarbeiten und dann muss ja noch stabilisiert werden – das habe ich in „PSYCHOLOGIE HEUTE" gelesen." Und damit bekam sein Blick nur kurz etwas Treuherziges, dann etwas leicht Verschlagenes. Inga wusste nach dieser Stunde nur Eines: weder Moni, noch ihrer Intervisionsgruppe, schon gar nicht Sarah, würde sie davon erzählen. Vielleicht ihrem Supervisor, dem mit seinen bald 80 Jahren, nichts Menschliches bei Psychotherapeuten fremd war.

Inga fragte sich natürlich, warum sie sich diesen widerspenstigen Fall mit einem Patienten, dem sie im Grunde nicht traute, unbedingt ans Bein band. Ob sie mit ihren nun 58 Jahren ihre Arbeit mit so viel guter Routine machte, ihre Berichte und Gutachten gut gelaunt und zügig schrieb, sich mit ihren Kolleginnen gut verstand, ihr Sohn sie nicht mehr, ihre rüstigen Eltern sie noch nicht brauchten, dass ist ihr zu langweilig wurde? „Vieh, dem es zu wohl wird, geht aufs Eis!" hatte ihre Großmutter immer gesagt. War ihr zu wohl? Brauchte sie Enkelkinder? Einen neuen Mann? Eine neue Aufgabe? Eine neue Herausforderung?

War dieser Schlesinger eine Herausforderung? In den nächsten Wochen eher nicht. Er arbeitete brav an seiner

Zeit als Jugendlicher, berichtete davon, wie die Mutter nach der Behandlung im Krankenhaus mehrere Monate in Reha war und an seinem 16. Geburtstag als völlig neue Person - schlank, geschminkt, in modischer Kleidung - im Rollstuhl zurückkam. Sie hatte vorher alles für seine Feier organisiert. Sie wusste, wer von seinen Freunden kommen würde, sogar die Mädchen, die er eingeladen hatte, kannte sie beim Namen. Rosa, die Haushälterin, die sein Vater engagiert hatte, damit sie das Haus, ihn und die Schwester versorgte, musste die Mutter gut auf dem Laufenden gehalten haben. Rosa hatte ihr auch geholfen, das Erdgeschoss so einzurichten, dass sie sich völlig selbstständig bewegen konnte. Sie hatte sich das frühere Arbeitszimmer des Vaters als ihr Zimmer eingerichtet, eine Rampe in den Garten bauen lassen, über die sie nach draußen und in die Garage zu ihrem umgebauten Auto kam. Rosa blieb bei der Familie, half im Haushalt, half der Mutter bei allem, was die Querschnittslähmung an Pflege, Training, Massage, Hygiene und Therapeutenterminen mit sich brachte. Und sie arbeitete ihr zu, dass die Übersetzungen und Schreibarbeiten, die sie für einen Notar im Ort machte, immer termingerecht fertig wurden. „Wissen sie, vor dem Unfall war meine Mutter halt „die Mama". Für alles irgendwie zuständig im Haus. Aber, weil mein Vater sie immer unter dem Daumen hatte und sie vor uns als nicht so schlau hingestellt hat, haben wir sie nicht für voll genommen. Und dann, wenn das mit den Männern war, waren wir sauer auf sie und haben sie verachtet. Dass der Vater sich alles nahm, was er wollte, und alles tat, was er wollte, war für uns normal. Und weil er sich für so toll hielt, fanden wir ihn auch toll.

Nach dem Unfall änderte sich vieles. Meine Mutter war anders geworden. Obwohl sie mit ihrer Behinderung allen

Grund gehabt hätte, litt sie nicht mehr unter ihm. Sie war schön geworden, ihre Augen hatten einen lebendigen Glanz bekommen, ihre Haut war glatt und weich, ihre Haare glänzten und waren top geschnitten. Sie benutzte ein wunderbares Parfüm, das auch meine Schwester auftragen durfte, trug Make-up und zog sich mehrmals am Tag die Lippen nach. Anne machte gerade ihr Abitur und Mutter gab ihr den letzten Schliff. Wir wussten nicht, wie gut sie in Fremdsprachen war, wie viel sie gelesen hatte und wie gebildet sie war. Anne war selig in dieser Zeit. Wie zwei Freundinnen saßen die beiden zusammen, tranken Tee, gingen die Abi-Themen durch und Anne erzählte von ihren Freundinnen und Ralf, in den sie damals schon verliebt war und mit dem sie heute verheiratet ist. Mit mir verbrachte Mutter in den zwei Jahren danach viel Zeit. Anne wohnte noch zu Hause, machte mit Ralf ein freiwilliges soziales Jahr in einem Demeter Betrieb und war tagsüber lange weg. Auf mein Abi hin, lernte Mutter ebenfalls mit mir. Wir kochten zusammen, ich brachte meine Freunde nach Hause. Manchmal fragte sie, ob ich denn nicht auch einmal ein Mädchen mitbringen wolle. Aber bei mir lief nichts. Ich verliebte mich nicht und im Grunde wollte ich nur bei meiner Mutter sein. Ich verehrte sie und wollte von ihr die Dinge haben, die ich früher abgelehnt hatte: dass sie mit zu den Fußballspielen geht, mit mir Videos guckt und mit mir erzählt. Manchmal wurde es ihr zu viel, zum Beispiel wenn sie müde war, oder wenn sie mit Rosa allein sein wollte oder wenn sie sich mit Freundinnen treffen wollte. Sie fand es unnatürlich, dass ich so an ihr klebte. Ich wollte nur noch nachholen. Ich hatte sie so vermisst, als sie weg war und hatte Angst, dass sie nicht wiederkommen würde. Aber sie sagte oft: „ein so hübscher junger Kerl wie du hängt nicht ständig an Mamas Rockzipfel. Schau, was deine Freunde machen, such´ dir ein Mädchen, geh ins Training oder spiel Tennis mit deinem Vater."

Wenn er am Stück erzählt hatte, schwieg Schlesinger eine Weile und schaute vor sich hin.

Inga stupste ihn dann mit einer kurzen Frage wieder an: „und taten sie das?"

„Ja, das war das einzige, was wir damals noch miteinander machten. Tennisspielen." Dann blickte er in die Ferne, verlor sich, sein Blick ging nirgends mehr hin und es war ein inneres Bild, das ihn zum Schwitzen brachte.

„Was ist gerade da?" fragte Inga leise, aber mit fester Stimme, dann fragte sie es lauter und noch einmal lauter.

Endlich zwickte er sich in die Unterseite seines linken Armes, wandte ihr sein Gesicht zu, sah sie direkt an und sprach weiter: „wenn er gut drauf war, war es klasse. Er ist ein guter Sportler, im Spiel fair und ehrgeizig und er konnte es gut wegstecken, dass er gegen einen 18-jährigen nicht wirklich eine Chance hatte. Aber wir kämpften um jeden Punkt und hatten viel Spaß. Wenn er schlecht drauf war, war es unerträglich. Entweder jammerte er mir den Kopf voll - nun machte Schlesinger ein weinerliches Kind nach: „wenn mir deine Mutter doch verzeihen könnte und wir wieder ein richtiges Paar sein könnten! Und wenn sie wenigstens mit mir sprechen würde. Dabei habe ich sie gerettet. Kein anderer Arzt hätte sie wieder so hingekriegt!" Oder er war total wütend und schrie Dinge über den Platz. Wieder der Blick ins Weite.

„Ja?" ermunterte ihn Inga.

„Das tat er nur, wenn niemand außer uns in der Anlage war. Dann kamen Sätze wie: „diese Schlampe, noch nicht einmal im Rollstuhl lässt sie die anderen Kerle in Ruh. Mit diesem Notar hat sie bestimmt etwas. Und mich lässt sie nicht mehr ran. Dabei habe ich ein Recht darauf, ich bin schließlich ihr Mann!" Er war dann wie von Sinnen und ich konnte ihn in den Momenten nicht einmal hassen, denn er war so verzweifelt. Dass Rosa mit ihm schlief und ihn umsorgte, dass Mutter ihm keine Vorwürfe machte, aber auch nicht mit ihm sprach - außer guten Morgen, guten Abend, gute Nacht - und das freundlich, half ihm nicht. Manchmal habe ich gehört, wie er bei Rosa auch so Ausbrüche bekam, aber nur kurz, weil Rosa - so kannte ich sie nicht - ihm fest und kalt sagte, er solle mit dem Selbstmitleid aufhören und froh sein, dass seine Frau ihn nicht angezeigt habe. Und wenn er nicht sofort Ruhe geben würde, könne er schauen wo er bleibe. Und dann hielt er tatsächlich den Mund. Wenn er es bei meiner Schwester probierte, sagte die nur: „Papa, du bist erbärmlich!"

Aber bei mir konnte er sich auskotzen, ich konnte ihm nichts entgegensetzen. Ich habe mich oft gefragt, warum meine Mutter zurückgekommen ist und fand keine Antwort. Als ich schließlich Rosa gefragt habe - Mutter und sie waren wirklich eng - sagte sie mir: „ihretwegen und euretwegen. Eure Mutter will, dass ihr mit einem guten Eindruck und mit Achtung vor ihr ins Leben geht und sie weiß, dass ihr beide sie noch braucht und weil sie euch liebt. Und sie will, dass euer Vater sieht, dass es ihm nicht gelungen ist, sie zu zerstören. Ich glaube, sie hat unterschätzt, wie sehr er darunter leidet, dass sie sich von ihm gelöst hat." Dann hat sich Rosa umgedreht und hat weiter Zwiebeln für die Rouladen geschnitten.

Miteinander unter einem Dach zu wohnen, nach so einer Sache erschien mir immer absurder. Mama und Rosa schienen es o. k. zu finden, denn solange es so war, hatten sie einander. Wenn Mutter ausziehen würde - sie hatte geerbt und war von Vater absolut unabhängig geworden - würde Rosa im Haus bleiben. Uns allen war klar, dass Vater nicht alleine würde bleiben können.

Als ich nach dem Abitur Zivildienst in einem Kinderhort in der Nähe machte, begann Mutter eine Wohnung zu suchen. Und als ich dann in Mannheim zu studieren begonnen hatte, zog sie in eine schicke Dreizimmerwohnung mit Aufzug und Terrasse, wo sie sich selber versorgen konnte. Ein Zimmer richtete sie für Anne und mich ein, damit wir, wenn wir wollten, bei ihr übernachten konnten. Dann ließ sie sich scheiden. Vater war am Boden zerstört. Er konnte nicht mehr arbeiten und es ging ein Jahr, bis er wieder einigermaßen ansprechbar war. Dass Rosa bei ihm geblieben war, konnte er erst mit der Zeit schätzen und er versuchte sie gut zu behandeln. Wahrscheinlich hatte er Angst, dass sie ihn sonst verlassen würde."

An dieser Stelle war Schlesinger wieder weggerutscht und es vergingen fast zehn Minuten, bis Inga ihn zurückholen konnte.

„Hier liegt der Hase im Pfeffer" dachte Inga „es hat mit seinem Vater und der Angst vor dem Verlassen werden zu tun. Ach Gott, wie trivial. Warum aber muss Schlesinger dann deswegen dissoziieren, er war doch schon fast erwachsen, als das alles passiert ist." Ihr Supervisor mahnte sie zu Geduld und empfahl kleine Schritte beim weiteren Vorgehen.

Schlesinger Stunden waren nun nicht anstrengender als die der anderen Patienten. Er explorierte sich, sprach über seine Erlebnisse zwischen den Stunden, schien sozialer und umgänglicher zu werden, konnte von innerer Gelassenheit und Freude berichten und er war dankbar, dass er keine

Ängste mehr hatte und gut schlafen konnte. Und Schlesinger machte keine Spielchen mehr, versuchte nicht mehr zu gefallen. Nach der Weihnachtspause hatte er aufgehört ihr zu folgen und verhielt sich der positiven therapeutischen Entwicklung entsprechend selbstbewusst und selbstsicher.

Eigentlich hätte Inga mit dem Verlauf zufrieden sein können, aber sie traute dem Frieden nicht und Schlesinger dissoziierte nach wie vor. Dann begann er von schrecklichen Albträumen zu erzählen. Dass eine blutüberströmte Frau bei ihm klingeln würde und wenn er ihr öffnete, sie an ihm vorbei ginge und durch alle Räume wandere. Dass er in seiner Spüle Blut sähe. Dass er seinen Schrank öffnen würde und eine, in ein Laken gehüllte Gestalt heraus kippe. Dass er renne, renne, renne.

Und Schlesinger begann, sich wieder zu vernachlässigen. Seine Anzüge waren wieder zerknittert, er schwitzte und roch nach altem Schweiß. Nachts schien er wenig oder schlecht zu schlafen. Seine Augen lagen in schwarzen Höhlen, seine Haut war fahl und wirkte abgestanden. Wenn er nicht gerade abwesend war, brachte er - fahrig, wie er inzwischen wieder geworden war - kaum einen zusammenhängenden Satz heraus.

Langsam bekam es Inga mit der Angst zu tun. Sie besprach den Verlauf in ihrem Qualitätszirkel, dort waren sich die Kollegen uneinig, ob es auf eine Psychose oder einen trauma getriggerten dissoziativen Stupor hinauslaufen würde.

Sarah sagte nur: „Schick ihn stationär, in einer Woche ist Ostern, dann weißt du wenigstens, dass er über die Feiertage gut aufgehoben ist! Deine Nerven möchte ich haben, den hätte ich schon längst abgeschossen."

6

Als Inga am Wochenende darauf mit Hannes und Nina über den Ostermarkt in der Kunststraße ging und dabei war, einen dekorierten Osterkranz auszusuchen, stand plötzlich Schlesinger vor ihr. Er sah erbärmlich aus, als ob er seit Tagen nicht aus seinem Anzug gekommen wäre und nicht geschlafen hätte.

„Guten Tag, Frau Reschke, dass ich sie auch mal außerhalb der Praxis treffe," sagte er und schien sichtlich froh zu sein, sie zu sehen. Sie wechselte noch ein paar Worte mit ihm, verabschiedete sich und bemerkte, wie Hannes ihm hinterher schaute. Er hatte früh gelernt, nicht zu fragen, wenn seine Mutter jemanden, ihm unbekannten, traf. Dieses Mal sagte er: Ma, den kenne ich. Vor etwa drei Jahren war er derjenige, der als Hauptbelastungszeuge in einem grauseligen Frauenmord ausgesagt hat. Da hat er aber anders ausgesehen, geschleckt, wie einer aus der Boss-Werbung. Ohne seine Aussage hätte der Mörder - der Ehemann des Opfers - nicht verurteilt werden können." Inga musste lächeln, Hannes war in seinen Polizei-Duktus verfallen und klang damit offiziell und respekteinflößend.

Als sie eine Stunde später bei Hannes und Nina in der Küche stand und den gekauften Osterzopf aufschnitt, kam Hannes herein und goss den Kaffee auf, den er schon immer mit Hand filterte, wobei er sein eigenes ausgeklügeltes Brüh-System hatte.

„Hannes, was war das, was du vorhin über den Mann gesagt hast, der mich auf dem Ostermarkt angesprochen hat. Darfst du darüber sprechen?"

„Aber ja, es stand ja alles in der Presse" antwortete er und fuhr fort: „also, das betreffende Delikt ging vor drei Jahren durch die Zeitungen. Du hast es damals auch mitgekriegt, Mama. Wir haben nämlich darüber gesprochen und du hast mir erklärt, wie es zu Affekttaten kommt. Und wie es sein kann, dass sich Täter nicht an die Tat erinnern können, weil sie den Tathergang abspalten."

Inga dachte nach, aber konnte sich nur ganz blass erinnern. „Und was ist passiert?"

„Zufällig war ich damals mit auf Streife, weil bei dem Streifendienst eine Erkältungswelle gewütet hat", er grinste „und deshalb bin ich eingesprungen, um mit Fabi eine coole Nacht zu haben und ein bisschen zu zocken. Aber daraus wurde nichts. Nachdem wir die Plätze abgefahren hatten, wo es oft knallt, sind wir zum Hauptbahnhof, haben uns auf den Vorplatz gestellt und wollten ein wenig Chillen, das heißt" er grinste wieder „wir wollten systematisch an einem neuralgischen Punkt, wo es häufig zu Übergriffen kommt, observieren. Kaum hatten wir geparkt, sahen wir einen Mann, der sich auffällig verhielt. Mittleres Alter, Mütze, Grubenlampe, sportlich angezogen, Joggingschuhe, als ob er gerade vom Laufen käme. Aber er schwankte, schrie, seine Augen waren aufgerissen, er warf sich auf den Boden, wälzte sich herum. Es war schon 23:00 Uhr und dunkel, am Bahnhof war nicht mehr viel los, trotzdem blieben Passanten besorgt stehen. Er wimmerte regelrecht: „Nein, nein, sie ist tot, sie ist tot".

„Wie du das alles noch so genau weißt" staunte Inga.

„Mama, so was haben Fabi und ich da zum ersten Mal erlebt, wir waren ja gerade mit der Polizeischule fertig. Dann haben wir einen Notarzt angefunkt, der ihm eine Beruhigungsspritze gegeben und ihn auf die Geschlossene eingewiesen hat. Ungefähr zwei Stunden später ging ein Notruf ein. Leute vom Lindenhof hatten beim nach Hause kommen eine offenstehende Tür bemerkt und die Nachbarin tot aufgefunden. Der Ehemann war nicht zu Hause, er lief oft noch abends eine Tour durch den Waldpark mit Stirnlampe. Das war die Beschreibung des Mannes, den wir am Hauptbahnhof aufgegriffen haben. Als er am nächsten Tag einigermaßen vernehmungsfähig war, konnte er sich nur daran erinnern, dass er gegen 22:00 Uhr nach Hause gekommen war, dass seine Frau schon tot war und neben der Couch in einer Blutlache im Wohnzimmer auf dem Boden lag. Er sei dann entsetzt aus der Wohnung gerannt, wohin wusste er nicht mehr. An weiteres hatte er keinerlei Erinnerung. Die Befragung der Nachbarn erbrachte, dass die Ehe ziemlich im Eimer war. Er war immer wieder ausgerastet, hatte seine Frau geschlagen und geschüttelt. Vorher war sie zweimal zu den Nachbarn geflüchtet und habe ihnen erzählt, dass sie sich trennen und zu ihrem Liebhaber ziehen wollte. Aus Angst, er würde sie beide umbringen, hatte sie sich nicht getraut, ihm etwas zu sagen.

Der Lover, eben dieser Typ von heute Nachmittag, damals ein glatt rasierter Schnösel, Bänker glaube ich, war am Boden zerstört. Er weinte und machte sich furchtbare Vorwürfe, weshalb er die Freundin nicht früher zum Auszug gedrängt hatte, dann wäre es nicht passiert, bla bla bla."

Inga blickte auf.

„Na ja, irgendwie habe ich ihm nicht getraut, ein falscher Fuffziger. Weißt du, einerseits so betroffen und verzweifelt - andererseits die Aussagen, die den Ehemann belasteten und ihn entlasteten, so absolut präzise, dass es wie konstruiert klang. Aber vielleicht war er mir auch so unsympathisch, weil er so ein Schönling und so aalglatt war. Auf jeden Fall bestätigte er die Aussagen der Nachbarn, zeigte Fotos auf dem Handy von früheren Verletzungen, die der Ehemann seiner Frau beigebracht hatte. Und er hatte ein Alibi. Er war zur berechneten Tatzeit bei einem Kunden und hatte den bei einem Umschuldungsprozess beraten. Interessehalber habe ich überprüfen lassen, wie die Beratung ausgegangen ist. Der Kunde konnte einen alten Kreditvertrag mit hohem Zins kündigen und erhielt einen neuen Vertrag mit lächerlich niedrigen Zinsen, wie sie kein Angestellter hätte anbieten dürfen. Aber als Chef konnte der Typ so kulant sein, wie er wollte, ohne eins auf den Deckel zu bekommen. In der Sache ging es um ein paar Millionen, dem Kunden war das Wasser bis zum Hals gestanden und mithilfe des Bankers konnte er seine Firma retten. Hat sich inzwischen auch wieder berappelt. Das Ganze hat mir natürlich nicht geschmeckt, aber mein Chef sagte, daraus könne man nichts machen. So wurde der Ehemann in einem Indizienprozess wegen Körperverletzung mit Todesfolge verurteilt. Soweit ich weiß, bestreitet er bis heute die Tat. Er sitzt in Bruchsal, hat acht Jahre gekriegt."

Der Kaffee war durchgelaufen, Nina hatte den Tisch gedeckt, Inga trug den Hefezopf zum großen Esstisch im Wohnzimmer, dessen Erkerfenster auf die Max-Joseph-Straße gingen. Es regnete inzwischen und die nassen Pflastersteine leuchteten auf, wenn ein Auto langsam durch die verkehrsberuhigte Straße fuhr.

„Mama, kommst du?" fragte Hannes und schenkte ihr Kaffee ein. Sie warf eine Süssette dazu, füllte mit Milch auf, setzte sich und rührte gedankenverloren in ihrer Tasse.

„Mudder, was 'n los?" fragte er, als er sah, wie abwesend sie war.

„Hannes, ich weiß es nicht, aber irgendwie habe ich ein

komisches Gefühl. Es hat mit diesem Patienten zu tun, diesem Zeugen. Im Moment kann ich nicht mehr dazu sagen, ich glaube, ich muss darüber nachdenken."

„Jetzt langt es aber!" schaltete sich Nina ein. Ihr habt jetzt Freizeit, ihr beide! Lasst uns lieber überlegen, was wir an Ostern machen."

Und damit war das Thema Schlesinger erst mal vom Tisch.

Natürlich arbeitete es in Inga. Sie konnte in der Nacht kaum schlafen, so sehr beschäftigte sie es, warum Schlesinger nie davon gesprochen hatte, dass seine frühere Geliebte umgebracht worden war. Das war doch merkwürdig. Und das mit dem „Falschen Fuffziger"! Das traf es irgendwie ganz gut. Sie hatte ihm gegenüber ja auch immer das Gefühl gehabt, dass er irgend etwas zurückhielt. Inga war verwirrt und genervt. Wie sollte sie weitermachen? Ihn konfrontieren? Er würde lachen und abstreiten. Ihn seine Geschichte weitererzählen lassen und so tun, als wüsste sie von nichts? Dabei hoffen, dass er sich verriet? Ihn endgültig rausschmeißen, weil sie ihm immer weniger traute?

Sie entschied sich dafür, ihn weiter erzählen zu lassen. Er berichtete, wie seine Mutter zwei Jahre nach dem Auszug, den Notar, für den sie arbeitete, heiratete, was ihn sehr beschäftigt habe. Einerseits habe er den Notar, der zwölf Jahre jünger war als sie, nicht verstanden. Also was der als Mann von einer behinderten Frau wollte und dabei sah er gut aus. Andererseits fühlte er sich von der Mutter endgültig verlassen und verraten. Oft fragte er sich, ob sie schon vor dem Treppensturz etwas mit ihm gehabt habe. Wenn er sich vorgestellt habe, wie die beiden Sex miteinander hatten - dabei sah er Inga direkt an, die Augen in dem Moment dunkel,

169

fast schwarz - dann seien ihm die Bilder vom Sturz gekommen. In diesen Phantasien habe **er** dann die Mutter die Treppe hinuntergestoßen, wieder und wieder und es habe Spaß gemacht.

Denn letzten Satz spuckte er Inga geradezu ins Gesicht, den Mund verzerrt, voller Schaum, voller Wut.

„Es gibt unbedingte Liebe bei ihnen und unbändigen Hass, nicht wahr? Nichts dazwischen. Entweder, oder! Schwarz oder weiß!"

„Ja, sie schlaue Psychologin", nun kräuselten sich seine Lippen verächtlich „so langsam kapieren sie, was mit mir los ist. Ich hasse sie dafür, dass sie mich dazu bringen, diese Dinge zu erzählen."

„Und doch kommen sie immer wieder zur Therapie, Herr Schlesinger. Sie müssen das hier alles nicht, keiner zwingt sie dazu" entgegnete Inga, nun ganz ruhig und ganz konzentriert geworden.

„Aber ich möchte die Bilder loswerden, die Albträume und die Unruhe. Machen sie das, ohne dass ich so viel über mich erzählen muss." Nun klang seine Stimme weinerlich.

„Sich den Pelz waschen, ohne nass zu werden, das geht nicht Herr Schlesinger. Ich weiß nicht, was es ist, was sie so wütend macht und gleichzeitig so ängstigt, aber wenn es ihnen besser gehen soll, werden sie es anschauen müssen. Und nun sind wir am Ende der Stunde, nächste Woche sehen wir uns um die gleiche Zeit wieder. Auf Wiedersehen." Damit war er entlassen.

„Na", dachte Inga, „langsam kommen wir zu des Pudels Kern. Und er kann die Gefühle zeigen, die Gedanken aussprechen und sich wütend und ängstlich verhalten, ohne wegtreten zu müssen, das ist schon mal gut. Aber dass er dabei einen solchen Hass auf mich hat, vermutlich weil er fürchtet, die Kontrolle zu verlieren, das gefällt mir gar nicht."

Als sie den Kolleginnen davon berichtete, sahen sich die beiden an, blickten zu Inga und sagten wie aus einem Mund: „mit dem bleibst du nicht mehr allein in der Praxis!".

Über seine Aggressionen zu sprechen, schien Schlesinger zu entlasten, er wurde wieder stabil und organisiert. Und es war, als ob sich eine Episode seines Lebens nach der anderen hocharbeiten wollte, in der er sich gekränkt und verlassen gefühlt und in Folge dann aggressiv und gewalttätig reagiert hatte. Wie er sagte, nur in Gedanken.

Inga wäre mit dem Verlauf zufrieden gewesen, wenn sie hätte beobachten können, dass die Entlastung zu größerem vertrauensvollem Einlassen und zur Beruhigung, ja letztlich zu mehr positiven Gefühlen ihr gegenüber, die ihn auf diesem steinigen Weg unterstützte und hielt, geführt hätte.

Aber das Gegenteil war der Fall. Je mehr er in den Stunden ablud, desto unzufriedener und wütender mit ihr wurde er. Inga wusste, dass er inzwischen seine inneren Verließe kannte, denn er dissoziierte nicht mehr, stattdessen schwieg er manchmal die Hälfte der Stunde, um dann triumphierend zu gehen. Seine Stimmungen wechselten von Euphorie zur tiefen Verzagtheit. Von Freude, sie zu sehen, zu blankem Hass. Inga war sich nun sicher, dass es zwischen Schlesinger und ihr zu einem Machtkampf gekommen war, den Schlesinger gewinnen wollte. Als er bemerkte, dass sie sich von seinen wütenden Tiraden nicht einschüchtern ließ, versuchte er sie wieder zu umgarnen und zu manipulieren, indem er vordergründig an sich zu arbeiten schien, aber seine Gefühle kontrollierte. Obwohl in ihrem Verhalten freundlich-neutral, stellte Inga bei sich in Gedanken fest, dass sie

„ihn stellen wollte" und sie verordnete sich größte Vorsicht.

Schlesinger hatte mittlerweile von Beziehungskonflikten berichtet, in denen er sich so provoziert gefühlt hatte, dass ihm die Hand ausgerutscht war. Er geriet in einen Zwang, vielleicht, um ihr zu drohen, in den Stunden von Kontroll-verlusten zu sprechen und gewalttätige Entgleisungen zu be-richten - dies aber vielleicht auch darauf hoffend, dass Inga als seine Therapeutin Verständnis zeigen und ihn entlasten würde.

Genau das tat sie nicht und die Zeit zwischen den Stunden musste für Schlesinger unendlich quälend sein, denn er rief immer wieder ihre Nummer an. Manchmal sprach er auf den Anrufbeantworter, oft aber nicht.

Inga hatte derweil einen guten Sommer, es gelang ihr, sich von Schlesingers Kampf gegen sich selber abzugrenzen. Sie genoss die Arbeit mit ihren unkomplizierten Patienten, die gute Fortschritte machten. Die ihr Freundlichkeit, Dankbar-keit und manchmal sogar Liebe entgegenbrachten, wenn sie sich durch anstrengende Gefühlsarbeit von leidvollen Kon-flikten und Schmerzen erlöst fühlten.

Im Juni blühten Ingas Rosen in einer Pracht, dass sie in-nerlich jubilierte und Tränen der Freude in die Augen be-kam, wenn sie zwischen ihren Rosenbüschen hin und her ging. Sie war dann trunken von den Düften der Louise O-dier, der Frederic Mistral und der Othello, die tief pink rot, fast violett verblühte. Sie ging kaum noch weg, sondern lud ihre Eltern, die Freundinnen, Hannes und Nina, sogar ihre kollegialen Intervisionsgruppen in ihren Garten ein. Nur ih-rem alten Supervisor mutete sie den Weg nicht zu. Sie ging alle vier Wochen zu ihm, um den Therapieverlauf ihres Problempatienten zu besprechen.

Die Stunden mit ihm wurden nervenaufreibend. Wie in einer Beichte rang sich Schlesinger Schilderungen über seine gewalttätigen Ausfälle gegenüber Freundinnen, aber auch gegenüber Zufallsbekanntschaften mit denen er im Bett landete, ab. Langsam trieb es ihn auch dazu, über seine sexuelle Erregung zu reden, die er dabeihatte. Wenn Inga fragte, ob die Frauen von seiner Gewalt ebenfalls erregt waren - hier sprach sie sachlich, interessiert und völlig wertfrei - schaute er sie entgeistert an und antwortete: „dann wäre für mich der Spaß vorbei gewesen!"

„Es macht sie also geil, wenn Frauen leiden?" Inga blieb völlig neutral.

Sofort schnappte er ein: „das finden sie wohl widerlich, wie?" Und da war er wieder, der blanke Hass, weil er sich etwas hatte entlocken lassen, was sie nicht wissen sollte.

„Ich möchte gar nicht werten, wie sie dabei empfinden. Aber ich frage mich, wie es kommt, dass es so erregend für sie ist, eine Frau, die sie eigentlich mögen, leiden zu sehen!"

Nun schien Schlesinger wieder ruhiger zu werden. „Ich weiß es nicht. Es war schon immer so, vom ersten Mal an."

Inga schwieg, sah ihn ermutigend an.

„Ich glaube, es lag an den Bildern, die ich beim ersten Mal, als es mir gekommen ist, gesehen habe." Dann schwieg er für den Rest der Stunde.

Es dauerte drei Wochen bis Schlesinger den nächsten Termin hatte. Inga war über die Pfingsttage mit den Eltern in Wien gewesen. Außerdem waren zwei Sitzungen ausgefallen, weil Schlesinger nicht gekommen war. Inga fragte sich, ob dies die letzte Krise war, bis er die Karten endlich auf den Tisch legen würde.

Als sie zur nächsten verabredeten Therapiestunde öffnete, erkannte sie Schlesinger kaum.

Die Haare fettig und verfilzt, die Schuhe verdreckt ohne Schnürsenkel, ungewaschen, die Augen verklebt und in tiefen Höhlen, die Hose verschmiert und die Jacke zerrissen, roch er nach Schweiß, Urin und Kot, er musste die letzten Wochen taumelnd auf der Straße verbracht haben.

Inga bat ihn seine Schuhe auszuziehen, gab ihm ihre Wintersocken, legte ein großes Handtuch über den Patientensessel und hieß ihn, sich zu setzen.

Der Blick stumpf, die Lippen rissig, gurgelte er etwas heraus, was sie nicht verstand. Sie sah ihn fragend an.

„Wasser".

Sie holte ihm ein Glas, gab es ihm in seine schmutzige rechte Hand mit schwarzem Dreck unter den Fingernägeln.

„Was ist mit ihnen Herr Schlesinger. Sie sehen aus, als ob sie seit unserem letzten Termin kein Bett, kein Bad, nichts zu essen und zu trinken gehabt haben." Inga sprach leise, aber deutlich und dies kostete sie große Mühe. Am liebsten hätte sie Schlesinger in eine warme Badewanne gesteckt, mit viel Schaum und hätte ihm die Haare und seinen ausgemergelten Körper gewaschen, wie sie es bei Hannes getan hatte, wenn er als Junge vom Fußballtraining kam, voller November-Sudel, der sich auf dem Hartplatz verteilte und die Jungs in schlammverkrustete braune nasse Zwerge verwandelte.

„Ich möchte ihnen etwas sagen. Ich muss es, obwohl ich es nicht will. Ich krepiere noch daran, wenn ich es nicht sage. Egal, was passiert, ich muss es sagen. Aber," hier blitzte etwas boshaftes Berechnendes in seinen Augen auf „sie haben ja Schweigepflicht, sie dürfen ja gar nichts weitererzählen. Ha, dann sind sie diejenige, die damit klarkommen muss. Und ich hab es los", stammelte er.

Inga erstarrte und versuchte sich nichts anmerken zu lassen. Dann öffnete sie das Fenster, frische, kalte Luft strömte herein.

„Sprechen Sie!"

Schlesinger hatte die letzten Wochen vermutlich mit niemandem gesprochen. Seine Stimme krächzte und fiel ab und zu aus, dann wiederholte er den Satz.

„Vor vier Jahren habe ich die Liebe meines Lebens kennengelernt. Annika. Sie kam als Sachbearbeiterin von Auslandskrediten in die Bank. Sie war nicht das, was man hübsch oder schön nennt, aber sie fiel mir sofort auf. Kaum war sie in der Abteilung, ging es dort freundlicher zu, es war heller im Raum und alle waren fröhlicher. Wenn ich in die einzelnen Bereiche kam als Chef, hörten die Leute auf zu reden, es wurde still und ich merkte, dass sie mich lieber von hinten als von vorne sahen. Ich fühlte mich oft einsam. Bis Annika kam. Sie nahm mich wie jeden anderen in ihr frohes Leben auf. Sie hatte keine Scheu, war offen und von einer Lebendigkeit, die ansteckend war. Ich versuchte mich mit ihr zu verabreden, was sie jedes Mal ablehnte, weil sie verheiratet war. Aber ich blieb dran. Ich umwarb sie und achtete darauf, dass es niemand mitkriegte. Ich habe mich vorher und nachher noch nie so bemüht, mich in jemanden hinein zu versetzen und mir Dinge auszudenken, von denen ich annahm, sie würde sie mögen. So ging es monatelang. Und langsam begann sie in mir mehr zu sehen. Ich sah es an ihrem Blick, ihrem Gang, ihrem Lachen. Dann begegneten wir uns zufällig außerhalb der Bank. An einem Samstagabend war ich ins Kino gegangen und da war sie zufällig auch. Allein. Ich ging zu ihr und fragte sie, ob ich mich neben sie setzen dürfe. Wie ein pickeliger Siebzehnjähriger kam ich mir vor, der das Mädchen trifft, von dem er weiß, dass ihr Marktwert viel höher ist als sein eigener und er sich keine Hoffnung zu machen braucht.

Vom Film habe ich nicht viel mitgekriegt, es war der Medicus, glaube ich. Ich war wie bezaubert und habe heimlich immer wieder zu ihr rüber geschielt. Natürlich hat sie es bemerkt und dann zurück gelächelt. Dann sind wir noch was trinken gegangen und haben erzählt. Danach haben wir uns einmal in der Woche getroffen. Ich war glücklich, sie war die erste Frau, bei der ich mich wohl gefühlt habe, weil ich sein durfte, wie ich war. Ängstlich, unsicher, ein Mamakind und bis heute verwirrt von dem, was ich als Kind von der Ehe meiner Eltern mitgekriegt habe. Ungeübt mit Frauen und gemein, weil ich mich immer vor ihnen gefürchtet habe oder Angst hatte, verlassen werden. Wenn ich die Frauen gequält oder geschlagen habe und ihnen wehgetan habe, dachte ich, wenn ich sie beherrsche, kann mir nichts passieren und ich habe sie in der Hand.

Bei Annika war alles anders. Anfangs haben wir gar nicht miteinander geschlafen, sie hat mich gehalten und wir haben erzählt, erzählt, erzählt. Und als es dann dazu gekommen ist, war es so selbstverständlich, so stimmig, so zart, witzig und voller Vertrauen. Und ich hatte das erste Mal das ganz tiefe Gefühl, alles an mir ist in Ordnung, ich muss keine Angst haben, muss nichts leisten. Ich musste nicht gemein und bösartig sein, um geil zu werden. Und ich konnte kommen und hatte wie von selber die seligsten Gefühle, keine Bilder, keine Wut.

Ich habe sie bekniet, zu mir zu kommen, sie angefleht, sich von ihrem Mann zu trennen und zu mir zu ziehen. Er hat gemerkt, dass etwas nicht stimmt, dass sie einen anderen hat. Er war so verzweifelt bemüht, dass sie bei ihm bleiben sollte, so eifersüchtig, dass er, obwohl er nie gewalttätig gewesen war, ausgerastet ist, wenn Annika ihm nicht versprechen konnte, bei ihm zu bleiben und Bedenkzeit brauchte. Sie war so geduldig mit ihm und mir. Sie warf ihm die blauen Flecken nicht vor, wenn er sich zu heftig aufregte. Und sie musste ein paar Mal zu den Nachbarn flüchten um die Situation zu entschärfen. Aber ich bin sicher, dass sie bei ihnen kein böses Wort über ihn gesagt hat. Sie hat ihnen auch nicht gesagt, dass sie zu mir wollte und sich aus Angst nicht trennen wollte. Das habe ich später den Nachbarn beigebogen, dass er in schlechtem Licht dastehen sollte."

An dieser Stelle stoppte Inga seinen Redefluss behutsam. Der Patient war völlig erschöpft und die Stunde war um. Sie sagte Schlesinger, dass er die Socken behalten dürfe, bestellte ihn auf den nächsten Tag um 10:00 Uhr und brachte ihn zur Tür. Die beiden Patientinnen, die im Wartebereich saßen, blickten kurz auf, wandten ihre Blicke schnell ab und versuchten ihren Ekel über den Geruch, den Schlesinger verströmte, zu verbergen. Als er draußen war, stopfte Inga das Handtuch in eine Plastiktüte, knotete sie zu und riss alle Fenster auf. Zusätzlich sprühte sie Raumduft durch Flur und Zimmer, dass es roch wie in einer amerikanischen Kaufhaustoilette. Sie wusch sich sorgfältig die Hände mit viel Schaum, am liebsten hätte sie geduscht, aber der nächste Patient würde gleichkommen. Die Patientinnen, die schon im Wartezimmer saßen, schlichen sich verlegen zu Moni und Sarah, die entgeistert ihre Nasen rümpften und schnell mit ihnen im Zimmer verschwanden.

Inga war in ihrem Kopf klar konzentriert wie noch nie. Nun galt es, einen ruhigen Schritt nach dem anderen zu machen und - wie bei einem Kletteraufstieg - jeden Schritt zu prüfen und sich vor jedem weiteren Vorwärtsgehen zu sichern.

Sie hatte eine lange Mittagspause. Die drei Stunden nutzte sie um einen Spaziergang zu machen, sich bei Hannes im Präsidium anzumelden und mit ihm eine Stunde lang - sie erregt und bestimmt, er sachlich und bestimmt - zu diskutieren. Danach, Hannes verabschiedete sie mit „oh, Mudder, wenn das mal gut geht!"Dann musste sie sich stärken, um für die weitere Arbeit am Nachmittag fit zu sein. Das erste Mal aß sie die Riesenportion „Schnitzel, Bratkartoffeln und Salat" im „Starcks" auf.

Am nächsten Morgen kam Hannes um 9:30 Uhr in die Praxis. Früh genug, um von den 10:00 Uhr Patienten nicht gesehen zu werden und ging in die Küche. Dort schaute er, wie Jonas und er es als Jungs immer gemacht hatten, in die große Blechdose mit den Süßigkeiten (Nervennahrung nach anstrengenden Stunden) und fischte drei Dublos heraus, die er sich nacheinander in den Mund schob.

„Vielleicht kommt er auch nicht," sagte er kauend, aber da klingelte es. „Ich bin vor deiner Tür!" Inga nickte und öffnete. Schlesinger schien besser beieinander zu sein als am Tag vorher. Frisch geduscht, sauber angezogen, der Blick schien heller. Sie gingen ins Zimmer, er nahm wie immer in seinem Sessel Platz, so, als ob nichts gewesen wäre.

Kaum hatte sich Inga gesetzt, begann er zu reden - schnell, stotternd, sich immer wieder verhaspelnd - als ob er das, was er sagen wollte, nicht schnell genug loswerden konnte.

„Also an jenem Abend habe ich vor ihrem Haus gewartet. Es war schon dunkel, aber ich wusste, dass ihr Mann jeden Abend um neun noch eine Stunde in den Waldpark zum

Joggen ging. Als ich ihn herauskommen sah, klingelte ich bei Annika, die geweint hatte und erschrak, als sie mich sah. Gleich hatte ich ein ungutes Gefühl. Sie schloss die Wohnungstür und sagte: Rupert, es tut mir leid. Aber ich kann meinen Mann nicht verlassen. Uns verbindet zu vieles und ich musste mich entscheiden, sonst gehen wir alle drei kaputt".

Mit einem irren Blick sprach er weiter „dann habe ich geschrien: „und so gehe nur ich kaputt, ist es das, was du willst, du elende Dreckschlampe und habe auf sie eingeschlagen. Als sie gestürzt ist und auf der Ecke des Couchtisches aufschlug, sah ich noch ihren Blick - erstaunt, voller Verständnis und überhaupt nicht erschrocken, so als wollte sie sagen: „tu das nicht, mein Lieber" und das ruhig und liebevoll - wie Annika immer war und ich glaube auch gar nicht anders sein konnte."

Dann begann Schlesinger zu weinen - das erste und einzige Mal in der Zeit, in der Inga ihn kannte.

Plötzlich waren seine Tränen verschwunden und er sprach weiter in eisigem Ton. „Dann lag sie da, der Kopf war aufgeplatzt und sie blutete wie ein Schwein. Ich hatte einen solchen Hass, dass ich sie noch ein paar Mal in die Seite trat. Nein, nicht ich sollte kaputt gehen, sie und ihr dappiger Ehemann sollten dran glauben. Und das geschieht den beiden grad recht."

Nun war wieder seine verächtliche Fratze da, mit dem linken Teil des Mundes, der ganz leicht herabhing und dem Doppelkinn, was ihn so hässlich machte.

Inga war ruhig wie noch nie. „Und wie wollen sie damit weiterleben? Sie haben einen Menschen umgebracht und dafür gesorgt, dass ein unschuldiger Mensch zu Unrecht verurteilt worden ist und im Gefängnis sitzt."

179

Schlesinger lachte höhnisch. „Das ist jetzt ihr Problem, sie super schlaue Frau Reschke, jetzt können sie schauen, wie sie damit klarkommen." Sein Blick war fest, er schien überzeugt von dem, was er gerade ausstieß.

„Herr Schlesinger, stellen sie sich, nur dann werden sie ihren Seelenfrieden finden. Wenn sie möchten, begleite ich sie". Inga sprach mit Wärme, Überzeugung und Festigkeit und sah ihn direkt an.

Schlesinger begriff schlagartig. Inga sah es an seinem Blick.

„Ha, du falsche Fotze, das ist es, was du willst, mich verraten und der Polizei ausliefern." Und schon hatte er seine Hände an ihrem Hals und würgte sie. Dabei kippte ihr Stuhl nach hinten. Sie fielen beide zu Boden, seine Hände drückten immer fester zu, seine Augen waren blutunterlaufen, sein Speichel tropfte auf ihr Gesicht.

Dann wurde er von ihr weggerissen, Hannes und Sarah lagen auf ihm und zogen ihn von ihr.

„Du Fotze, du elende Fotze, du Dreckschlampe, du bist auch wie alle anderen, ich habe es von Anfang an gewusst."

„Und jetzt halten sie den Mund!" Es war Hannes Stimme, die das sagte, während es ihm gelang, Schlesinger Handschellen anzulegen. Zwei uniformierte Beamte, die Hannes vor der Praxistür postiert hatte, zogen ihn hoch und führten ihn ab. Inga rang nach Luft.

Sarah saß nun neben ihr auf dem Boden und hielt sie im Arm. „So, jetzt bist du ihn endlich los, was bin ich froh!" Inga konnte nichts dazu sagen, ihr war kalt und der Hals brannte.

Hannes grinste: „Mudder, mit dir erlebt man Sachen! Ich mach einen heißen Tee" und ging in die Küche, nachdem er ihr die Decke, die neben dem Patientensessel lag, über die

Schultern gelegt hatte.

Epilog

In der Schleuse der Torwache der Vollzugsanstalt Bruchsal begegneten sich zwei Männer. Der eine aufrecht, mit einem Koffer in der rechten Hand, noch unsicher, ob das große graue Stahltor für ihn auch wirklich aufgehen würde. Die Tat, die ihm zur Last gelegt wurde, hatte er immer bestritten.

Der andere gebeugt und verlangsamt, an der rechten Hand eine Handschelle mit der er an den Polizisten, der neben ihm ging, gefesselt war. In der Zugangsakte war das rote Zeichen mit dem Satz versehen „für den Untersuchungsgefangenen sind besondere Sicherungsmaßnahmen zu treffen. Es besteht die dringende Gefahr, dass er versuchen wird, sich durch Suizid seiner Verurteilung zu entziehen."

Die Zigeunerin
und der alte Drecksack

Inga und Norbert

Eine dramatische Erzählung

1

„Ich habe Norbert gesehen, heute. Ich bin mir ganz sicher, dass er es war. Auf dem Breitscheidplatz. Neben der Bushaltestelle, wo der 100er hält." Die Stimme der Frau zitterte leicht. Sie wirkte müde. Es schien sie anzustrengen, diesen Satz auszusprechen.

Die Frau gegenüber - jünger, schlank, kurze schwarze lockige Haare, pechschwarze Augen, blickte auf, alarmiert.

„Inga, das kann nicht sein, wie sollte Norbert hierherkommen? Das letzte Mal haben wir ihn vor über zehn Jahren in Freiburg gesehen. Und da war er schon so schwer krank, dass keiner gedacht hätte, dass er noch den nächsten Tag erlebt. Du musst dich getäuscht haben, wahrscheinlich hast du einen Mann gesehen, der Norbert ähnlichsieht."

Die mit Inga angesprochene Frau schüttelte den Kopf,

zwei tiefe Stirnfalten zogen sich über ihrer Nasenwurzel zusammen und ihr Mund bekam einen harten Zug. Viele kleine Fältchen hatten sich in ihrem Gesicht eingegraben und einige würden noch tiefer wirken, wenn sie nicht etwas mollig aufgepolstert in ihrem - früher wahrscheinlich schönen - Gesicht gewesen wäre.

„Melitta, glaub mir, er war es. Und er hat mich auch erkannt. Er hat mich direkt angeschaut. Außerdem haben wir nie eine offizielle Bestätigung erhalten, dass Norbert tot ist. Er ist aus dem Krankenhaus verschwunden, ja. Danach hat ihn angeblich niemand wiedergesehen. Und nur, weil die Ärzte sagten, er würde keine Nacht im Wald, wohin er wohl gelaufen ist, überleben ... Ja, ich weiß, wir haben ihn jahrelang versucht zu finden, mit Hubschraubern den Schwarzwald abgesucht, nirgends war er, niemand ist ihm begegnet. Trotzdem, er war's. Ich bin mir sicher."

„Inga, selbst wenn er es war, jetzt nach über zehn Jahren, wo du langsam drüber weg bist - was wolltest du noch von ihm? Sei froh, dass du es danach irgendwann geschafft hast, wieder zu dir zu kommen. Du warst total am Ende und er hätte dir nicht mehr helfen können."

„Melitta, ich war so erschrocken, ihn zu sehen.Ich wollte ihn auch nicht ansprechen. Ich hätte gar nicht gewusst, was ich sagen soll. Und ich will ihm auch nicht noch einmal begegnen. Aber er sah so erbärmlich aus, so krank, so hilflos". Ingas Stimme war brüchig geworden. „Für das, was mit Peter passiert ist, dafür konnte er nichts. Und das mit Katrin hat er nicht gewollt."

Melitta stöhnte. „Ja Inga, ich weiß. Fang nicht wieder mit der alten Leier an. Lass dich durch den Typen, den du am Breitscheitplatz gesehen hast, wer immer er auch war, bitte nicht durcheinanderbringen, sonst geht alles wieder von vorne los."

„Du hast recht. Ich will ja auch nicht, dass es mir wieder so schlecht wie damals geht." Dann winkte sie dem jungen Kellner, bezahlte für beide und die zwei Frauen gingen zum Parkhaus in einer Seitenstraße, wohin sie ihre Autos gestellt hatten.

2

Inga war in einem kleinen Dorf aufgewachsen. Nahe der Schweiz und dem Elsass, am Rand vom Wald mit Blick auf den Kaiserstuhl, jenem kleinen Hügel in der Rheinebene, der mit seinem Mikroklima fast mediterrane Bedingungen für Pflanzen und Tiere bot. Das war eines der ersten Dinge, die sie in der Grundschule, in Heimatkunde - wie das Fach damals noch hieß - gelernt hatte und in was für einer besonderen und begnadeten Landschaft sie lebten und dass die Natur und der liebe Gott sie alle hier in besonderer Weise beschenkte.

Inga wohnte mit ihren Eltern, zwei Schwestern und einem Bruder da, wo es zu den Ausläufern des Schwarzwaldes hochging. Von der Terrasse aus sah sie das Rheintal und den Kaiserstuhl. Als Kind hatte sie sich oft gefragt, welcher Kaiser wohl auf dem Berg gesessen haben mochte, es musste ein großer Mann gewesen sein. Als Schülerin hatte sie daraufhin die Geschichtsbücher durchforstet und hatte feststellen müssen, dass es ein kleiner König gewesen war, eigentlich ein Junge, der dem Berg den Namen Königsstuhl gegeben hatte. Und weil dieser junge Otto dann später Kaiser geworden war, hatte man den Berg Kaiserstuhl genannt. Inga stellte sich die Zeit, in der Kinder Könige und Kaiser werden konnten, sehr spannend vor und verschlang alles, was im Mittelalter spielte. Sie wuchs in bodenständiger, bäuerlicher Umgebung auf. Die Familie ihrer Mutter waren Wein- und Obstbauern, und es mussten alle mithelfen, beim Schneiden, beim Bögen machen, beim Hacken, beim Ernten und bei der Lese. Inga war der direkte und oft raue Umgangston und die aufs Praktische, Konkrete und Ordentliche ausgerichtete Lebensweise, seit sie denken konnte oft zu roh, zu hart, zu dicht gewesen. Ja, zu dicht, dies traf es am besten. So dicht wie der Lößboden der Gegend, der, wenn es geregnet und er sich vollgesogen hatte, fruchtbar und zugleich fest war. Dicht! Dichter Ackerboden, der, wenn feucht, die Arbeit schwer werden ließ. Zusammen mit dem Klima der Rheinebene, machte der Löß die Menschen satt; als Erben von Römern und als Nachbarn von Franzosen, verhalf er ihnen zum vielfältigen Anbau der Feldfrüchte, des Obstes und des Weines. Dabei blieb das badische Essen echt und geradlinig, wenn auch immer fein und abgerundet. Raffiniertes um die Finesse willen war diesem Landstrich fern.

Inga sah die Zufriedenheit und die Dankbarkeit der Leute im Dorf für das, was ihnen die Natur gab und die Qualität und den Wohlstand, der sich in den ordentlichen und fleißigen Gemeinden entwickelt hatte. Sie sah es von Anfang an. Bei den Erntedankgottesdiensten, den Palmsonntagen, bei Musik-, Feuerwehr- und Pfarrfesten. Sie staunte, seit sie denken konnte, über die Selbstverständlichkeit, mit der sich die Leute des Dorfes in ihrer Kirche bewegten und sich - früher noch auf der Frauenseite links und auf der Männerseite rechts - ihren Platz nahmen. Für Inga selbst war es klar, dass sie ein Teil dieser Gemeinde war, aber oft hatte sie das

Gefühl, von außen auf diese Gemeinschaft zu schauen.

Sie hörte den Leuten gern zu, wenn sie sprachen, sie mochte die vielen besonderen Worte, die sie von ihrer Oma und ihrer Mutter hörte. Viele Laute wurden langgezogen, die Wörter mit breiter Zunge gesprochen, vieles im Rachen verhandelt und es schien, dass die Verkleinerungen auf „i" (ganz offen, fast wie ein „e" klingend) den scharf ausgestoßenen Konsonanten die Härte nehmen sollten. Inga sprach nicht viel. Sie hörte lieber zu. Den Großeltern, wenn sie von früher erzählten. Der Mutter, die ihr und den Geschwistern vorsang und vorlas. Dem Vater, der berichtete, was im Geschäft war. Und sie beobachtete. „Hör nicht darauf, was die Leute sagen, sondern schau, was sie tun", hatte ihr der Großvater eingeschärft. Und das tat Inga. Und sie las. Schon früh las sie, was sie in die Finger bekam. Mit der Tageszeitung, dem „Badischen Tageblatt", hatte es ihr der Großvater beigebracht. Während eines Winters, als draußen nichts zu tun war. Da hatte er Zeit. In jenem Winter 1965 lernte Inga mit fünf Jahren lesen. Und als es Frühjahr wurde und der Großvater wieder in die Reben und die Obstgärten musste, konnte es Inga alleine. Ab da ging er mit ihr jeden Sonntagmorgen in die Pfarrbibliothek, die nach dem Gottesdienst öffnete. Und Inga durfte ein Kinderbuch nach dem anderen ausleihen und zu Hause lesen, während ihr Bruder und ihre Schwester mit Legos, dem Kaufladen, Autos und Puppen spielten. „Der kleine Wassermann" war ihr erstes, „Die kleine Hexe" ihr liebstes Buch. Dann die „Rätsel-, Fünf-Freunde-, Hanni-und Nanni-, Dolly-Bücher und natürlich Karl May. Wenn ihre Mutter oder der Vater sie vertieft lesen sahen, lächelten sie und der Vater sagte dann:,, Unsere Große ist halt eine Gescheite".

Da Klugheit aber auf keinen Fall bedeuten durfte, sich

den alltäglichen Pflichten zu entziehen, Faulheit und Überheblichkeit unverzeihlich in der dörflichen Kultur waren, blieben die Arbeit in Reben, Obstgärten und im Feld neben der Schule wichtigste Selbstverständlichkeit. Auch die Teilnahme am Vereinsleben im Dorf und in der Kirchengemeinde war im Leben von Kindern und Erwachsenen nicht wegzudenken. Inga und ihre Geschwister bekamen es vorgelebt und übernahmen diese, dem sozialen und politischen Gemeinwesen zuträgliche Lebensart. Martin und Elsa mehr, Inga und Melitta weniger. Martin und Elsa waren mittendrin, Inga und Melitta schienen nie ganz dazuzugehören, machten mit, blieben aber draußen und schauten sich beim halben Dazugehören von außen zu.

3

Merkwürdig, dass Inga an diesen Lebensabschnitt, ausgerechnet jetzt denken musste, als sie sich mit einem Kuss und einer Umarmung von Melitta verabschiedete. Natürlich waren beide wieder in den heimatlichen badisch-alemannischen Dialekt verfallen, wie immer, wenn sie alleine miteinander waren. Melitta hatte sich vor zehn Jahren, nachdem Norbert verschwunden war, sehr um sie gekümmert. Aber sie konnte sie nicht vor dem endgültigen Absturz, den sie dann hatte, bewahren. Melitta hatte aber nicht aufgegeben. Sie und Bruno kämpften um sie, als es schien, dass sie es selbst nicht mehr konnte. Weil es nichts mehr gab, wofür es sich gelohnt hätte. Damals.

Inga stieg in ihr Auto, ihren geliebten Fiat 500, klein und

wendig, dass sie in der Stadt gut vorankam und zu den Hausbesuchen immer einen Parkplatz fand, denn streng genommen durfte sie, trotz des Arztschildes an der rechten Windschutzscheibe, nicht auf dem Gehweg stehen. Als der Motor anbrummelte und sie vorsichtig aus dem Parkhaus steuerte und in die Lietzenburger Straße hinausfuhr, war ihr elend und sie wusste nur eines: auf keinen Fall durfte sie die nächsten Stunden alleine bleiben und schon gar nicht alleine zu Hause sein. Sie hätte mit Melitta fahren, das Auto stehen lassen und bei ihr übernachten sollen. Morgen hätte Bruno sie dann mit in die Praxis nehmen können. Von der Lietzenburger bog sie zum Olivaerplatz ab, dann in die Leibnizstraße und fuhr über die Bismarckstraße an der Deutschen Oper vorbei, bog rechts in die Richard-Wagner und hielt auf der Höhe des kleinen Parks. Sie überquerte die Straße und ging in die Eckkneipe gegenüber. Dort grüßte ein sympathisch aussehender Mann in ihrem Alter und fragte, was es sein solle. Sie bestellte eine Apfelschorle und schob ihm einen Zettel hin, den sie aus ihrer Tasche geholt hatte.

Er las ihn, hob die Brauen und sah sie direkt an. „Gut zu wissen. Ich halte mich dran. Machst du das immer so?" Auf Berliner Art duzte er sie.

„Ja, weil ich möchte, dass es mir gut geht. Wegen meiner Alkoholsucht wäre ich beinahe untergegangen."

Er stellte ihr eine große Apfelschorle auf die Theke, an der sie Platz genommen hatte. Er selbst zapfte sich ein kleines Bier und stieß mit ihr an: „Meinrad, zum Wohl und wie heißt du?"

„Inga, Prost" und dann nahm sie einen großen Schluck und atmete tief durch.

„Du bist das erste Mal hier?" fragte Meinrad beiläufig, es ihr überlassend, ob sie ein Gespräch anfangen wollte oder nicht. Als erfahrener Beizer hatte er den Aufruhr, in der sich Inga befand, bemerkt und hatte Respekt vor der Art, wie sie ihn mit dafür verantwortlich gemacht hatte, dass sie keinen Alkohol trank. Auf dem kleinen Zettel stand gedruckt: „Ich bin alkoholkrank und bitte Sie, mir keinen Alkohol auszuschenken. Sollte ich dies nicht akzeptieren, weisen Sie mich bitte aus dem Lokal. Danke für Ihre Hilfe und dass ich Gast bei Ihnen sein darf."

„Ich fahre hier oft vorbei, ich wohne nicht weit weg, am Charlottenburger Ufer und jedes Mal frage ich mich, wie diese Kneipe zu ihrem Namen kommt: „Nante". Die Bretagne ist ja ein gutes Stück weg, oder?"

Meinrad lachte. „Eben nicht Bretagne. Benannt ist die Kneipe nach „Nante", dem Eckensteher und Berliner Original, der die politischen Geschehnisse in der Zeit um 1850 kommentierte und besonderen Humor und Fabulierkönnen hatte. Er hat sich dann im Tiergarten aufgehängt und sogar dazu ein lustiges Gedicht geschrieben. Die Kneipe heißt schon etwa 100 Jahre so, also auch, als ich vor 30 Jahren begonnen habe, ab und zu auszuhelfen. Das war in der Zeit, als auf dem Richard-Wagner-Platz noch richtig was los war. Und der Kiez weit davon entfernt, schnieke zu sein. Vor 20 Jahren habe ich den Laden vom Besitzer übernommen. Hab ein bisschen was von meiner Oma geerbt und als Soziologe konnte man zwar promovieren, aber eine feste Stelle - weit gefehlt. So bin ich Kneipier geworden, ist ganz okay. Hier ist immer was los. Die Leute von früher kommen nach wie vor und immer mal wieder ein paar Neue, wie du heute Abend. Damit habe ich mein Auskommen und viel Zeit zu lesen - der Buchhändler Stodiek gegenüber ist einer meiner besten Freunde - hier zeigte er auf den Buchladen gegenüber, der ebenfalls an der Ecke blau beleuchtet seine Bücher in den vielen Fenstern liegen hatte. Musik mache ich auch, schon ewig in der gleichen Band. Und du? Wie hat es dich nach Berlin verschlagen? Du kommst doch auch aus dem Süden, oder? Ich bin in Karlsruhe aufgewachsen."

„Ja," sagte Inga lachend, „gell, man hört's. Gebürtig vom Kaiserstuhl. Dann habe ich in Freiburg und Umgebung gelebt. Seit fünf Jahren bin ich hier. Meine Schwester hat mich überredet zu kommen. „Berlin ist cool" hat sie gesagt, „hier wirst du wieder lebendig. Und die Kinder freuen sich." Ich habe drei Neffen und eine Nichte. Und Bruno, mein Schwager kann Hilfe in der Praxis brauchen. Er ist Hausarzt in der Knobelsdorfferstraße und hat wirklich viel zu tun. Ein gewachsener Kiez mit allen Problemen, aber wunderbaren Menschen, wie man sie sich nur denken kann. Und da hab ich ja gesagt. Über meinen Schwager habe ich gleich eine Wohnung gefunden. Dritter Stock, Blick auf die Spree, renoviert, neues Bad, Fernwärme, erschwinglich. Absolut top. Beim Einrichten haben mir meine Geschwister geholfen. Ich war total abgebrannt, habe vom Erbe meiner Eltern nur den Pflichtteil bekommen." Inga stockte, als sie Meinrads fragenden Blick sah, „aber mein Vater hat, ohne mein Wissen, den Restbetrag meinem Bruder treuhänderisch übertragen, falls ich Hilfe brauchen würde. Solange ich getrunken habe, ist mir das Geld durch die Finger geronnen, der Pflichtteil war schnell weg. Meine Familie hat mir in dieser Zeit keinen Cent gegeben," hier lachte sie trocken und ein bisschen ironisch, „aber durchgefüttert haben sie mich, bei sich schlafen lassen, aus der Ausnüchterung geholt, mich eingekleidet, mir Schuhe gekauft. Solche Dinge. Jeden Euro hätte ich sofort versoffen." An dieser Stelle ging ihr Blick nach innen. Sie schüttelte leicht den Kopf, streckte ihren Rücken durch und fuhr fort: „Meine Familie ist immer zu mir gestanden. Aber nie hat einer von ihnen mich gedeckt. Als mein Vater das erste Mal gesehen hatte, dass ich betrunken Auto fahre, hat er mir den Schlüssel abgenommen und mir versprochen, dass er das nächste Mal die Polizei rufen würde. Zwei Monate später hat er die 110 gewählt, als er mitgekriegt hat, dass ich es wieder getan hatte. Mit 1,9 Promille haben mich die Polizeibeamten aus dem Auto geholt. Dann war der Führerschein weg für die nächsten fünf Jahre. Natürlich habe ich geflucht. Heute bin ich dankbar und stolz auf meine Eltern, wie bockelhart sie waren - in ihren Entscheidungen und in ihrer Liebe zu mir. Leider hat mein Vater nur noch ein halbes Jahr erleben dürfen, wie ich nach der Reha trocken geblieben und" - hier stockte sie, weil sich ihre Stimme belegt hatte - „wieder seine alte Inga, sein geliebtes Maidli geworden bin. Aber immerhin hat er es noch erlebt, bevor er an einem heftigen Hinterwandinfarkt gestorben ist. Es war sein vierter innerhalb von drei Jahren und sein Herz konnte und wollte nicht mehr. Aber ich konnte, Gott sei Dank, noch oft mit ihm reden und ihm versprechen, alles mir Mögliche zu tun, damit mich der Teufel nicht mehr drankriegt." Dann war es einige Minuten still.

Meinrad hatte aufmerksam zugehört. „Und, hat es seitdem geklappt?"

„Ja, dass ich hier bin, ist ein Teil davon. Heute war es kritisch. Wäre ich alleine nach Hause gefahren, ich weiß nicht, was geworden wäre. Danke fürs Zuhören. Langsam ist es Zeit zu gehen, morgen muss ich früh raus. Ich bin wieder okay. Nachher werde ich meine AA-Sponsorin anrufen und morgen in ein Meeting gehen. Dann legte Inga einen fünf Euro Schein auf den Tresen und drückte Meinrad die Hand. „Noch mal danke und dir eine gute Nacht." Sie lächelte ihm zu, hob noch grüßend die rechte Hand und ging zur Tür.

Meinrad blickte ihr hinterher, sah, wie sie über die Straße zu dem kleinen Fiat ging, sich noch einmal zu ihm umdrehte und ihm zuwinkte. Dann stieg sie ein und fuhr davon, Richtung Otto-Suhr-Allee. In 5 Minuten würde sie zu Hause sein.

4

Im Auto spürte Inga noch die Wärme, die die unverhoffte Begegnung mit dem Kneipenbesitzer in ihr zurückgelassen hatte. Sie nahm sich vor, bald wieder bei ihm auf eine Apfelschorle vorbei zu schauen. Erleichtert atmete sie aus, nun wieder sich selbst vertrauend, fest und in der Spur. Den Saufdruck, der sich im Deckmäntelchen von Unsicherheit und Trauer eingeschlichen hatte, spürte sie nicht mehr. Aber sie wusste, der alte Drecksack würde wieder jede Gelegenheit nutzen, wenn sie in ihre Schwäche kam. Und die zog sich hoch, wenn sie an Norbert, Peter und Katrin dachte. In dieser Schwäche hatte sie nicht die geringste Chance, den Teufel ohne Hilfe abzuschütteln. Sie musste dann jemanden bei sich haben und musste nach dem AA-Programm Unterstützung bei ihrer Sponsorin holen. Dann, sobald wie möglich ins nächste Meeting.

Zu Hause angekommen, legte Inga Mantel und Schlüssel ab, zog ihre Hausschuhe an, drehte die Heizung auf und drückte auf die Taste eins für Kurzwahl Irmgard. Es war 22:00 Uhr. Sie würde noch wach sein. Irmgard war Rektorin der Grundschule in der Bleibtreustraße, zwei Jahre vor ihrer Pensionierung und mit Hilfe von AA seit 30 Jahren trocken.

Sie nahm sofort ab. „Inga, grüß dich, wie geht es dir?" fragte sie aufmerksam, ernst und direkt, aber mit viel Ruhe und Wärme in der Stimme. Inga wusste, sie hätte ihr alles berichten können, Irmgard würde ihr zuhören und so mit ihr sprechen, dass sich für alles eine Lösung finden ließe. Erleichtert, dass es dafür keine Notwendigkeit gab, antwortete sie: „Irm, es geht mir gut. Wieder. Heute Abend war ich ganz schön schwach, es hätte mich packen können. Ich habe Norbert, weißt du meinen Mann, der vor zehn Jahren verschwunden ist, am Breitscheidplatz gesehen. Ich glaub wirklich, dass er es war. Melitta wollte es mir natürlich ausreden. So absolut sicher bin ich mir jetzt auch nicht mehr. Aber es hat so viel Traurigkeit hochgespült, dass der alte Drecksack mit hochgekrochen ist."

Irmgard lachte „du mit deinem Drecksack! Und was hast du dann gemacht?"

Inga schluckte „statt mit Melitta nach Hause zu fahren, habe ich an einer Eckkneipe in der Richard-Wagner-Straße gehalten und bin rein. Keine Sorge, ich habe eine Apfelschorle getrunken, meinen Zettel über den Tresen geschoben und geredet. Dann war wieder gut. Der Wirt ist ein netter Typ. Ich glaube, dass ich da mal wieder hingeh´. Und morgen Abend komme ich ins Meeting. Bist du da?"

„Bin ich! Freue mich, dich morgen zu sehen, ich drück dich und schlaf gut. Bis denn."

„Freue mich auch. Schlaf auch gut. Und danke, gell!"

„Aber klar doch".

Inga drückte auf den roten Knopf, atmete tief durch, ging ins Bad und putzte die Zähne. Nach einer heißen Dusche trocknete sie sich ab, zog ihren Schlafanzug an und las im

Bett noch ein paar Seiten, dann löschte sie das Licht und schlief tief und fest bis der Wecker am nächsten Morgen um 7:00 Uhr klingelte.

5

Um 8:30 Uhr betrat Inga die Hausarztpraxis ihres Schwagers. Bruno Schubert war ein besonnener, erfahrener und um seine Patienten bemühter Arzt, der sich vor zwölf Jahren in Charlottenburg niedergelassen hatte. Er arbeitete gern, hatte sein Pensum aber herunterfahren wollen, weil er seine vier Kinder mehr sehen und anleiten wollte, als sie selbstständiger und kraftvoller wurden, der Opa vom Kaiserstuhl hätte „überzwerch" gesagt. Melitta fühlte sich den drei Jungböcken nicht mehr alleine gewachsen und sie befürchtete, besonders bei den beiden Ältesten könnte was aus dem Ruder laufen. Deshalb forderte sie von ihm mehr väterliche Präsenz ein. Also hatte Bruno vor fünf Jahren keine Sekunde gezögert, Inga zu fragen, ob sie bei ihm angestellt werden wollte. Er schätzte seine Schwägerin außerordentlich. Zehn Jahre jünger als sie, hatte er bei ihr Famulatur gemacht, als sie ihre Praxis als Internistin im Nachbardorf der Schwiegereltern hatte. Zusammen mit einem Kollegen und Dank der Kenntnisse, die sie durch die Ehe mit Norbert hatte, der damals eine Klinik in Freiburg leitete, versorgte sie ihre Patienten und Patientinnen mit großer Fachkunde, aber auch viel Interesse, Warmherzigkeit und manchmal unorthodoxen, immer individuell zugeschnittenen Methoden und Problemlösungen. Er hatte viel von ihr gelernt. Dass das

Schicksal es mit Inga so gar nicht gut gemeint hatte und sie an ihrer Sucht fast elendiglich gestorben wäre, hatte ihn sehr bestürzt und es war für ihn selbstverständlich, ihr zusammen mit Melitta zu helfen, wo er nur konnte. Dass sie für ihn arbeiten durfte, war mit einigen Verhandlungen bei kassenärztlicher Vereinigung und Kammer verbunden gewesen. Inga hatte ihre Approbation aufgrund ihrer Erkrankung stillgelegt und sie unter Auflagen wieder erteilt bekommen. Bruno hatte, als ihr Chef, erklären müssen, dass er die Abstinenz von Inga überprüfen würde. Ihm war dies unangenehm, aber Inga hatte gelernt, in ihrem Weg aus dem Alkoholismus pragmatisch zu werden. Wie sie ihre Zettel verteilte, so schrieb sie sich in ein Kontrollprogramm ein, das ihre Abstinenz prüfte und ging offen damit um, dass sie nun seit sieben Jahren zufriedene trockene Alkoholikerin war. Bruno tat sich zu Beginn ebenso schwer, ihr Aufgaben zuzuteilen, da er die neue Rolle, gerade ihr gegenüber, die ihm so viel beigebracht hatte, mehr als ungewohnt empfand. Inga half ihm auf unkomplizierte Weise: „gib mir die Patienten und Patientinnen, die die interessantesten und arbeitsintensivsten sind." Und als Bruno sie fragend angeschaut hatte, führte sie aus,

„Krebspatienten, Suchtler, Pensionärinnen, Leute mit Schmerzen ohne körperliche Ursache und psychiatrische Fälle."

„Und was mache ich dann?" hatte er schmunzelnd entgegnet.

„Du machst was übrigbleibt. Keine Sorge, das ist noch genug," hatte sie gegrinst. „Weißt du Bruno, ich brauche jetzt etwas zu tun. Lass mich richtig reinklotzen, dann kann ich wieder zu mir kommen."

So hatten sie es dann gemacht und Bruno hatte seitdem

die entspannteste Zeit seines Berufslebens. Er kam um 9:00 Uhr, ging um 13:00 Uhr nach Hause zum Essen. Danach legte er sich mit Melitta eine Stunde hin, was ihnen und ihrer Ehe sehr bekam. Von 16:00 Uhr bis 17:30 Uhr ging er wieder in die Praxis. Ab 18:00 Uhr stürzte er sich, wie er sagte, als Zwölf-Ender in sein Revier und verbrachte Zeit mit den Jungs oder seiner kleinen Prinzessin, die ihm den Gefallen tat, erstens genauso apart und süß auszusehen und ihn zweitens so unerbittlich herumkommandierte. Hier halfen alle Widersprüche von Melitta nichts. Die kleine Charlotte war sein Liebling und wurde grenzenlos verwöhnt. Und Bruno genoss es, von ihr angehimmelt und geherzt zu werden. Mit ihren sechs Jahren sah sie aus wie eine Miniausgabe seiner Frau: zierlich, brauner Teint, schwarze Locken und zwei Augen schwarz wie Kohlestückchen. Und sie war ebenso fröhlich, klug und praktisch. Bruno hatte keinerlei Sorge, dass Lotti durch seine begeisterte Zuwendung später Nachteile bekommen würde. Auch seine Frau war ein Nachkömmling, mit zwölf Jahren Unterschied zu Inga. Auch sie war der Augapfel des Schwiegervaters gewesen und war von allen verwöhnt worden. Und wie tüchtig und gefühlsstark war sie geworden. Und wie sie das Leben liebte und ihn und die Kinder. Und ihre Familie. Und alle, die ihr begegneten, bekamen von dieser großen Lebens- und Menschenliebe so viel geschenkt , wie sie brauchten. Und diese Liebe für die Welt schien nicht zu versiegen, sondern Melittas Reservoir füllte sich immer wieder auf, um aufs Neue vergeben zu werden . So hatte er sie kennengelernt. Mit 25 war sie die jüngste Stationsschwester des Krankenhauses in Freiburg gewesen, an dem er, noch im Studium, Nachtdienste gemacht hatte. Die Innere II war vor allem ihretwegen bei ihren Kolleginnen und den Medizinern eine beliebte

Station und die Patienten und Patientinnen wurden nicht nur gut operiert und medizinisch versorgt, sondern gesundeten - im wahrsten Sinne des Wortes. Weil es Melitta war, die die Pflege als liebevollen Umgang mit den kranken Menschen so selbstverständlich umsetzte, wie sie es den jungen Kolleginnen beibrachte und bei den älteren Kolleginnen wiederbelebte. Bruno kannte keinen, der nicht mit ihr zusammen sein wollte. Dass ausgerechnet er es war, den sie auswählte, brachte ihn vor lauter Glück so durcheinander, dass er sich ab dem Zeitpunkt, als er merkte, dass sich Melitta für ihn interessierte, wie ein Idiot benahm. Auch bei der Arbeit machte er dann Fehler wie ein Zweitsemester. Er bemerkte natürlich, wie die Ärzte feixten und sich über ihn lustig machten, es wäre ihnen - eifersüchtig wie sie waren - recht gewesen, wenn Melitta ihn wieder abserviert hätte. Die Schwestern hatten eher Mitleid oder sie fanden es einfach niedlich zu sehen, wie er von der Rolle war. Schließlich nahm ihn die Oberärztin beiseite, sagte ihm, sie wisse zwar nicht was eine Frau wie Melitta an ihm finden würde, aber irgendwelche Qualitäten - außer dass mal ein guter Arzt aus ihm werden würde - müsse er ja wohl haben, dass sie sich in ihn verguckt habe und er solle sich nicht weiter wie ein blöder Trottel aufführen, sondern wie ein Mann, der ihres Interesses würdig sei. Und dann zählte sie ihm auf, er musste auf einem Block, mit einer Blutdrucksenker-Werbung darauf, mitschreiben:

Ordentlicher rasieren. Flotter Haarschnitt schneiden lassen. Melitta zum Kaffee einladen. Melitta zum Konzert einladen. Melitta fragen, ob sie Lust zu einem Spaziergang habe. Wenn ja, ein kleines Picknick vorbereiten. Melitta gut zuhören, wenn sie von sich erzählt. Melitta von sich erzählen.... Das Blatt war bald gefüllt gewesen und als er sich richtig elend fühlte, lachte die Oberärztin herzlich, schlug ihm auf den Rücken und sagte: „das wird schon, Sie werden sehen, haben Sie Vertrauen zu sich und bleiben Sie, wie sie sind. Ich glaube, das ist es, was Melitta an Ihnen so gut gefällt, dass Sie so zurückhaltend und freundlich sind, nicht wie die Rambos und Aufschneider, die sonst in ihrer Spezies so rumturnen." Damit entließ sie ihn und er ging wie schwindelig aus ihrem Zimmer, immer noch wie ein Trottel, nur mit einem Blatt Papier in der rechten Hand.

Der afrikanische Pfleger, der ihm entgegenkam, knuffte ihn „du Abreibung von Chefin bekommen?"

„Ja, irgendwie schon" antwortete er, aber ab da ging es ihm wieder so weit besser, dass seine Aussetzer bei der Arbeit aufhörten und er sich zu wehren begann, wenn die Ärzte ihn ärgerten und er ließ sich nicht mehr von ihnen ausnutzen.

Im Vorübergehen auf Station sagte Melitta zu ihm: „wurde Zeit Bruno, dass du den Schwätzern Paroli gibst. Die wären froh, wenn sie halb so viel auf der Pfanne hätten wie du!"

Die neue Frisur, die ihm der türkische Friseur in Freiburg verpasste, gefiel ihm selber. Und er trimmte seinen Dreitage-Bart ab da regelmäßig so, wie es ihm Cem beibrachte. Bis zu seinem Staatsexamen hatte er auch die anderen Vorschläge von der Oberärztin und natürlich vieles andere mehr umgesetzt und damit Schritt für Schritt der schmunzelnden, geduldigen, aber entschlossenen Melitta immer wieder die Initiative aus der Hand genommen und sein Interesse für sie bekräftigt. Als er nach seiner Approbation eine Assistenzarztstelle an der Charité angeboten bekam, waren sie schon über ein Jahr ein Paar. Melitta kündigte und ging mit ihm nach Berlin. Die Schwiegereltern, Martin, Peter und Brunos Brüder halfen beim Umzug und bei der Wohnungsrenovierung. Sie hatten eine große Wohnung in der Fritschestraße in Charlottenburg gefunden. Den Schwiegereltern gefiel es da so sehr, dass sie sich ein Zimmer darin mieteten und im Winter oft wochenlang da waren, um in Museen, die Theater der Stadt und in Konzerte zu gehen. Und als dann die Jungs kamen, halfen sie, damit Melitta ihr Studium in Gesundheitsmanagement beenden konnte. Die badische Herzlichkeit, die er bei den beiden so geliebt hatte, erlebte er auch bei Inga und auch das Interesse, das sie für seine Familie hatte. Dass sie nun allein, ohne Mann und Kinder war, schnürte ihm die Brust zusammen, sobald er daran dachte.

Inga hatte an jenem Morgen ein volles Programm. Bis zur Mittagspause hatte sie zehn Terminpatienten und fünf Notfälle gesehen: Verdacht auf Blinddarmentzündung und Darmverschluss, eine dekompensierte Psychose und eine Blutvergiftung, sowie ein Splitter im Auge, den sie ins Krankenhaus einwies. Sie impfte vier Patientinnen, maß zehnmal Blutdruck, führte fünf Ultraschalluntersuchungen durch, sah in fünf Hälse, tastete fünfmal Lymphdrüsen ab, sah in vier Nasen und acht Ohren, ließ sich drei Unfallhergänge berichten, überzeugte zweimal, eine stationäre Reha zu machen, fragte nach Ehepartnern, Kindern und Arbeit, machte Notizen und stellte Rezepte und Bescheinigungen aus. Und an diesem Morgen schüttelte sie 15 Hände, umarmte eine Patientin, die mit drei kleinen Kindern in einer gewalttätigen Ehe ausharrte, und die es nicht übers Herz brachte, den alkoholkranken Mann zu verlassen. Ihr legte

sie seit Monaten nahe, eine Angehörigengruppe zu besuchen.

Als sie im Klausner-Kiez begonnen hatte, war sie aufgeregt und nicht sehr belastbar gewesen. Mit diesem Neuanfang war es, als ob alles irgendwie anders und ganz neu zu
lernen wäre. Sie mochte es, mit 51 Jahren, so zu tun, als ob
sie Anfängerin wäre, und genoss es, wieder ganz genau hin-
zuhören. Und unvoreingenommen auf die Leute, die in Berlin anders als im Breisgau waren, zuzugehen. Und dann war
es gar nicht mehr schwer, nach der Saufzeit wieder einzu-
steigen und bald wieder mit der gewohnten Sicherheit zu
arbeiten. Und mit dem vor dem Saufen selbstverständlichen
Selbstvertrauen. Denn das war alles weg gewesen.

6

Wenn Inga in den Therapien der letzten Jahre gefragt
wurde, wie ihre Kindheit war, sagte sie: „Besser hätte ich es
nicht treffen können . Meine Familie war offen, bodenstän-
dig, dabei fördernd und gewährend. Meine Mutter ist
warmherzig und mein Vater immer unterstützend. Mit den
Geschwistern lernte ich streiten und mich vertragen, sie sind
mir die liebsten Menschen auf der Welt. Ich durfte lernen,
lesen, hatte gute Lehrer. Ich durfte das Fach studieren, was
ich immer wollte und hatte noch das Glück, so viel Grips zu
haben, dass ich den Abischnitt für den Numerus Clausus
hatte."

Die Gegenüber hatten die Stirn gerunzelt „und warum
haben sie dann getrunken?"

Als die Frage das erste Mal so gestellt wurde, war Inga zwar erstaunt, aber mit der jungen Therapeutin noch nachsichtig gewesen und hatte diese dämliche Frage auf ihre Unerfahrenheit zurückgeführt. Die nächsten Male konnte sie nur schnauben und mit Verachtung in der Stimme zischen: „Braucht es eine schreckliche Kindheit, dass man sich mit dem Kumpel Alkohol einlässt? Das Leben ist zu hart und zu gemein mit mir geworden. Und wenn es dem Drecksack nicht gelungen wäre, mich zu kriegen, würde ich nicht mehr leben. Aber so hat der Tod einen Aufschub bekommen. Damit ich jetzt nicht am Alk verrecke, muss ich aufhören zu trinken. Deshalb bin ich hier und ihr sollt mir dabei helfen. Ich will nicht mehr saufen, versteht ihr!" Sie war so wütend gewesen am Anfang. Auf sich und auf das Schicksal und die Welt und auf Gott, den sie zwar zweifelnd, aber doch hoffend irgendwo vermutet hatte und von dem sie geglaubt hatte, dass er auf sie achtgeben würde - was er aber nicht getan hatte. Er hatte alles zugelassen was dann mit ihr passiert war. Und da war noch diese alte Roma Frau gewesen, damals noch ganz selbstverständlich alte Zigeunerin genannt, die ihr aus der Hand gelesen hatte, weil Norbert sie gedrängt hatte. „Ja, lass sie dir deine, unsere tolle Zukunft voraussagen" und hatte ihr fünf D-Mark gegeben. Diese Frau, die jeden Samstagmorgen vor dem Hauptportal des Freiburger Münster auf einem kleinen Campingstuhl saß und ihre Dienste anbot, hatte ihr Unglück vorausgesehen. Sie hatte deutlich erkannt, dass mit ihr etwas Schlimmes passieren würde. Nachdem sie Ingas rechte Hand betrachtet hatte, hatte sich der Blick der ohnehin schwarzen Augen der Frau noch mehr verdunkelt. Sie hatte sie mit großem Schmerz angeschaut, dann ihre Hand zart, als könne sie jederzeit kaputtgehen, zusammengerollt und zu ihrer Begleiterin etwas hingemurmelt. In einer Sprache, die Inga nicht verstand. Die junge Frau übersetzte:

„Meine Großmutter kann nichts erkennen. Sie wünscht dir aber alles Gute." Und dann hatte sie ihr das fünf D-Mark Stück zurückgeben wollen. Inga hatte den Kopf geschüttelt und sich verabschiedet.

Norbert sagte daraufhin: „komisch, die Alte. Sonst erfinden die doch immer irgendwas, damit sie ihr Geld kriegen." Und dann waren sie über den Münsterplatz weiter zu den Marktständen gegangen, wo Inga noch fürs Wochenende einkaufen wollte.

Von der Frau, vom lieben Gott und vom Schicksal hatte sie in der Reha niemandem erzählt. Sie hatte damals gedacht, dass sie mit dem Trinken aufhören wolle und dann würde alles besser werden. Sie hatte sich geirrt.

Der alkoholabhängige Patient, dessen Leber ächzte und der es nicht mehr schaffte zur Arbeit zu gehen, war es, der sie an dem Morgen an ihre Zeit in der Klinik erinnerte, in der sie sich mit Menschen wiederfand, die früher einmal und jetzt wieder ihre Patienten waren. In der Klinik waren diese Leute dann Ihresgleichen und sie war eine von ihnen. Nämlich ein Suffkopf. In ihren Sprechstunden, wo sie die souverän beratende Hausärztin war, konnte sie den einen ihr gegenübersitzenden Suchtkranken gut annehmen. In der Reha fand sie die Masse von abhängigen, abgebauten, unkritischen, unverbesserlichen Leuten, ja nur so konnte sie sie sehen, total widerlich. Sich selber übrigens auch. Ihre Mitpatienten warfen ihr vor, sie denke, sie sei was Besseres. Vielleicht hatten sie damals recht. Aber wenn Inga in den Spiegel sah, blickte ihr eine Frau entgegen, die genauso gut und genauso mies wie alle anderen in der Einrichtung war. Ihr

Ziel damals war es trocken zu bleiben. Schon vorher hatte sie aufgehört zu trinken. Ohne Entgiftung in der Klinik hatte sie es nicht geschafft. Der Entzug war so unendlich unaushaltbar, genauso schmerzhaft, wie es in der Zeit war, als sie Katrin, Peter und Norbert verlor. Dass es genauso schrecklich sein würde, den Kumpel Alkohol, diesen Drecksack loszulassen, war für sie ein weiteres Zeichen dafür, dass das Schicksal grässlich zu ihr war. Und wenn sie sich so bemitleidete, konnte sie sich überhaupt nicht leiden. Während der Delirien, die sie trotz mildernder Neuroleptika fast die ganze Entzugszeit hatte, sah sie unentwegt diesen schwarzen, schmerzgeplagten Blick der alten Zigeunerin.

Nach dem Entzug war es mit der Gier erst einmal vorbei. Sie war, ohne Alkohol zu trinken, zwar vordergründig froh, aber innen leer, kalt und tot; außen nackt und empfindlich wie ein rohes Ei ohne Schale. Und sie war buchstäblich hin- und her geschmissen von Fieberschüben und kaltschweißigem Schüttelfrost. Sie verbrachte Tage und Nächte im Bett mit einer Wärmflasche oder einem feuchten Handtuch, das sie sich auf die Stirn legte. Und fast die ganze Zeit war jemand bei ihr und wechselte Bettwäsche und Wasser und hielt sie: ihre Mutter, ihr Vater, Martin, Regina, Elsa, manchmal auch Melitta und Bruno.

Die Reha wollte sie damals weit weg vom Schwarzwald machen. Zu sehr schämte sie sich, als dass sie Besuche ihrer Familie in der noch suchtgetränkten Klinik-Atmosphäre hätte ertragen können. Deshalb entschied sie sich für eine Klinik an der Nordsee und begann in langsamen Schritten Dinge zu tun, mit denen sie sich wieder spüren konnte. Wie ein Kind genoss sie es zu töpfern, zu malen, zu tanzen, zu schwimmen, zu kochen, zu laufen und stundenlang auf dem Deich mit dem Fahrrad zu fahren. Sich gegen den Wind

stemmend, schrie sie sich alles aus dem Leib, was hinaus-
wollte: Wut, Verzweiflung, Angst und Schmerz. Für Kon-
takte zu anderen war sie zu sehr mit sich selber beschäftigt.
Meist war sie allein. In den Gruppensitzungen schwieg sie.
In den Einzelgesprächen sprach sie nur, um Fragen zu be-
antworten.

Diese Zeit vor Augen, beschrieb Inga ihren Patienten,
jetzt acht Jahre später, wie eine Reha-Behandlung und vor-
herige Entgiftung abliefen. Erwähnte dabei auch, dass sie
davon lebensrettend profitiert hatte.

7

Für Ingas Familie war ihr Leid, das mit dem schrecklichen
Unfall begann, den Norbert verursacht hatte, unfassbar gewesen und geblieben. Die Eltern hatten sich nach ihrem Studium nicht gewundert, dass es kein Mann aus dem Dorf gewesen war, den Inga zum Heiraten ausgesucht hatte. Sie
hatte studiert, in Freiburg viele Freunde und Freundinnen
an der Universität und in der Klinik gehabt. Wie hätte es
denn anders sein können, dass sie einen klugen, studierten
Mann finden würde, mit dem sie ihr Leben verbringen
wollte? Vater und Mutter waren tolerante, warmherzige
Menschen, die ihr Haus gern allen Freunden ihrer Kinder
öffneten und so an ihrem Leben und ihren Interessen teil-
hatten. Natürlich hießen sie den Freund ihrer ältesten Tochter ebenso willkommen. Norbert war Oberarzt in der Klinik, in der Inga Assistenzärztin war. Er hatte sie ihrer Klugheit und Ernsthaftigkeit wegen geschätzt und sich in ihren

Humor und ihre Fröhlichkeit verliebt. Gebildet, fachlich brillant, hochgewachsen und gutaussehend, gelang es ihm bald, Inga zu gewinnen. Er konnte sie begeistern und zeigte ihr, welche Schönheit und Inspiration Musik und Theater boten. Ihre schon immer bestehende Intellektualität gewann eine zusätzliche Facette, die sie zu den Theatern und Opern in Freiburg, Basel, Straßburg und Zürich fahren ließen. Beide waren sie von den Möglichkeiten der Medizin und ihrer Arbeit begeistert.

Ingas Eltern sahen mit Freude, wie sich ihre Große in der Beziehung mit Norbert wohl fühlte, dies war auch der Grund, weshalb sie ihn respektierten und uneingeschränkt in die Familie aufnahmen. Mit ihm selbst wurden sie nicht warm. Er redete oft so schnell, dass sie ihm nicht folgen konnten und oft so hochgestochen, dass sie ihn nicht verstanden. Und seine aufgeregte Begeisterung für Dinge, die Ihnen nicht der Rede wert waren, empfanden sie als übertrieben und überkandidelt. Seine im Gegensatz dazu stehenden ruhigen, fast abweisenden, in sich gekehrten Phasen, in denen er kaum sprach und verlangsamt und starr wirkte, irritierte sie. Sie überbrückten die Distanz, in dem sie ihn, wie die anderen Schwiegerkinder in die praktischen Abläufe beim Obst- und Weinbau einbezogen. Ingas Mutter bekochte ihn, der Vater kredenzte ihm seinen Wein. Doch Norberts überschießende Art und seine Stimmungseinbrüche hielten die Eltern auf Abstand.

Als Inga ihre Assistenzzeit beendet hatte, heirateten sie. Bald darauf wurde sie schwanger. Bis kurz vor der Geburt arbeitete sie bei einem Kollegen in einer Hausarztpraxis in der Nähe der Eltern. Dies behielt sie bei, nachdem der kleine Peter auf der Welt war, ein ruhiges, ausgeglichenes Kind, der von Ingas Eltern mit großer Freude gehütet wurde, so dass sie für ihren Facharzttitel „Innere Medizin" weiterarbeiten konnte. Die junge Familie war zu Ingas Eltern ins Haus gezogen, Norbert fuhr jeden Tag die kurze Strecke nach Freiburg und zurück. Inga fühlte sich mit Kind und Beruf glücklich, machte sich aber zunehmend Sorgen um Norbert, der so viel arbeitete, dass sie fürchtete, er würde krank werden. Sie wusste, dass seine Blutwerte schlecht waren und dass er Herzrhythmusstörungen hatte. Außerdem ließen sich seine Stimmungsschwankungen nicht mehr schönreden. Seitdem er in der Klinik deswegen Probleme hatte und eine Beförderung, zu seiner Frustration, aus diesem Grund gescheitert war und er zu Hause unruhig und schlaflos war, und die wahnwitzige Idee hatte, als Winzer ein großes Gewächs neu zu züchten, obwohl er keinerlei Ahnung vom Weinbau hatte, bekniete ihn Inga, sich untersuchen und behandeln zu lassen. Norbert lehnte dies rundweg ab und wurde unwirsch, was überhaupt nicht seine Art war. Auch die Schwangerschaft mit der kleinen Katrin zwei Jahre nach Peters Geburt, brachte ihn nicht zum Umdenken. Glücklicherweise ließen die extremen Hochs und Tiefs mit Katrins Geburt nach. Und so hatten Inga und Norbert, der wieder ausgeglichener, liebevoll und freundlich wurde, wenn auch oft niedergestimmt und abwesend, mit den beiden kleinen Kindern eine gute Zeit. Beide schliefen bald durch, waren tagsüber wonnig und lebendig, fügten sich gut in den Kindergarten und hatten viel Spaß bei Ingas Eltern. Mit 29 machte Inga ihre Facharztprüfung, arbeitete weiterhin gern in der Praxis im Nachbardorf. Wenn es nach ihr gegangen wäre, hätte es so weitergehen können, so hatte sie sich ihr Leben vorgestellt.

Im Sommer 1994 bemerkte sie, dass sich Norberts Gewohnheiten veränderten: statt nach eisernem Morgengesetz eine Kanne Kaffee zu trinken, machte er sich Kräutertee zum Frühstück und - er aß morgens eigentlich nie etwas - schlug sich vier Eier in die Pfanne, legte auf dem Teller Gewürzgurken dazu und schlang alles in sich hinein. Er fuhr in die Klinik und hielt keine Geschwindigkeitsbegrenzungen mehr ein. Bei der Arbeit war er euphorisch und wies Kollegen und Schwestern an, sehr ungewöhnliche Behandlungen vorzunehmen. Die Stationsschwester rief Inga an und fragte ob er zu Hause auch so „durchgeknallt" sei.

Inga lief es kalt den Rücken hinunter, so weit war es schon! „Leider ja" antwortete sie und ich mache mir ernsthafte Sorgen". Nachts schlief Norbert kaum noch, fuhr mit dem Auto durch die Gegend, verbrauchte Unmengen an Geld und er wurde das erste Mal seit Inga ihn kannte, aggressiv. Die Kinder ängstigten sich und wollten bei Oma und Opa übernachten. Als Ingas Eltern die Tragweite der aktuellen psychischen Krise von Norbert erkannten, nahmen sie Peter und Katrin zu sich und Ingas Vater war außer sich vor Zorn.

„Du musst von ihm verlangen, dass er in eine Anstalt geht. Er ist vollkommen verrückt. Wenn er nicht nach Freiburg will, soll er nach Emmendingen. Aber er muss aus dem Verkehr gezogen werden. Wenn er es nicht macht, musst du die Polizei holen!"

„Vadder, was glaubst du, was ich die ganze Zeit tue. Zusammen mit seinen Kollegen haben wir versucht, ihn zu überzeugen, dass er in die Klinik gehen soll und wollten ihn hinbringen, er hat Lunte gerochen und ist abgehauen. Die Richterin kann ihn nicht zwangseinweisen: keine akute Selbst- oder Fremdgefährdung. Und die Polizei sucht ihn nicht. Er ist seit zwei Tagen fort! Papa, ich habe Angst."

Der Vater nahm sie in den Arm, „ Maidli, des will heiße, s'muess erscht ebbis bassiere!"

Inga begrub ihr Gesicht an seiner Brust, nickte und begann zu weinen. In dem Moment kam ihr der Blick der alten Zigeunerin vor Augen, ernst und mitleidig. Norbert tauchte nach einer Woche total verwahrlost wieder auf. Das gemeinsame Konto war so gut wie abgeräumt.

Ingas Bruder Martin war nach seinem Jurastudium Leiter des Versorgungsamtes Lörrach geworden. Vertraut mit menschlichen Schicksalen und Fehltritten, die ganze Familien an den Abgrund brachten, hatte er so lange auf Norbert eingeredet, bis dieser den Antrag auf eine Gütertrennung unterschrieb und zustimmte, dass sein Gehalt auf Ingas Konto überwiesen wurde und er nur noch über seine Privateinkünfte - immerhin mindestens 4000 Euro pro Monat verfügen konnte.

„Inga, du musst jetzt an dich und die Kinder denken. Das fehlt noch, dass Norbert in seinem manischen Rappel euer ganzes Geld auf den Kopf haut und ihr zum Sozialfall werdet!"

„Martin, ich hab Angst", sagte Inga, als sie den Antrag unterschrieb. Es schnürte ihr den Hals zu und der Druck auf ihrer Brust wurde von Tag zu Tag stärker. Sie konnte kaum noch etwas essen und hatte sich angewöhnt, abends ein bis zwei Viertel Ruländer zu trinken, um einzuschlafen. „Das hätte ich an deiner Stelle auch, Inga. Wer weiß, was der in seinem Sarras noch anstellt. Ich werde zum Amtsgericht wegen der Gütertrennung gehen und dort eine zeitweise Entmündigung wegen Selbstgefährdung beantragen, bis er sich behandeln lässt. Und ich werde ihn bei der Verkehrsbehörde anzeigen, damit man ihm die Fahrerlaubnis entzieht. Inga, ich weiß, es ist schlimm für ihn und für dich, er wird toben - aber es muss sein. Wenn er gewalttätig wird, rufst du die Polizei. Und gell, wir sind immer für dich und die Kinder da!" Dann nahm er ihre rechte Hand und drückte sie. Martin war wirklich da. Und seine Frau Regina auch. Sie halfen ihr bei allen Abläufen, die mit Gerichten und irgendwelchen Verwaltungsangelegenheiten zu tun hatten. Und da war viel zu tun gewesen, Inga hätte es selbst nicht bewältigen können.

Als es Ende September aufs „Herbsten", wie die Badener die Weinlese nannten, zuging, stand Norberts Manie in lodernden Flammen. Sein Wach-Schlaf-Rhythmus war vollständig verschoben, er fühlte sich als grandioser Weinveredler und Arzt, berufen, eine neue Krebstherapie zu entwickeln. Er brachte den Lehrbetrieb der Uni durcheinander und musste mehrmals vom Ordnungsdienst hinausgeführt werden. Im Dorf hielt er in der Wirtschaft glühende Reden, bis ihn die gestandenen Männer, die am Stammtisch saßen und miteinander über den Beginn der Lese und der Kellerarbeiten sprechen wollten, hinausschmissen. Draußen skandierte Norbert weiter, bis ihn der Schwiegervater oder Inga, die benachrichtigt wurden, nach Hause holten. Der Nachbar von Reschkes schüttelte bekümmert den Kopf: „Das hat die Inga wirklich nicht verdient. So eine gute Frau und so tüchtig . Hätte sie lieber einen aus dem Dorf genommen. Der Mann gegenüber seufzte: „Wenn sie es gewusst hätte! Aber das kann doch keiner ahnen!" Inga war zu erschöpft und verzweifelt über Norbert Eskapaden, dass sie noch die Kraft gehabt hätte, sich zu schämen. Sie machte ihre Arbeit, behandelte ihre Patienten, schützte die Kinder so es ging, indem sie sie von Norbert fernhielt und hätte ihren Eltern so gern das Ungemach erspart, was der psychisch kranke und völlig uneinsichtige Schwiegersohn ihnen zumutete.

Alle hatten gehofft, dass Norbert an den Tagen der Weinlese schlafen würde und die Familie in Ruhe würde arbeiten können. Aber er wollte unbedingt dabei sein. Mehr noch, am Morgen, als Eimer, Scheren und Tragebütten gerichtet und verteilt werden sollten, erklärte er, dieses Jahr den Traktor fahren zu wollen, der noch im großen Schopf stand und darauf wartete, vor den großen Hänger gekoppelt zu werden. Ingas Vater versuchte ruhig zu bleiben: „Das werde ich machen, Norbert, wie jedes Jahr. Wage es bloß nicht, auf die Maschine zu steigen." Aber Norbert lief zum Bulldog. So schnell, dass ihn der Vater kaum einholen konnte. Er bekam ihn noch zu fassen, versuchte ihn wegzuziehen, aber bekam von Norbert einen solch heftigen Stumper, dass er nach hinten in die gerichteten Plastikeimer krachte.

In dem Tumult hatte niemand auf Katrin geachtet. Das Kind musste den Streit gesehen haben und war hergelaufen, um dem Opa, den sie in ihrer kindlichen Begeisterung über alles liebte, zu helfen. Norbert hatte sie auch nicht gesehen, so verbissen rührte er mit dem Schalthebel, um den Rückwärtsgang zu finden, wütend und wie von Sinnen. Er trat erst auf die Bremse, als er Ingas markerschütternden Schrei hörte. Nachdem das linke Hinterrad einen Widerstand gespürt hatte, war er noch stärker auf das Gas getreten.

Dann stand die Zeit still.

Ingas Schrei hing in der Luft, sie war zu dem kleinen Körper gelaufen, der zwischen dem riesigen linken Hinterrad mit dem großen Reifenprofil und dem kleinen linken Vorderrad lag. Sie sank auf die Knie, hob das Körperchen auf ihre Arme und drückte das leblose Kind, das schlaff auf ihrer Brust hing, an sich und wiegte es hin und her. In der großen Scheune regte sich nichts und niemand. Der Traktor hatte angehalten, als Norbert vom Gas gegangen war. Er selbst glotzte vor sich hin mit einem Blick, der nichts verstand. Martin war mitten im Sprung, mit dem er Katrin noch hatte

wegziehen wollen, in der Luft einfach hängen geblieben .
Melitta hielt einen Stapel Eimer im rechten Arm und eine
Schere in der linken Hand, die schwarzen Augen so weit
aufgerissen, dass ihr Gesicht nur aus zwei riesigen schwarzen Kugeln bestand. Die Mutter sah in ihrer Erstarrung aus
wie eine ganz alte Frau, aus ihrem Gesicht war alle Farbe
gewichen und der Vater starrte Norbert nur an, ein in Stein
gemeißelter Wolf, der, von einem Pfeil getroffen, zum
Sprung ansetzte, um seinen Angreifer zu zerreißen. Sein
Brüllen brach, zuerst noch fast erstickt, dann so laut aus dem
gefletschten Mund heraus, dass der ganze Hof bebte. Er war
der Erste, der sich bewegte und sich auf Norbert stürzte, ihn
vom Traktor zog und auf ihn einschlug.

Norbert wehrte sich nicht. Seine Starre blieb. Den ganzen
Tag, die darauffolgende Nacht und sollte noch lange anhal-
ten.

Martin fiel auf die Erde, rappelte sich hoch und zog den
Vater von Norbert weg, der aus Mund und Nase blutete. Er
sagte zu Melitta: „ruf die Polizei". Melitta rannte aus der
Scheune, noch das Geschirr bei sich. Die Mutter ging zu
Inga, setzte sich neben sie und wiegte beide: die stumme
Tochter mit dem leeren Blick und das tote Enkelkind. Der
Vater hatte sich an die Wand gelehnt und weinte, wie niemand ihn vorher und nachher hatte weinen hören. Martin
rannte hinaus, als er Peterchens Stimme hörte, der draußen
rief „wo seid ihr denn alle? Wir wollten doch herbsten gehen?", nahm ihn schnell auf den Arm, bevor er in die
Scheune schauen konnte und brachte ihn zu seiner Frau, die
ihn erstaunt anschaute und erschrak, als sie seinen Blick und
das Blut an seinen Händen, seinem Hemd und seinen Hosen
sah. Dann ging Martin zum Nachbar. Der hieß ihn sich zu
setzen, hörte sich alles an, wechselte einen kurzen Blick mit

seiner Frau, die zum Telefon im Flur ging.

„Mir mache des fir eich. Mir sin ferdig worre geschdern. S'Gschirr und d'Biddige stehn noch un unsär Bülldogg au. Eirer muäß därt stehe bliewe, wu är isch." Dann legte er seine rechte Hand auf Martins Schulter und sagte nichts mehr, bis sie das Martinshorn hörten.

„Jetzerd müasch geh."

8

Als Martin mit den vier Polizisten und den Rettungssanitätern, die in den Hof gefahren waren, in den Schopf trat, war alles noch wie zuvor. Als die Sanitäter sahen, dass Ingas Mutter den Kopf schüttelte, unterließen sie es, das Kind zu untersuchen. Sie kannten Inga, sie war oft mit ihnen gefahren, sie hätte schon längst mit der Erstversorgung begonnen, wenn die Kleine noch zu retten gewesen wäre. So gingen sie zu Norbert und wuschen ihm das Blut von Mund und Nase, ansonsten war nicht viel für sie zu tun. Sie fragten Ingas Vater, ob er etwas zur Beruhigung wolle - der schüttelte nur den Kopf. Schulterzuckend mit Blick zu den Polizisten zogen sie sich zurück. Martin schilderte, was passiert war. Melitta bestätigte es. Ein junger Polizist schrieb mit. Als Martin Norberts Geisteszustand vor dem Unfall beschrieb, meldete der älteste der vier Polizisten ihn in der Akutpsychiatrie - geschlossene Abteilung - an und fragte Norbert, ob er einverstanden sei, dass man ihm Handschellen anlege. Norbert antwortete nicht. Ein Stupor mauerte ihn ein. Sein hohler Blick und seine roboterhaften Bewegungen nahmen ihm jede menschliche Regung.

Inga blieb den ganzen Tag und die ganze Nacht mit Katrin neben dem Traktor sitzen. Auch sie war wie tot. Dann und wann schob sich ein Bild vor ihre Augen. Die alte Zigeunerin mit diesem schmerzensreichen Blick. Mater Dolorosa!

Inga stand erst auf, als ihre Mutter am nächsten Morgen streng darauf bestand, dass sie sich um Peter kümmern musste. „Die Lebenden kommen vor den Toten, Inga. Dein Bub braucht dich jetzt." Sie und Elsa, die inzwischen gekommen war, halfen ihr aufzustehen, nahmen ihr liebevoll das tote Mädchen ab, das aussah als ob es schlafen würde und legten das Kind ins große Bett, wo es so gern bei Oma und Opa übernachtet hatte. Inga wuschen sie und zogen sie an mit frischen Kleidern, die sie aus dem oberen Stock geholt hatten. Sie fühlte sich so schwer, als ob ihr Körper und ihr Kopf aus Blei wären. Als sie dasaß und ihre Mutter anblickte, die an dem Morgen 20 Jahre gealtert war und zur leichenblassen Elsa mit ihren verweinten Augen schaute, sagte sie: „Das stimmt doch nicht, das alles stimmt doch nicht, gell Mama? Das ist doch nicht wirklich passiert,   oder Elsa?" Frau Reschke sah sie nur an, und nahm sie in die Arme. Erst da konnte Inga weinen. Endlich. Die Mutter atmete aus, als ob sich in ihr auch etwas lösen würde.

Der kleine Peter hatte es nicht erwarten können, zu Inga zu dürfen. Und als er auf sie zustürzte, war es, als ob sie aufwachen würde und ab da wusste sie wieder, was zu tun war und dass dieses Kind sie nun unbedingt brauchen würde. Martin und Regina hatten dem Jungen erzählt, dass Katrin einen ganz schweren Unfall gehabt habe und vom Traktor gefallen sei und sein Papa so krank geworden sei, dass er ins Krankenhaus habe gehen müssen. Ingas Vater hatte über diese Version geschnaubt, es aber eingesehen, dass es vorläufig das Beste war, dem sechsjährigen Buben nicht noch mehr Kummer zuzumuten.

„Aber irgendwann wirst du es ihm sagen müssen, Inga. Nicht dass er es von anderen aus dem Dorf erfährt." Inga nickte. „Aber nicht so bald, Papa."

Norbert war in einer tiefen Depression. Die Kollegen versuchten ihn zu behandeln - ohne Erfolg. Kein Medikament wollte greifen. Die Elektro-Krampf-Therapie brachte nichts. Er war monatelang in sich eingesperrt. Wenn Inga ihn besuchte, blickte er durch sie hindurch, reagierte auf nichts, was sie ihm erzählte. Als seine Ärztin Inga zum Ausgang begleitete, sagte sie: „Ich weiß nicht, was mir mehr Angst macht, dass er so bleibt oder dass er aufwacht." Die Ärztin nickte und antwortete: „Auf jeden Fall müssen wir sehr gut auf ihn aufpassen, keiner weiß was in ihm vorgeht." Als Norbert auf eine höhere Dosierung mit Lithium (der Kollege sagte zu Inga, diese Dosis würde einen Elefanten aufwecken) endlich aus der Depression herauszukommen schien, benutzte er die erste wiedergekommene Fähigkeit, sich zu bewegen sofort, um sich mit einem Streifen seines Bettlaken an einem Fenstergriff in seinem Zimmer aufzuhängen. Keiner hatte mit diesem jähen Umschwung gerechnet und es war ein Zufall, dass ein Pfleger in sein Zimmer kam und ihn fand. Die Dosierung wurde verringert, er wurde engmaschig kontrolliert und versank wieder in Regungslosigkeit. Es sollte fast ein Jahr dauern, bis ihn die Depression, die der unheilvollen manischen Phase folgte, mit der die Reschke-Familie bis ins Mark erschüttert worden war, wieder ausspuckte. Es näherte sich das Unglücksdatum, es näherte sich der Herbst, der dieses Jahr ausfiel. Der Bulldog war verschrottet worden, niemand aus der Familie hätte je wieder darauf fahren können. Die Bütten, die Trotte und die Fässer waren ganz weit hinten in den Keller geräumt worden. Bei allen Arbeiten waren vor dem Unglück die Kinder dabei gewesen, zu schmerzlich hätten es Oma und Opa Reschke empfunden, weiterzumachen und bei jedem Handgriff an die kleine Katrin, s´Katrinli erinnert zu werden. Der erste Todestag von Katrin war nur im dörflichen Ritual zu überstehen: die gelesene Messe in der Kirche, der Gang zum Familiengrab der Reschkes, in dem das Kind eine letzte Bleibe gefunden hatte; bei den Urgroßeltern und einer früh verstorbenen Großtante. Eingebunden und gehalten von kirchlichen Trauerschritten, wie sie sich seit Jahrhunderten wiederholten, erarbeitete sich nun die Familie wie sie ohne den kleinen Sonnenschein weiterleben würde können. Begleitet und beobachtet - streng beobachtet vom Dorf. Norbert durfte nicht dabei sein. Ingas Vater weigerte sich, ihn zu sehen und wollte nie wiedermit ihm sprechen. Auch wenn er zu sich immer wieder sagte, dass Norbert in seiner schweren Erkrankung nicht zurechnungsfähig gewesen war, verzieh er ihm nicht, dass er - ein Arzt - sich nicht hatte behandeln lassen. Wäre Peter nicht gewesen, Norbert hätte den Hof nie mehr betreten dürfen.

9

Bis Januar 1997 war Norbert in der Klinik. Im November 1995 war die „Fahrlässige Tötung", wofür er vor dem Landgericht Freiburg angeklagt worden war, verhandelt worden.

Eine Strafe konnte vom Gericht nicht ausgesprochen werden; Norbert war im Zustand einer geistigen Erkrankung nicht schuldfähig zum Zeitpunkt der Tat. Er erhielt die Auflage, sich psychiatrisch behandeln zu lassen, andernfalls würde er eine forensische Unterbringung riskieren. Im März 1996 musste er seine Approbation zurückgeben. Als Inga ihn danach besuchte, begann Norbert zu sprechen: „Was soll nun werden, Inga? Katrin ist durch meine Schuld gestorben. Mein Beruf, meine Arbeit sind weg! Ich kann keinem mehr in die Augen sehen! Warum lasst ihr mich nicht sterben? Das wäre das Beste für uns alle!" Die Wut, die dann in Inga hochkam, kannte sie von sich selber nicht, aber sie war das Aufrichtigste und Ehrlichste, was sie in dem Moment aufbringen konnte. „Es wäre nur das Beste für dich, Norbert. Du wärst aus deinem Leid fein raus. Aber was wäre mit Peter und mir? Wir haben Kati verloren. Sollen wir dich auch noch verlieren? Peter soll damit zurechtkommen müssen, dass seinem Vater, nachdem das alles passiert ist, nur einfällt, sich auf Staub zu machen? Oh nein, Norbert! Gerade weil das passiert ist, musst du bei uns bleiben. Und alles dafür tun, dass du wieder gesund wirst und einen Weg findest, wieder für uns zu sorgen. Das bist du Katrin schuldig, uns, und dir selber!" Inga drehte sich um, ihre Augen sprühten Funken. Mit diesen Worten stand sie auf, ließ Norbert in seinem Zimmer zurück und schlug die Tür hinter sich zu. Die nächste Nachricht aus der Klinik kam sechs Wochen später von der Oberärztin. Norbert arbeite inzwischen an sich. Nehme alle Therapieangebote auf der Station wahr. Das Lithium sei nun gut eindosiert. Man überlege, ob man ihn auf eine offene Station verlegen könne.

Das erste Jahr ohne Kathrin und Norbert war für Inga und Peter wie ein Albtraum gewesen, den sie nur ertrugen, weil sich Ingas Familie so vehement dem Leben verschworen hatte, das wie eine spürbare Energie war, die auf dem Hof und im Haus wirkte. Peter vermisste seine Schwester vor allem am Abend. Tagsüber war er in der Schule, bei den Großeltern, im Handball, in der Jugendgruppe und in der Musikstunde. Er spielte mit seinen Cousins und seinen Cousinen, mit den Nachbarskindern und ab und zu besuchte er seinen Vater - scheu und ängstlich klammerte er sich dann an Inga.

Der Junge schien nicht allzu sehr beeinträchtigt. Er war zu Hause munter, in der Schule aufmerksam und er war lebhaft, wenn er mit anderen Kindern zusammen war. Inga atmete auf. Sie hatte Angst um ihn gehabt. Sie selber versuchte einfach nicht zu denken. Sie arbeitete in der Praxis, die immer mehr Patienten bekam, konzentriert und genau, nichts war ihr zu viel. Mittags aß sie mit den Eltern und Peter, dabei erzählten sie sich, was sie morgens erlebt hatten und wenn sich Inga dann ein wenig hinlegte, krabbelte Peter oft zu ihr. Wenn sie abends von der Praxis kam, sah sie mit Peter zusammen die Hausaufgaben durch, hörte ihn noch für den nächsten Tag ab. Dann ging er ins Bad, sie brachte ihn ins Bett und las ihm noch eine Geschichte vor. Danach saß sie selbst abends noch lange am Küchentisch. Stierte vor sich hin, Appetit hatte sie keinen, aber sie trank ein paar Gläser Wein, um einschlafen zu können: ein bis zwei Viertel Ruländer, manchmal war die Literflasche auch leer.

Inga ging am nächsten Abend zum AA-Treffen in der Gierkezeile, wo sie teilnahm seit sie in Berlin war und liebe AA-Freundinnen und -Freunde gefunden hatte. Sie umarmte Irmgard, die schon auf sie gewartet hatte. Entgegen ihrer Gewohnheit sprach Inga als erste, am Morgen waren ihr die Erinnerungen an die Abende nach Katrins Tod eingefallen und ihr Weintrinken jeden Abend. Und wie es über die Jahre immer mehr geworden war. Dies berichtete sie und dass sie damit nicht nur einschlafen konnte, sondern auch ihre Träume verscheuchen, in denen die alte Zigeunerin ihre Hand nahm, sie anschaute und sie dann mit sich zog. In ein Inferno, aus dem Inga jedes Mal schweißgebadet aufwachte. Nur wenn sie getrunken hatte, blieben die Träume aus. Auch von der Begegnung mit Norbert vom Vortag berichtete sie. Wie dann Schmerz, Schwäche und Erinnerung hochkamen. Dass diese Gefühle die Brücke zum Saufdruck waren. Und dass sie bitte und darum bete, diese Gefühle ertragen zu können, ohne saufen zu müssen. In den Wortmeldungen der anderen AA-Mitglieder kam Freude über Ingas Offenheit zur Sprache. So offen sei sie noch in keinem Meeting gewesen. Es tat Inga gut, so frei zu sprechen. Sie musste ein bisschen grinsen. Es war ein ähnliches Gefühl wie früher, nachdem sie gebeichtet hatte, dann drei Vaterunser still vor sich hin geschnuddelt und hüpfend vom Kirchhof nach Hause gelaufen war: leicht und befreit. In der Nacht schlief sie so gut wie lange nicht mehr, wachte am nächsten Morgen frisch und ausgeruht auf.

Die Arbeit der Sprechstunde ging ihr leicht von der Hand, die Mädchen, die ihr im Labor zuarbeiteten, neckten sie -

ob sie wohl eine besonders tolle Nacht gehabt habe - und Bruno freute sich, dass sie so aufgeräumt war. Natürlich hatte Melitta ihm von Ingas Begegnung erzählt und ihn gebeten, sie zum Abendessen mitzubringen. Als sie bei ihrer Schwester ankam, wirbelte eine kleine Melitta auf sie zu und eine große umarmte sie. „Schön, dass du da bist. Ich habe Gulasch mit Spätzle gemacht. Probier und schmeck ab, wenn noch etwas fehlt." Dann kamen drei coole Teenager, die sich gern von ihr drücken ließen und die Gummibärchen von ihr mit einem Grinsen in Empfang nahmen. Ihre Tante wusste, dass sie Süßkram gerne mochten und Melitta versuchte, sie ein wenig kurz zu halten.

„Der Gulasch ist top. Würde ich so lassen" sagte Inga.

„Super, dann können wir essen, Charlotte hol den Papa. Und Jungs, deckt den Tisch, aber dalli!" Lotti hüpfte davon, die Jungs holten Geschirr, Besteck und Gläser. Gulasch mit Spätzle, das ließen sie sich nicht zweimal sagen. Melitta und Inga brachten einen riesigen Topf, zwei große Platten und eine Salatschüssel aus der Küche. Alle setzten sich, Bruno schenkte Sprudel und Apfelsaft, für sich und Melitta ein Glas Spätburgunder ein und dann machten sich alle über ihren Teller her und es war ruhig - absolut ruhig von dem einen oder anderen Schmatzen abgesehen. Bruno strahlte Melitta an: „Schatz, könntest du das nicht öfter kochen, dann haben wir das Wolfsrudel schnell gebändigt." „Mal schauen. Vielleicht am nächsten Sonntag wieder. Aber nur wenn ihr euch ordentlich aufführt, ihr Kadetten!"

Inga lächelte. So hatte ihr Vater sie als Kinder genannt, wenn er sie alle auf einmal angesprochen hatte. Und so hatte er auch Katrin und Peter genannt. Und nun spürte Inga wieder den brennenden Schmerz, der sich so heftig lange nicht mehr gemeldet hatte. Doch statt ihn schnell wegzudrücken, hieß Inga ihn, zu bleiben. Diesen Schmerz, der sie zweimal fast wahnsinnig hatte werden lassen, durfte jetzt bleiben. Jetzt, das hieß im Jahr 2016, wo sie zusammen mit der Familie ihrer Schwester am Tisch saß und wo es Gulasch gab und sie, nun 56 Jahre alt, bei ihnen saß. Ohne ihren Mann, ohne ihre Kinder.

Bruno bemerkte, dass etwas mit ihr war: „Inga, ist alles in Ordnung?"

Sie antwortete ganz ruhig: „Ich glaube schon. Aber ich habe gerade daran denken müssen, dass ich „Kadetten" das letzte Mal gehört habe, als Papa Peter und die Jungs vom Skiclub verabschiedet hat. „Aber gell, ihr Kadetten, passt gut auf euch auf und kommt mir nicht mit einem gebrochenen Haxen nach Haus", hat er gesagt und dann hat er Peter noch einen 100 Euro Schein zugesteckt. „Für den Lift. Und iss was Ordentliches." Und Peter hat gesagt: „klar, Opa" und „gell Opa, danke". Und dann hat er uns umarmt und weg war er."

Melitta seufzte, „Ach Inga, das tut mir leid, das wollte ich nicht."

Inga schüttelte den Kopf, „das muss dir nicht leid tun, Melli. „Zu euch" sie wandte sich an die Jungs „hat er es doch auch gesagt „ihr Kadetten", da bin ich mir sicher." Die drei nickten. „Und zu mir? Hat er es zu mir auch gesagt?" warf Lottchen mit geschürztem Mund ein wenig beleidigt ein. Inga beruhigte sie: „Zu dir hat er kleines Mohrle gesagt, weil du so ein süßes kleines Baby warst. Und Mohrle hießen bei uns immer die kleinen schwarzen Kätzchen." Nun strahlte sie wieder.

Es war im Winter 2004 gewesen. Wie jedes Jahr fuhr der Skiclub des Ortes in die Alpen. Martin, Ingas Bruder war Vorstand. Elsa war Jugendwartin. Sie hatten neben den eigenen Kindern auch jedes Jahr Peter mitgenommen, seit er zehn Jahre alt war. Im Club gab es eine Clique von zehn Jungs und Mädels, die in seinem Alter waren. Norbert fuhr kein Ski und Inga war es zu umtriebig, die Mehrbettzimmer in den einfachen Jugendheimen zu unbequem. Aber Peter liebte es und hatte sich - wie jedes Jahr - unheimlich auf die Skifreizeit gefreut. Gleich nach der Ankunft hatte er angerufen und vom tollen Schnee und dem Superwetter geschwärmt. Den Abend danach hatte Inga nur Elsa gesprochen, weil die Jugendlichen zum Nachtrodeln waren. Am Abend des dritten Tages erzählte ihr Peter, dass die Freizeit dieses Jahr die beste seines Lebens sei, der Schnee so überragend, dass er wünschte, Inga wäre mitgefahren, sie würde absolut begeistert sein. Und übrigens habe er ein Mädchen kennengelernt. „Alter, kann die boarden". Und zum Schluss: „Mama, ich hab dich ganz arg lieb." Inga war so gerührt gewesen, dass sie antwortete: „Oh Pit, du bist wirklich richtig glücklich, gell?" Zur Antwort sagte er nur „ja Mama". Damit legte er auf.

Am Tag darauf kam der Bürgermeister, ein guter Freund von Martin, zu ihr in die Praxis. Bella, ihre Hilfe, meldete ihn an, Inga rief ihn sofort herein, so elendig schlecht sah er aus.

„Wolfgang, was ist mit dir? Du bist bleich wie ein Leintuch!" sagte sie.

„Inga, mit mir ist nichts. Aber Martin hat angerufen. Drum bin ich gleichgekommen." Dann begann der große, stämmige Mann hemmungslos zu weinen.

„Wolfgang, was ist? Ist auf der Skifreizeit etwas passiert?" Dann, sie schrie es fast „ist etwas mit Peter?"

Wolfgang nickte, das Gesicht schluchzend in den Händen vergraben. Er konnte nur noch stammeln. „Die ganze Snow-Boarder-Gruppe. Neben der Piste gefahren. Sollten sie nicht. Es aber seit Jahren gemacht. Nie etwas passiert. Frisch geschneit. Schneebrett gelöst. Riesiges Teil. Hat vier Kinder erwischt. Deinen Peter, Erikas Hanna, Dietmars Maximilian und die Älteste von Klaus, die zum ersten Mal dabei war. Ich wollte zuerst zu dir, damit du es nicht von jemandem anderen - weil, weil" hier schluchzte Wolfgang wieder auf und konnte nicht weitersprechen.

Inga saß auf ihrem Drehstuhl, das Gesicht starr, die Augen geschlossen. Als Bella vorsichtig die Tür öffnete um nachzuschauen, warum die Tür des Sprechzimmers solange geschlossen blieb, sah sie zwei gebrochene Menschen. Und gerade die beiden, die sie bisher als stark und jeder Situation gewachsen erlebt hatte. Bella zog die Türe wieder leise zu, ging ins Wartezimmer und schickte die Patienten nach Hause: „Der Frau Doktor geht es nicht gut, wir rufen sie an, wenn es ihr wieder besser ist.

Die Eltern der drei anderen Jugendlichen waren inzwischen auch informiert worden, und langsam machte die Nachricht die Runde im Dorf Eine bleierne Stille legte sich über die Gemeinde. Der Pfarrer ließ die Sterbeglocken läuten: viermal die Kinderglocke, zweimal die Frauenglocke und zweimal die Männerglocke. Er setzte einen Gottesdienst um 19:00 Uhr an. Wolfgang hatte die Straßenbeleuchtung löschen lassen, die Leute aus dem Dorf gingen mit brennenden Kerzen zur Kirche. Als sie auf ihren Plätzen saßen, erst im Trauergottesdienst, dann stundenlang den Rosenkranz miteinander betend, lag das Dorf schwarz, dunkel und schweigend da. Nur das an- und abschwellende Murmeln aus der Kirche schien sich Platz in der von Trauer und Entsetzen verdichteten Luft nehmen zu wollen.

Die Häuser, in denen die Familien der verunglückten Kinder wohnten, waren von einem Bannstrahl getroffen. In ihnen waren die Menschen mit sich allein, mit ihrem Schreien, Weinen, Haare raufen, Toben, Zungenbeißen, ihrer Atemnot, ihrer Wut, ihrem Schweigen. Familie Reschke saß regungslos in der großen Küche. Eine Kerze brannte. Inga lag betäubt von einem starken Beruhigungsmittel, das ihr Norbert gespritzt hatte, auf dem Chaiselongue, das in der Küche stand, jedem der krank war, einen Platz bietend, damit er nicht allein sein musste, sondern bei den anderen sein konnte. Trotz der Betäubung war der Blick da. Die schwarzen Augen voller Mitleid. Die alte Zigeunerin.

Norbert hatte das Lithium, das seine Manie in Schach hielt, hochgefahren und ein Neuroleptikum dazu genommen. Er hoffte, damit einen Schub verhindern zu können. Das wäre jetzt das allerletzte, was er Inga und ihrer Familie antun wollte. Bruno hatte ihm die rechte Hand auf die Schulter gelegt. Mit dem linken Arm hielt er Melitta umfasst. Die Schwiegereltern saßen schweigend am Tisch. Philemon und Baucis, regungslos, wie erstarrt. Noch in ihrem Entsetzen und im Überdruss, weiteres Leid ertragen zu wollen, waren sie einander tief verbunden und wirken wie Eins.

11

Inga spürte bei den Erinnerungen an die zweite große Katastrophe ihres Lebens, wie in ihrem Körper heiße, spitze, kleine giftige Pfeile herumgeschossen wurden. Sie lösten Bilder aus, Panik, Herzschmerzen, Gesprächsfetzen. Sie bohrten sich in die Lunge, ins Herz, in den Unterleib, in den Kopf. Sie stellten ihr den Atem ab, verschlossen ihr Gedärm, gaben Druck auf ihre Blase, zerfetzten ihre Lunge und strangulierten ihre Kehle. Sie spürte, wie ihr Kopf rot wurde, schier zerplatzte und sie um Atem rang.

„Inga, was ist mit dir?" fragte dieses Mal Melitta. „Ist dir nicht gut?"

„Oh, Melli. Nein es ist mir nicht gut. Aber es ist in Ordnung. Ich habe gerade an die Zeit gedacht, als Peter und die anderen drei Jugendlichen verunglückt sind. Es geht mir immer noch so nah!" Inga atmete nun ruhiger, aber ihre Augen füllten sich mit Tränen. Sofort war Lotti bei ihr und umarmte sie.

Der älteste der Jungs, Tim begann zu sprechen. „Ich kann mich noch erinnern, wie es damals war, Inga, obwohl ich so klein war. Alle waren total geschockt und dann traurig. So viele traurige Menschen habe ich seitdem nie mehr erlebt. Aber alle in unserer Familie waren lieb miteinander und haben dich trösten wollen. Und ich wäre so gerne bei dir geblieben, aber Mama und Papa haben gesagt, es geht nicht, ich müsse wieder in den Kindergarten. Und ich hab euch gesagt, dass es unfair ist, wenn Inga alleine ans Grab von Peter gehen muss."

„Das weißt du noch?" staunte Bruno, „du warst doch erst vier!" Tim nickte, Inga hatte seine rechte Hand genommen.

„Ach Timmy, ich erinnere mich auch, dass du bei mir bleiben wolltest und du hast auch noch gesagt, dass Melli und Bruno ja noch Maxi haben."

Und dann sprachen Inga, Melitta, Bruno, Tim, Max, Matthias und die kleine Lotti noch lange darüber, wie Martin über das Skiunglück damals berichtet hatte und wie die Beerdigung war und wie der Tod von Peter die ganze Familie erst tief erschüttert, dann umso fester zusammengeschweißt hatte. Und Inga stellte fest, dass sie, seitdem das Unglück passiert war, also seit zwölf Jahren, das erste Mal darüber sprechen konnte. Ohne Tabu, ohne trinken zu müssen, ohne ein Beruhigungsmittel zu nehmen. Es tat zwar sehr weh, aber es ging. Und als sie sich gegen 11:00 Uhr abends von ihrer Schwester und dem Schwager verabschiedete, war ihr leicht und sie hatte den glücklichen, strahlenden Peter vor Augen, mit dem sie am Abend vor dem Unglück telefoniert hatte. Die Erinnerung daran machte sie lächeln und ein klein wenig konnte sie der Freude nachspüren, mit der sie nach dem Gespräch aufgelegt hatte.

12

Es war inzwischen Herbst geworden. Ein wunderbarer, für Berlin untypisch trockener Herbst, der viel Sonne brachte und die vielen Bäume der Stadt noch einmal in Farbenpracht erglühen ließ. Als ob er den Sommer nicht loslassen und den Menschen den Übergang in einen nasskalten, oft eisigen Winter versüßen wollte. Inga genoss das Wetter und ging dem Spreeufer entlang zu Fuß nach Mitte, trank in Moabit einen Kaffee und aß eine Kleinigkeit. Sie hatte die Herzlichkeit und den ehrlichen, rauen Charme der Berliner schätzen gelernt, die zugegebenermaßen oft keine „echten", aber schon lange in der Stadt lebende „Zugezogene" waren, wie man in ihrer badischen Heimat sagen würde. Wenn sie von ihrem Spaziergang zurückkam, machte sie häufig einen Abstecher in die Richard-Wagner und ging ins „Nante". Dort stellte ihr Meinrad ein großes Apfelschorle auf den Tresen, zapfte sich ein kleines Bier und nahm sich Zeit mit Inga zu erzählen: über Gott und die Welt, über die Bücher, die sie gerade lasen, Musik, die sie hörten, die Restaurants, die sie mochten. Und immer öfter sprachen sie über sich, darüber, was sie am Tag erlebt hatten, was ihnen zu denken gegeben, was sie zum Lachen gebracht und was sie traurig gemacht hatte. In der AA-Gruppe war Inga offener geworden. Sie sprach dort viel mehr als früher, in der Praxis ging die Arbeit routiniert, aber auch leichter und fröhlicher von der Hand. Die Helferinnen hatten Inga von Anfang an geschätzt, aber nun mochten sie sie richtig gern, weil sie so viel Humor und Witz zu versprühen begann, jahrelang verdeckt von traurigem Ernst und Schwere. In der Nachbarschaft hatte sie zwei Frauen kennengelernt, mit denen sie regelmäßig zum Sport und zum Wandern ging. Langsam begann sie sich wieder für andere zu interessieren, knüpfte Freundschaften, telefonierte mehr mit ihrer Mutter, die noch sehr selbstständig und gesund war, mit Martin, Elsa und deren Familien. Im kommenden Winter entschied sie sich sogar, mit ihnen über Weihnachten Skilaufen zu gehen. Zwölf Jahre war sie nicht mehr auf der Piste gewesen. Anfangs hatte sie große Bedenken, ob sie es überhaupt noch können würde. Aber gleich bei der ersten Abfahrt erinnerten sich ihre Muskeln und sie schwang in sanften Bögen erst unsicher, dann zunehmend begeistert den Hang hinunter. Und sie hörte dabei Peters Stimme: „Na siehste, Mama, du kannst es noch. Wurde auch Zeit, dass du wieder fährst!". Zeitweise konnte sie nichts sehen, weil sie gleichzeitig lachen und weinen musste. Aber ihre Ski trugen sie in sicheren Schwüngen ins Tal.

13

Nach Peters Beerdigung versuchten Inga und Norbert sich gegenseitig eine Stütze zu sein. Trotz der hohen Dosis seiner Neuroleptika ging Norbert arbeiten. Er hatte seine Approbation nicht wiederbekommen, wollte aber auch nicht mehr als Arzt arbeiten. Wer hätte sich von ihm, der in einer Psychose die Tochter totgefahren hatte, denn behandeln lassen? Niemand! Und keine Klinik hätte ihn als Arzt wieder angestellt. So hatte er sich entschieden, ein Studium zum Verwaltungsfachwirt zu machen und hatte von einem Freund, dem mehrere Kliniken in der Schweiz gehörten, als Verwaltungsleiter einer Kurklinik eine zweite Chance in Luzern bekommen. Er machte seine Sache dort gern und gut. Die Kollegen und die vornehmlich aus Asien und Arabien kommenden Patienten schätzten ihn sehr. Bis zu Peters Tod drückte sich seine Manie mit anschließender Depression dreimal durch, was er früh erkannte und sich dann unauffällig aus dem Verkehr zog, die Aufgaben seinem Stellvertreter überließ und sich zur Behandlung in eine Psychiatrie in Zürich einwies und nach wenigen Wochen wieder entlassen werden konnte. Inga rechnete ihm diese Verantwortung, die er für sich und seine Erkrankung übernahm, hoch an. Auch dass er das Pendeln und die oft mühsamen Wochenendheimfahrten ohne Klagen absolvierte, konnte sie schätzen. Oft besuchten sie und Peter ihn in Luzern, wo er sich sehr um sie und seinen Sohn kümmerte. Es waren schöne und vertrauensvolle Jahre, die sie trotz der schmerzlichen Sehnsucht nach Katrin miteinander erlebten. Auf dem Segelboot, das sie sich gekauft hatten, beim Wandern, Schwimmen, Skilaufen. Peter war ein interessierter und kunstbegeisterter Junge, der gern mit ihnen in Museen, Ausstellungen, ins Theater und zu Festivals ging. Norbert war sehr stolz auf ihn und Inga liebte ihn seiner Freundlichkeit und Hilfsbereitschaft wegen. An den Wochenenden verbrachten sie die Zeit zu dritt, genossen es zu erzählen, miteinander zu kochen und zu essen.

Während dieser Jahre dachten sie oft, dass es wieder gut werden würde. Eine Zeitlang schaffte es Inga, den Weinkonsum auf den Abend zu Hause zu beschränken, so dass es eigentlich niemand mitbekommen sollte. Nur ihr Vater bemerkte, wie oft Weinkisten von der Kaiserstühler Winzergenossenschaft geliefert und Leergut wieder abgeholt wurde. Er sprach Inga mehrmals an, sie wiegelte jedes Mal ab. Dann trank sie auch abends in der Schweiz. Norbert, der wegen seiner Medikamente gar keinen Alkohol trank, ermahnte sie, aber auch ihm gegenüber verharmloste sie die Mengen. Sowohl ihr Vater als auch Norbert ließen sich nichts vormachen. Ihre Vorhaltungen fruchteten bei Inga aber nicht. Zu sehr war sie schon mit dem Kumpel Alkohol verbandelt.

Nach Peters Tod glitt sie immer mehr ab. Sie konnte nicht einschlafen. Sie wachte nachts ständig auf. Der Blick, immer wieder die schwarzen Augen. Auch ihre Arbeit konnte ihr keinen Halt mehr geben. Bella roch morgens ihre Ausdünstungen. Die Patienten und Patientinnen bemerkten ihre Fahrigkeit und es sprach sich herum, dass sie zu viel trank. Elsa, Martin, Regina, Melitta, Bruno, ihre Mutter, Norbert, - sie alle redeten auf sie ein. Ohne Erfolg. Ihr Vater hatte es schon aufgegeben. Der Alkohol war mächtiger als alle Vorsätze und Willensentscheidungen geworden. Ein Jahr nach Peters Tod war Inga bei zwei Flaschen Ruländer pro Abend angelangt. Sie machte sich nicht mehr die Mühe, die leeren Flaschen wegzuräumen. Wenn Norbert am Wochenende kam, machte er erst einmal Ordnung. Inga lag meist betrunken im Bett. Sie roch nach Alkohol und ungewaschenen Kleidern und ungewaschenem Körper. Er duschte sie, bezog die Betten neu, putzte die Wohnung und betete, dass ihn die Psychose nicht weghauen würde. Ingas Eltern hofften dies auch, wenn sie sahen, wie er versuchte, die schmutzige, stinkende Lawine aufzuhalten, die ihn und Inga in den Abgrund zog.

Dass es ein Schlaganfall sein würde, der Norbert das nächste Mal ins Krankenhaus brachte, damit hatte keiner gerechnet. Herr Reschke fand ihn bewusstlos in der Garage, als er leere Flaschen ins Auto laden wollte, um sie zum Glascontainer zu bringen. In der Klinik stellte man ein Gerinnsel fest, das sich gelöst, und eine Blutbahn im Gehirn zum Platzen gebracht hatte. Seine Überlebenschancen schienen gering. Die Manie, die durch den Lithiumabfall durchbrach und ihn so unruhig machte, dass er fixiert werden musste, machte seine Lage nicht besser. Zwei Monate lang lag Norbert auf der Intensivstation in der Uniklinik. Ingas Familie besuchte ihn, ohne dass er das Sprechen wiedererlangte. Wie stark der Hirnschlag seine Denkfunktionen geschädigt hatte, wusste keiner. Die rechte Hand schien gelähmt, schreiben konnte er also ebenfalls nicht. Inga war nicht in der Lage, das Haus zu verlassen. Als die Entscheidung getroffen wurde, ihn in die neurologische Reha zu verlegen und er den nächsten Tag weggefahren werden sollte, da verschwand er - spurlos. Es war kalt in der Nacht und keiner dachte, dass er überleben würde. Man stellte sich darauf ein, ihn tot im nahegelegenen Wald zu finden. Zwei Jahre lang wurde nach ihm gesucht. Aber niemand hatte ihn gesehen und er tauchte nirgends auf.

Schließlich überzeugte Martin seine Schwester, Norbert für tot erklären zu lassen. Sie hatte die Praxis aufgeben müssen und war inzwischen ohne Einkünfte. So konnte sie wenigstens Norberts Rente bekommen, die sie sich von der Schweizer Pensionsanstalt auf einmal auszahlen ließ. Wie sie es angestellt hatte, in den kommenden Monaten so viel davon auszugeben - Martin wusste es nicht. Inga war völlig außer Kontrolle. Entweder dämmerte sie im Rausch in der Wohnung dahin oder sie trieb sich im Dorf herum, mitleidig beäugt. Oder sie fuhr weg - wohin wusste keiner und tauchte tagelang nicht mehr auf. Nachdem sie mehrmals hilflos und dem Tod näher als dem Leben aufgefunden wurde und mehrere Male fast am Cocktail von Alkohol und Schlaftabletten gestorben wäre, erwirkte Martin die Betreuung in geschäftlichen und gesundheitlichen Dingen. Elsa sorgte dafür, dass zweimal in der Woche eine Frau von der Sozialstation nach ihr sah und dass regelmäßig geputzt und bei ihr aufgeräumt wurde .

Die Eltern litten unsäglich. Die Mutter hatte immer wieder versucht, zu Inga zu gehen und auf sie einzuwirken, bis Herr Reschke entschied „s'hilft keinem ebbis, wenn mir au

noch z' grund gehe. Unsri drei andre Kinder hän uns au ne-
dig. Mir kinne dä Inga nit hälfe. Des cha sie nur sälber!"
Dass sein Herz gebrochen war, zeigten die drei Infarkte, die
er hatte.

14

„Wie hast du es denn geschafft, vom Alk loszukommen?"
fragte Meinrad, als sie wieder einmal auf Ingas Alkoholismus zu sprechen kamen . Es war an einem Mittwochnach-
mittag, Inga hatte praxisfrei, fuhr durch Charlottenburg
und schaute nach ihren Patienten und Patientinnen, die so
krank waren, dass sie nicht in die Knobelsdorfferstraße zur
Sprechstunde kommen konnten. Besonders lagen ihr die alten Leutchen am Herzen, die in einem Heim waren oder
nicht mehr aus eigener Kraft die Wohnung verließen. Sie
hatte in der Haubachstraße einen Hausbesuch bei einer Patientin mit COPD gemacht, die kaum noch Luft bekam. Anschließend war sie im „Nante" vorbeigegangen, um mit
Meinrad einen Kaffee zu trinken, den Kuchen hatte sie mitgebracht. Sie war der einzige Gast.

„Weißt du, nach Norberts Verschwinden war es, als ob die
Welt aufhören würde zu existieren. Es gab keinen Tag
mehr, keine Nacht, keine Sonne, keinen Mond. Keine Kinder, keine Eltern, es gab keinen mehr, den ich kannte, sehen
wollte, vermisste. Es gab nur noch einen großen Schmerz,
eine innere grelle Flamme, die gemildert wurde durch die
Betäubung, die mir der Alkohol verschaffte. Und dann waren da die ständigen Blicke der Zigeunerin. Sie schaute mich

an, sie schaute mich die ganze Zeit an."

Meinrad hob die Augenbrauen.

Inga schaute ihn an und fuhr fort, „heute denke ich, dass die Blicke aus den schwarzen Augen der Zigeunerin, die mir vor vielen Jahren aus der Hand lesen wollte und dann angeblich nichts gesehen haben wollte, eine Erinnerung war, die sich zur Wahnvorstellung auswuchs. Vielleicht gibt es das wirklich, dass manche Menschen hellsichtig sind und die alte Frau gesehen hat, dass mir einiges an Schmerz bevorsteht und sie mich dann traurig angesehen hat. Ich weiß es nicht. Ist eigentlich auch gar nicht wichtig. Zuerst kam mir ihr Blick, den ich als mitleidig und voller Schmerz gedeutet hatte, in den Sinn, nach dem Kati tot war. Dann immer wieder, je mehr Alkohol ich trank. Zuletzt war sie und ihr Blick immer da und hat mich beobachtet. Dachte ich. Der Gesichtsausdruck der Frau, der sich dann ständig veränderte: nicht mehr mitfühlend wie nach dem Tod der Kinder und dem Verschwinden von Norbert, sondern oft missbilligend, manchmal resigniert, dann wieder aufmunternd, sogar erheitert, aber oft entsetzt und abgestoßen. Ich habe mir eingeredet, sie habe mein Unglück vorausgesehen und wollte es nicht sagen, um mich zu schonen. Und so verbrachte ich zwei Jahre, von denen ich so gut wie nichts weiß. Ab und zu trat ich aus mir heraus. Ich ging dann ein Stück von mir weg und schaute mir dabei zu, wie ich trank, wie ich zitterte, wie ich kotzte, wie ich mich krümmte, wie ich weinte, ohne dass mir die Tränen kamen, wie ich beim Duschen ausrutschte und mir eine Beule holte und die Nase blutig aufschlug, wie ich aus dem Haus wankte, um mir Nachschub zu holen, wie ich mit dem Bus und Zug nach Freiburg fuhr, in Supermärkte ging, wo mich niemand kannte, wie ich in keine Gesichter schaute, um die Blicke nicht sehen zu müssen, wie ich nur noch Schnaps kaufte, wie ich fiel und liegen blieb.

Und ich sah mir zu, wie ich, wenn ich wirklich nicht mehr aufstehen konnte, den roten Knopf drückte, der an meinem Handgelenk war und mich vom Roten Kreuz auffinden und stockbesoffen nach Hause bringen ließ. Wenn ich verkatert war oder eingenässt hatte oder mich tagelang nicht duschen konnte, haben mich zwei Frauen von der Sozialstation gewaschen, gecremt, geföhnt. Du kannst dir nicht vorstellen, wie sehr ich die beiden dafür geliebt habe. Vor allem dafür, dass sie mir nie ihren Ekel gezeigt haben. Sie haben mich behandelt und mit mir gesprochen wie mit einer schwer kranken Frau."

Meinrad nahm ihre Hand „Inga, das warst du doch auch".

Inga nickte. „Ja, Meinrad. Aber ich wusste, diese Krankheit kennt nur eine Therapie: mit dem Alkoholtrinken aufzuhören. Ganz lange konnte ich es mir nicht vorstellen, ohne den Kumpel Alkohol zu sein, der es schaffte, mich immer wieder einzulullen.

Aber dann hatte Papa den dritten Herzinfarkt und Elsa kam zu mir und fragte mich, ob ich ihn auf der Intensiv besuchen wollte, um ihn vielleicht das letzte Mal zu sehen. Als ich ihn dann liegen sah, so verhärmt und schon so weit weg, habe ich ein Gelübde getan und ihm gesagt: „Papa, ich höre auf zu trinken, bitte komm zurück, dass wir noch ein wenig Zeit miteinander haben. Und da hat er tatsächlich seine Augen aufgemacht und unter großen Mühen gesagt: „Inga, wenn 's nur wohr wäre dät." Ich habe seine Hände mit den Kanülen drin genommen und hab geantwortet „Vadder, des wird wohr!" Dann habe ich ihm einen Kuss gegeben, bin direkt zur Inneren, wo ich noch die Oberärztin und die

Stationsschwester kannte und hab die Entgiftung begonnen."

An dieser Stelle hielt Inga inne, lächelte Meinrad schief an und fuhr fort „der alte Drecksack hat sich nicht so einfach wegschicken lassen. Er hat sich gewehrt mit allem, was er hatte. Kreislaufkollaps, Hyperventilationskrämpfe, Unterzuckerung, epileptische Anfälle und Entzugsdelirien, dass ich mich in Dantes Inferno wiederfand. Die Kollegin hat aufgefahren, was nur ging, um mich durch den körperlichen Entzug zu bringen. Die Schwestern haben mir kalte Umschläge und Wadenwickel gemacht um die Fieberschübe zu senken und mich warm eingepackt, wenn ich Schüttelfrost bekam. Es ging vier Wochen und es war die Hölle." Verlegen grinste Inga Meinrad an. Der drückte zart ihre Hand, die er die ganze Zeit festgehalten hatte.

„Wie gut, dass du dieser Hölle entkommen bist. Sonst hätten wir uns nicht kennen gelernt, das wär doch wirklich richtig schade gewesen, oder?"

Inga lächelte „aber nicht ohne die Hilfe von Teufels Großmutter. Die alte Zigeunerin hat in meinen Träumen ausgesehen wie die aus dem Märchenbuch von Grimms Teufel mit den 3 golden Haaren und mich die ganze Zeit angefeuert, dass ich den Kampf nicht aufgeben soll." Wieder hielt sie inne. „Und als ich entlassen wurde, war Papa schon zu Hause, machte ambulante Reha und Mama packte mich auf unser Chaiselongue in der Küche. Und die nächsten Wochen wurden zu den glücklichsten meines Lebens." Dann sah Inga auf ihre Armbanduhr.

„Oh, Meinrad, ich muss los, die Frau Maier in der Zillestraße wartet noch auf mich. Sorry für den hektischen Aufbruch."

Meinrad lächelte. „Macht doch nichts, fahr vorsichtig. Bis

bald Inga." Er brachte sie zur Tür und drückte sie zum Abschied. Inga stellte sich auf die Zehenspitzen und gab ihm zum Abschied einen Kuss auf die Wange.

Der Hausbesuch bei Frau Maier verlief mehr freundschaftlich, denn medizinisch. Inga hörte sie zwar ab, schaute ihr in den Rachen und in die Ohren und tastete ihr über den geschwollenen Leib. Dann besah sie sich das rechte Bein, das mehr offene Stellen als gesunde Haut hatte und besprühte es mit einem Spray, das desinfizierte und die Heilung fördern sollte. Bei dem schweren Diabetes und den Nierenproblemen von Frau Meier bestand dafür wenig Hoffnung. Zum Schluss setzte ihr Inga einen Katheder, damit sie Wasser lassen konnte. Es würde noch 2 Stunden dauern, bis die Schwester vom Sozialdienst kam. Die Blase war aber jetzt schon randvoll. Frau Maier stöhnte erleichtert: „Ach Frau Doktor, für die viele Mühe, die sie mit mir haben, gibt's jetzt ein Gläschen Sekt - ach, sie trinken ja keinen Alkohol, dann halt eine Limo für sie. Holen sie mal die Sektflasche aus dem Kühlschrank und die Salzstängel, die drauf liegen." Inga holte Gläser aus der Küche und eine kleine Schale. Dann Sekt, Limo und die Salzletten. Sie richtete alles auf ein Tablett und brachte es zu Frau Maier ans Bett. Sie stießen an, knabberten die Salzstängelchen und plauderten ein wenig. Als sich Inga gegen sechs Uhr verabschiedete, hatte Frau Maier rote Wangen und war bester Laune. Zum Abschied schickte sie ein paar Luftküsse zu Inga und winkte fröhlich. In der Schustherusstraße war die Visite kurz, nur ein Rezept ausstellen und die Lunge abhorchen. In der Schlossstraße war Inga schon, aber sah noch einmal nach dem fiebernden Kind, das so schwach war, dass Inga es in die Kinderklinik einwies. Dann war ihr Tagwerk getan und sie fuhr nachhause zum Charlottenburger Ufer.

15

Vor der Einfahrt sah sie eine Gestalt kauern. Sie hielt an, ging zu dem Mann, der mehr saß als stand und fragte, ob alles in Ordnung sei. Ein Obdachloser, der nach Alkohol und ungewaschenen alten Kleidern roch. Er zog sich hoch. „Frau Doktor Reschke, diesen Brief soll ich ihnen bringen." Und er verbeugte sich leicht.

„Von wem denn?" fragte Inga erstaunt.

„Den Namen kenne ich nicht. Er lebt auch nicht mehr. Aber er wollte unbedingt, dass sie diesen Brief bekommen." Wieder verbeugte sich der Mann leicht und reichte ihr den Umschlag. Dann lüpfte er seinen Hut und humpelte davon.

Inga hatte den Brief in der Hand, sah ihren Namen darauf in einer krakeligen Schrift, legte ihn auf den Beifahrersitz und fuhr in die Garage. Erst als sie in der Wohnung war, sah sie ihn genauer an. Als sie den Absender las, schob sich das Bild der alten Zigeunerin vor ihre Augen. Der Blick war dieses Mal bestimmt und sie sprach das erste Mal. In derselben Sprache wie damals vor vielen Jahren vor dem Freiburger Münster. Aber Inga verstand sofort. Sie wählte Melittas Nummer.

„Ihr müsst kommen, sofort". Dann setzte sie sich in ihren alten roten Ledersessel und atmete. Sie tat nichts außer atmen.

Zehn Minuten später waren die beiden da. Melitta hatte sich nicht damit aufgehalten, zu klingeln, sondern mit ihrem Schlüssel direkt aufgeschlossen und stürmte in Ingas Wohnzimmer. „Inga, was ist passiert?"

Inga gab ihr den Brief und deutete auf den Absender. Melitta sank auf die Couch und gab ihn an Bruno weiter. Der las ihn ebenfalls, schüttelte den Kopf „Oh, Inga, das gibt es doch gar nicht. Was machen wir jetzt?"

Melitta setzte sich gerade, auch Inga richtete sich auf. „Ja, was wohl Bruno? Du machst ihn auf und liest vor!"

„Ich?"

„Ja, du! Ich muss Ingas Hand halten." In solchen Momenten wusste Melitta immer, was zu tun war.

Bruno seufzte, öffnete den Brief, der nach feuchtem Keller roch, holte das dicht beschriebene Blatt heraus und begann zu lesen.

„Liebe Inga,

ich hoffe inständig, dass es Dir gutgeht. Wie es einem gutgehen kann, nach dem, was das Leben, das Schicksal und auch ich, Dir zugemutet haben. Warum ich Dir diesen Brief schreibe? Und er vielleicht Wunden aufreißt, die über die Jahre schon verheilt sein könnten? Wobei - Inga - wie könnten diese Wunden je verheilen. Aber trotzdem möchte ich, dass Du erfährst, wie es mit mir weitergegangen ist, nach dem ich aus der Klinik verschwunden bin. Vielleicht hilft es Dir, mit dem abzuschließen, was wir als Paar und als Familie hatten. Und in Berlin noch einmal neu anzufangen, wenn dies überhaupt möglich ist. Ein Neubeginn nach allem, was passiert ist.

Ich dachte es jedenfalls, dachte, dass ich es könnte. Der Schlaganfall, der mich auf die Intensiv brachte vor über 10 Jahren und die Manie, die sich wieder Bahn brach, nachdem die Kollegen das Lithium wegließen - obwohl Bruno und Melitta sie immer wieder drum gebeten haben, es hochdosiert anzusetzen. (Ja, Inga, all das habe ich mitgekriegt, obwohl mich alle für bewusstlos gehalten haben). Also, in der Zeit auf Intensiv lief über allem, was mein Körper zu tun hatte, um organisch zu überleben, ein anderes Programm, nämlich, dass noch einmal ein Wiederanfang möglich sein könnte. Wie nach Katrinchens Tod damals und nach meiner ersten schweren Depression. Inga verzeih mir, dass ich Dich in diesen Neuanfang nicht einbezogen habe. Aber ich habe gewusst, wie schwer Du in Deiner Alkoholkrankheit gefangen warst, ja manchmal habe ich mich gefragt, ob Du überhaupt noch lebst. Denn es ist ja nur Deine Familie zu mir in die Klinik gekommen. Und sie haben nie über Dich gesprochen, sondern haben mir immer nur um meiner selbst willen gut zugeredet. Ach, Deine Familie. Wie gut sie zu mir waren. Obwohl ich nicht den badischen „Stallgeruch" hatte und sie mir den Tod von Kati nie verzeihen konnten. Aber wie sie mich für meine Anstrengung um Dich und Peter und mein Weiterleben in der Schweiz geachtet und unterstützt haben, das werde ich ihnen nie, nie vergessen .

Meine Kraft, um Dich zu kämpfen, Inga, war aufgebraucht. Der Alkohol war stärker als ich. Und, ja das muss ich zugeben - ich dachte, dass er auch stärker als Du sein würde. Und ich war - den Tod vor Augen - dann so egoistisch, dass ich Dir nicht beim qualvollen und unwürdigen Sterben zusehen wollte. Dass es bei Dir anders gekommen ist, habe ich dann später erfahren. Verzeih' mir, dass ich Dich unterschätzt habe.

Nachdem ich den Entschluss der Kollegen mitgekriegt habe, dass ich in eine neurologische Reha verlegt werden sollte, habe ich Siegfried in Luzern angerufen. Habe ihm geschildert, dass ich mich gerade totstellte und aus der Klinik rauswollte. Ob er mir helfen würde. Das hat er wirklich getan. Er hat mich in dieser Nacht noch geholt. Dann wurde ich in einer seiner Kliniken aufgepäppelt - anonym - denn ich wollte von der Bildfläche verschwinden. Ihr solltet glauben, ich sei tot. Verzeih' mir, was ich Euch damit angetan habe. Blöd, wie ich war, dachte ich, Ihr seid froh, mich los zu sein. Stattdessen habt Ihr mich jahrelang suchen lassen. Froh war ich dann, dass ich für tot erklärt wurde. Siegfried hat mich mit allem auf dem Laufenden gehalten. Als ich mich erholt habe und einigermaßen gut eingestellt war, hat er mir dank seiner Beziehungen einen Pass besorgt von einem vermissten Schweizer Arzt, der vermutlich bei einem Sturz in eine Felsspalte beim Klettern ums Leben gekommen war. Damit konnte ich nach Saudi-Arabien ausreisen, dort habe ich 4 Jahre und anschließend 5 Jahre in den Emirates gearbeitet.

Es wurden mir 9 wirklich gute Jahre geschenkt. Einigermaßen gesund, gut eingestellt und wieder kranke Menschen behandeln dürfen - welch ein Glück. In Arabien bin ich viel gereist und habe die Menschen mit dem ihnen eigenen Stolz schätzen gelernt. Nein Inga, ich habe in der Zeit keine andere Frau gehabt. Einmal habe ich mich verliebt, aber kurz danach hat mir Sigi am Telefon erzählt, Du habest aufgehört zu trinken und würdest in Reha sein. Ab da habe ich mich wieder verheiratet gefühlt.

2013 hat mich dann ein weiterer Schlaganfall außer Gefecht gesetzt. Nun war ich ja auch schon über 65 und hätte sowieso irgendwann aufhören wollen zu arbeiten. Wieder hat mich Sigi geholt und behandeln lassen. Ich war zwar schwach und ein wenig gelähmt, konnte aber wieder arbeiten. 2 Jahre lang habe ich ihm noch helfen können. Seine Sanatorien waren nach der Abkoppelung vom Euro ein wenig in Schieflage geraten. So konnte er jede Hand und meine Ersparnisse gut gebrauchen. Ich konnte ihm endlich etwas zurückgeben. Ende 2015 hatte ich den dritten Schlag und war kaum noch belastbar. Ab da war es nicht mehr möglich etwas zu tun und ich wollte Siegfried nicht länger zur Last fallen, er hatte genug für mich getan. Leben wollte ich nicht mehr, aber Dich wollte ich noch einmal sehen. In der Hoffnung, es möge dir besser gehen als mir. Dann bin ich losgelaufen. Jeden Tag ein paar Kilometer gewandert von Luzern nach Berlin. Von Sigi wusste ich, dass Du dort lebst und bei Bruno arbeitest. Manchmal kam ich tagelang nicht vom Fleck, weil ich so schwach war, dann ging es wieder besser. In Berlin angekommen, war ich erstaunt, wie prächtig die Stadt geworden ist. Dann habe ich Dich gesucht. Es war nicht schwer, dich zu finden, aber es hat mich alle Anstrengungen gekostet, an der Praxis zu warten, bis du herauskommst und Dich für ein paar Sekunden zu sehen, wie Du in Dein Autochen steigst. Und Dich mit Bruno und Melitta und den Kindern zu sehen. Einmal sind wir uns begegnet, am Breitscheidplatz, an der Gedächtniskirche, erinnerst Du Dich? Ich war sicher, dass Du mich erkannt hast. Du bist erschrocken, nicht wahr? Dein Blick sagte mir, dass Du siehst, dass es mit schlecht geht, aber dass Du nicht mit mir, wer immer ich auch sei, in Kontakt kommen wolltest. Wie hätten wir denn auch weitermachen sollen? Mir hat es gereicht, zu sehen, dass Du gesund bist, dass du wieder praktizierst und dass Melitta, Bruno und die Kinder bei Dir sind.

Während ich Dir schreibe, bin ich in einem Berliner Hospiz, wo man sich rührend um mich kümmert. Ich fühle mich mit mir im Reinen, viel Schlimmes ist passiert, vieles habe ich probiert, um es gut zu machen, manches ist mir gelungen. Ich habe getan, was ich konnte. Dass uns nicht mehr gute Jahre gegeben waren und dass unsere Kinder nicht bei uns groß- und erwachsen werden durften, ist mein größtes Unglück.

Diesen Brief wirst Du bekommen, wenn ich nicht mehr lebe. Fühle Dich nun frei, wirklich neu zu beginnen. Dafür wünsche ich Dir alles, wirklich alles erdenklich Gute, Inga. Dich noch einmal zu sehen, war das größte Geschenk, was mir nach allem noch zuteil werden konnte.

Dein Norbert"

Brunos Stimme erstarb. Er begann zu weinen, auch Melitta liefen die Tränen übers Gesicht. Inga saß ganz ruhig da. Der Blick der Zigeunerin war nun milde, sie lächelte und hob die Hand, wie zum Gruß um sich zu verabschieden. Dann verschwand das Bild.

Vorsichtshalber hatte Melitta darauf bestanden, bei Inga zu übernachten. Die beiden Frauen erzählten noch bis tief in die Nacht von Erlebnissen mit Norbert. Die Krise und jeglicher laute Schmerz blieben bei Inga aus. Sie erinnerte sich mit abgeklärtem Bedauern an die Entwicklung seiner Psychose als die Kinder klein waren. Wie er um Kati getrauert und es dann für sie und Peter 8 Jahre lang so gut gemacht hatte, wie er es nur irgend konnte. Wie sie nicht gemeinsam um Peter trauern konnten, weil sie sich endgültig in den Alkohol hatte fallen lassen. Melitta berichtete von Norberts Schlaganfall und seinem Verschwinden. Dass es keiner glauben konnte. Inga spürte den Respekt für seine Willenskraft und Freude für ihn, dass er noch fast 10 Jahre lang als Arzt arbeiten konnte. Und dann zog er schwerkrank zu Fuß durch die Schweiz und durch Deutschland nach Berlin, um sie noch einmal zu sehen.

Melitta sagte zum Schluss„ ein irrer Typ, der Norbert!"

Und Inga antwortete kopfschüttelnd und ein wenig grinsend: „ein irrer Typ, das kann man wohl sagen."

Dann schliefen die beiden Schwestern ein, Hand in Hand.

16

Eigentlich hatte sich nicht viel in Ingas Leben verändert. Aber „uneigentlich" doch einiges.

Die AA-Gruppe in der Gierkezeile lernte eine humorvolle, oft lustige, zufrieden trockene Inga kennen. Sie ging nun aus, befreundete sich mit Irm und wurde ganz eng mit ihr. Weil sie so oft gute Laune hatte und laute Musik im Auto hörte, fuhr sie gern ein wenig schneller, was ihr den einen oder anderen Strafzettel und einmal ein Fahrverbot von 4 Wochen einbrachte. In der Zeit machte sie ihre Hausbesuche mit dem Fahrrad. Sie organisierte badisch-berlinische Familientreffen mit soviel Liebe und Witz, dass alle, auch ihre betagte Mutter und die Jugendlichen unbedingt daran teilnehmen wollten. Meinrad wurde freudig in der Familie aufgenommen. Mit ihm unternahm sie viel und sie passte ihre Arbeitszeiten ein wenig an die Öffnungszeiten des „Nante" an. Und die Hausbesuche legte sie so, dass immer ein Besuch bei Meinrad heraussprang.

Mit seinen beiden Töchtern hatte sie sich so gut angefreundet, dass sie einzeln und zu zweit zu ihnen ins „Nante" kamen oder sich mit Inga allein verabredeten - für Weiberkram. Die Arbeit in der Praxis liebte sie nach wie vor und ihre Patienten auch. Aber sie hatte nicht mehr soviel Zeit. Also übernahm Bruno wieder die eine oder andere Schicht. Denn das Leben wollte wieder etwas von Inga. Es wollte sie lachen hören, sie tanzen sehen, sie zu Spaziergängen, auf

Wanderungen, ins Theater, in Konzerte, in die Oper schicken. Das Leben wollte, dass sie Freude mit ihrer Familie, vor allem mit ihren Berliner Neffen und der kleinen Lotti haben sollte. Dass sie noch Zeit mit ihrer Mutter verbrachte. Dass sie im Frühling nach den Winterlingen gierte, im Juni an den Rosen roch, im Herbst Nüsse sammeln ging und im Winter die Hänge hinunter schwang.

Und das Leben mochte es sehr, dass es in Charlottenburg in der Richard-Wagner-Straße das „Nante" und Meinrad gab, bei dem Inga mehr als gut aufgehoben war.

Danken möchte ich

Conny Antoni (Korrektorat und Manuskripterstellung)
Bernhard Wipfler (Korrektorat)
Ralf Herrmann Schulze (Beratung bei Cover und
Verlagsrecherche)